文革下の北京大学歴史学部

「牛棚」収容生活の回想

郝　斌　著

華　立・姜若冰・伍　躍・田中幸世　訳

風響社

原題と版権について

本書は、郝斌著『流水何曾洗是非——北大「牛棚」一角』中国語原文（簡体字版・2012年脱稿）を翻訳したものである。今回の翻訳出版にあたっては著者・郝斌氏から許諾を得た。なお、同じ原文によって繁体字版（台北：大塊文化出版、2014年）が刊行されている。

日本語版読者のみなさんへ

郝　斌（Hao Bin）

前世紀六〇年代、中国では「文化大革命」（略して文革）という運動が起きていた。

その時の私は、北京大学歴史学部に所属する一助教であった。大学教員の序列において、助教は一番下位にあたる。大学卒業後の数年間、私はまず、年長の教員の助手を務め、黒板消しや掛図の準備などの雑用を担当した。それからようやく教壇に立つことができ、二つの学期において講義を行ったが、まだ見習いの段階にすぎず、講義の資格を有する一人前の教員には至っていなかった。

一九六六年の夏、突如として「文革」が勃発した。北京大学の陸平学長はいち早く批判を受けたが、まもなくして私も「黒幇《ヘイバン》」（黒い一味）の深い淵に陥れられた。思いもよらなかったことは、私のような下っ端の者までその淵に陥れたのは、当時の中国の「ファーストレディー」、江青であった。それから三年間、私は社会から追放され、「牛棚《ニュウポン》」（牛小屋）で監禁され、自由を失った。その間、一日八時間もの重労働を課され、朝・昼・晩の食事の前には、屈辱的な儀式をさせられ、そしてはじめて食事をとることが許されるのであった。さらに、週に一回「認罪書」を強制的に書かされた。罵りや殴打などの暴行は随時随所に起こっていた。数十年が過ぎた今でも、あの時に味わった苦痛と屈辱感はときどき胸をよぎり、忘れがたい記憶になっている。

一方、「牛棚」での生活は、私にとって珍しい経験をもたらしてくれた。

一緒に監禁されていた人々は、先輩や目上の人ばかりで、なかには師匠の師匠という方もいた。以前、私にとって、先生たちは遠い存在であり、また見上げなければならない対象であった。しかしこの「牛棚」では、学部の著名な教授はほぼ「一網打尽」にされていた。同じ部屋で寝食をともにしているので、互いの呼び方も変わらざるを得なくなった。互いの姓のみで呼び合わねばならず、〔先生など〕敬称は一切許されなかった。はじめは慣れずに落ち着かなかったが、時間が経つにつれ、平気で呼べるようになった。ときおり、上半身を裸にして向き合って座り、破れた服や靴下を繕うこともあったが、気恥ずかしく思うことはなくなっていった。

「牛棚」に行くときに、私はカミソリを持って行っていた。二週間ごとに半日間の休み時間があったが、髪が伸び放題になっている師匠や先輩たちの表情から、理髪してほしい、だが理髪を頼むと、私の洗濯の時間がなくなるので、それは申し訳ない、などと思っている気持ちが私に伝わる。先生たちのこのような思いやりも、私にとっては、それまでになかった経験である。何年か後になって、私たちは「牛棚」を離れ、正常の生活に戻ったが、当時の仲間であった人たちが、各々の仕事で業績を上げ、成功を収めたと聞いた時に、なぜか、「牛棚」にいた頃のあの困った顔がいつも思い浮かんだものであった。

文革の終結からはや四〇数年が過ぎた。往事のことは、いまさら触れる必要はないという人、また意図的にその歴史から目をそらし、あるいはその議論を抑制しようとする人もいる。確かに、若い世代には、あの時代のことを知る人は少ないかもしれない。しかしあの時代を過ごした当事者の一人として、そのような態度には到底賛同できない。私は退職後、時間的にも余裕ができたので、かつての体験を書き下ろした。中には私自身のことはもちろん、ともに受難した先生や先輩たちのことも含まれている。読者のみなさんには、この回想録をノンフィクションとして読んでいただきたい。遅れたノンフィクションではあるが、遅れていても残すことの必要性を感じている。本書に書いたのは、文革中の北京大学歴史学部の「牛棚」のことである。しかし当時の北京大学には一八の学部があり、これと似た「牛棚」は各学部にも存在していた。だが、まだ誰も書いてはいない。

二〇一九年七月

著者　郝斌《ハオビン》先生について

大阪経済法科大学前学長　藤本和貴夫

本書は、今年八六歳を迎え、いまなお元気に活躍されている北京大学の元副学長で歴史家である郝斌先生の文革期の回想録『流水何曽洗是非――北大「牛棚」一角』の翻訳である。

先生は一九三四年、河北省張家口で鉄道員の家庭に生まれ、一九五八年に北京大学歴史学部を卒業、同学部の助教に採用された。一九六六年の夏、北京大学キャンパス内に教員七名による陸平学長を批判する大字報が貼りだされたのを機に、共産党中央委員会機関紙『人民日報』は陸平学長を筆頭とする大学首脳陣を「反革命黒幇」として大規模な批判を始めた。こうして北京大学はその後十年に及ぶプロレタリア文化大革命の「震源地」となった。

続いて北京大学の東グラウンドで開催された万人集会で、中央文革小組の代表として北京大学に乗り込んできた江青第一副組長から、突如、郝斌助教は「私と毛主席の娘の李訥《りとつ》」を迫害したと壇上から直接名指しで批判されたのである。李訥は一時歴史学部の学生であり、郝斌助教と接触はあったが、これは全くのいいがかりであった。しかしその結果、若手の助教であった郝斌先生は、「現行反革命分子」として、三〇名あまりの歴史学部の教授・副教授とともに批判され、社会から追放され、北京市郊外の「牛棚」に監禁された。

本書は、猛威をふるう文革の下で、著者が、三年間にわたる「牛棚」での屈辱的な儀式と、暴力と強制労働の下での生活を、それに耐え、しかもそのなかでそれらのもつ歴史的・社会的意味を深い洞察力によって確認しようとした記録である。これは理性的に、時にはユーモアを交えて、被害者となった教授陣だけでなく、加害者の文革派の学生たちの立場をも交えて客観的に分析した歴史家の記録である。

本書のいまひとつの特徴は、北京大学歴史学部の学術的な伝統と遺産、そして文革後の新たな成果を記録し書き残しておこうという強い意志に支えられていることである。文革のなかで不幸な死をとげた研究者たちの業績、文革を生き抜いてあらたな学術的な成果を生みだしている北京大学の研究者たちの業績が詳細に紹介されている。まさに中国における歴史研究の「史学史」の世界が展開されているといえる。そして、その理由はおそらく文革後に先生の歩まれた次のような道と関係しているのだと思う。

先生が文革後、名誉回復されたのは一九七八年であった。その後、先生は歴史学部の共産党総支部書記を三年務めた後、一九八四年から二〇〇〇年までの一六年間、文革で荒廃した北京大学全体の再建に大学指導部の中心的なメンバーとして携わられている。北京大学党委員会副書記、その後党常務副書記、そして副学長の兼任である。何代もの北京大学学長と二人三脚を組み、大学教育行政の責任者として今日の北京大学の発展に力をそそがれた。
先生は二〇〇〇年に副学長を退任したのち、北京大学校友会の副会長・事務総長（会長は学長）を引き受けられてきた。本書は、時間の余裕ができたこの間に書かれたもので、北京大学等で刊行された多くの原資料に裏づけられたものである。さらに、多くの貴重な写真が集められているが、その後自ら現地におもむいて撮影されたものも含まれている。

大阪経済法科大学は一九八六年という非常に早い時期に北京大学と学術交流協定を結んでいる。その後、両大学の間で、いくつかの国際シンポジウムを共催してきた。先生は北京大学副学長退任後も北京大学の学術国際交流に力をいれておられた。二〇〇〇年より大阪経済法科大学アジア研究所は先生が所長を務められる北京大学東亜学研究中心（東アジア学研究センター）と共催で、東アジア各地において隔年で「東アジア学国際学術シンポジウム」を共催している。そのため、ほぼ毎年、私は大阪経済法科大学の一員として先生といろいろな場所でお会いし多くを学ばせていただいてきた。私が言うまでもないことだが、先生が温厚で常に的確な情勢判断をされる、深い教養を身に着けた伝統的な中国知識人であることは、本書を一読すればご了解いただけるものと思う。本書が、かつて日本で文革の推移を見守った私たちの世代を含め、多くの人々に読んでいただけることを願っている。

なお、翻訳は訳者あとがきにあるように、大阪経済法科大学の華立教授を中心とする専門家のチームによって進められた。そして偶然とはいえ、著者が糾弾された北京大学東グラウンドの集会には、北京大学校内の宿舎に教員であった母親と住んでいた中学生の華立教授も居合わせていたという。このように文革の影響は世代を越えて広がっているのであろう。本書の翻訳者たちもそうである。そしてそのことが本書の翻訳をより深みのあるものにしていることと確信している。

二〇二〇年一月

●目次

目次

装丁＝オーバードライブ・前田幸江

北京大学構内図（1960年代）

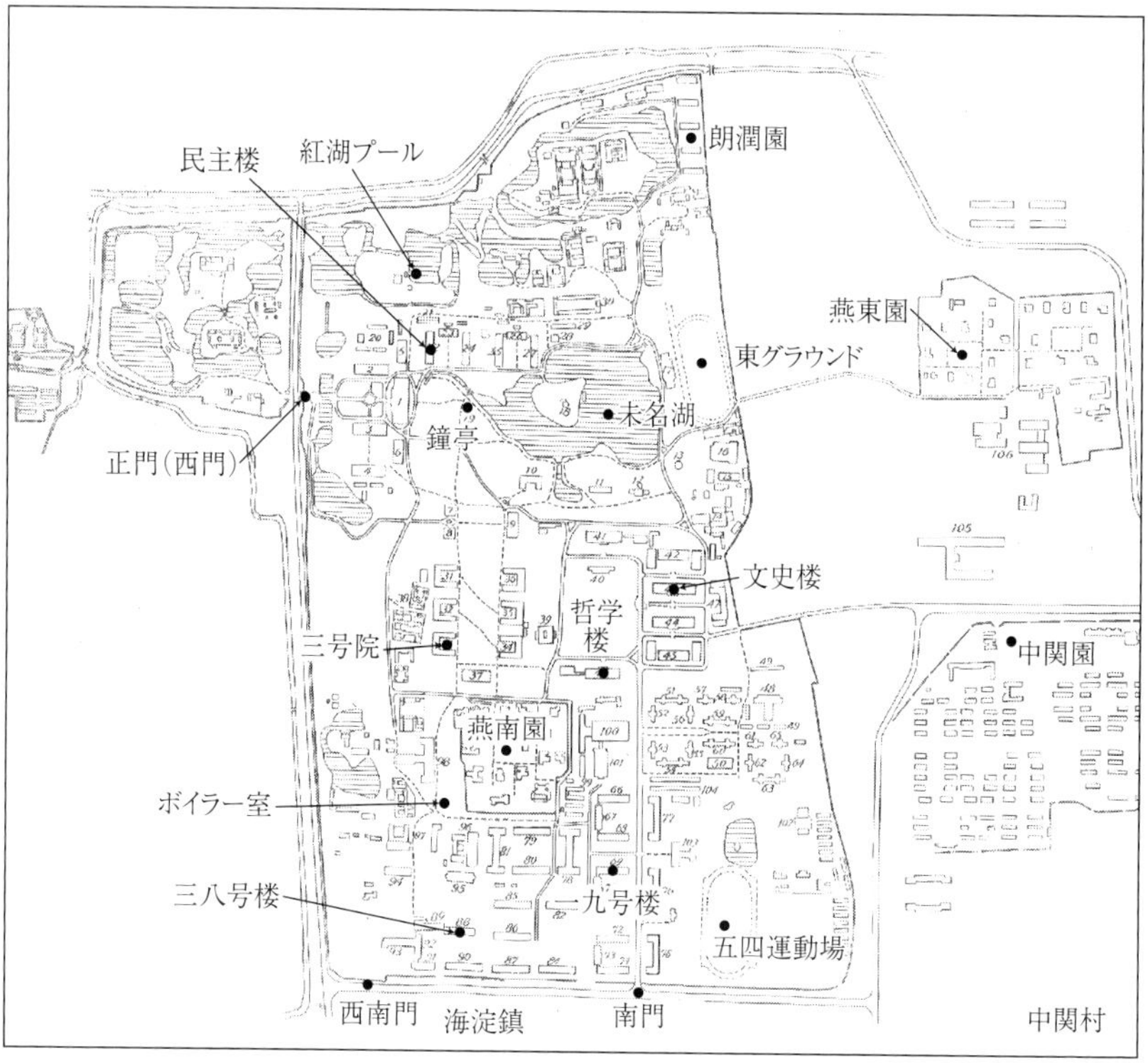

北京市全図

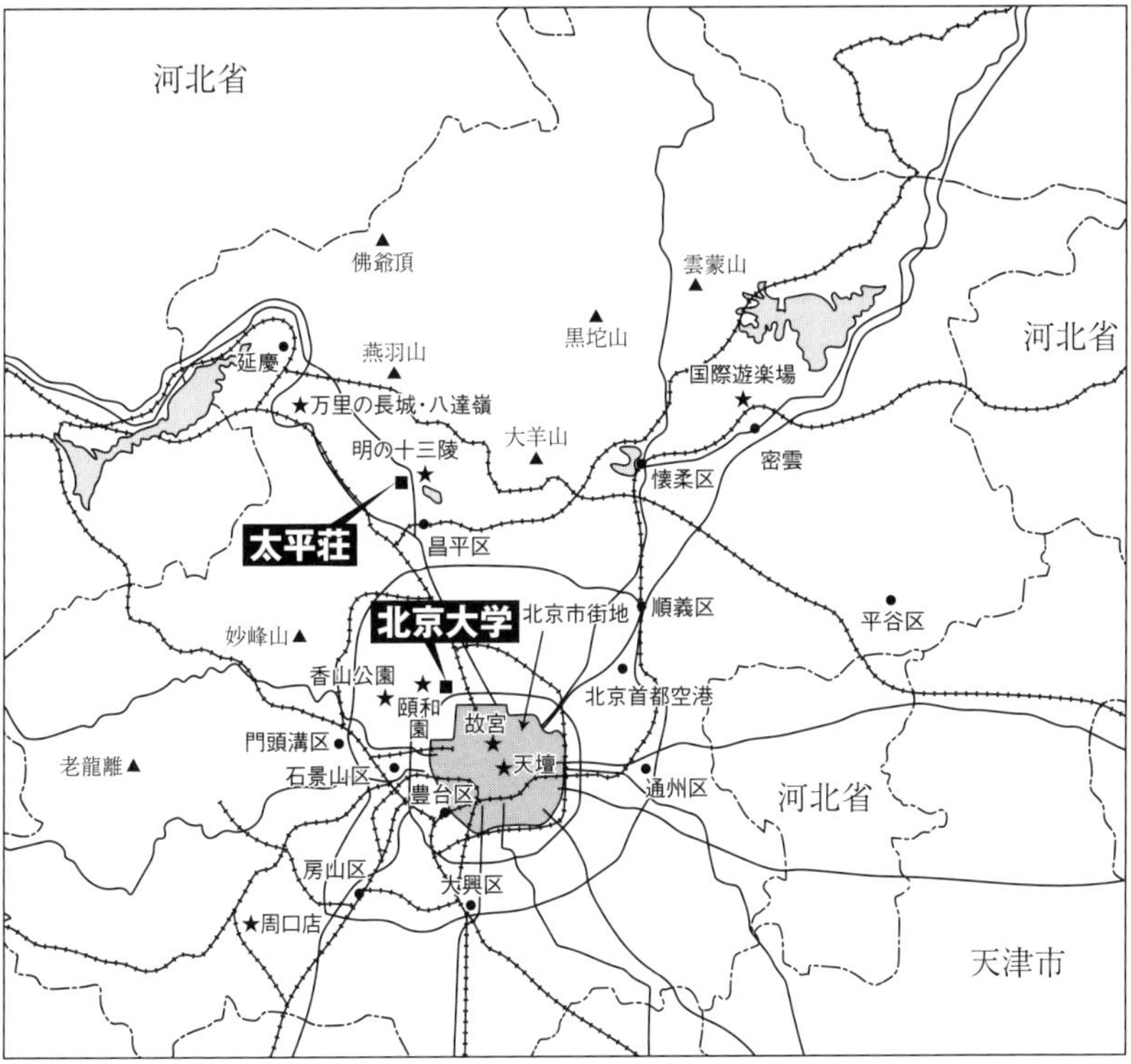

河北省
佛爺頂
雲蒙山
黒坨山
河北省
延慶
燕羽山
国際遊楽場
★万里の長城・八達嶺
大羊山
明の十三陵
懐柔区
密雲
太平荘
昌平区
北京大学
北京市街地
順義区
平谷区
妙峰山
香山公園
頤和園
北京首都空港
故宮
門頭溝区
老龍離
天壇
石景山区
通州区
豊台区
河北省
房山区
大興区
★周口店
天津市

凡例

一、本書は、郝斌著『流水何曾洗是非——北大「牛棚」一角』（簡体字版：未公刊、繁体字版：二〇一四年、台北・大塊文化出版より刊行）を翻訳したものである。

二、読みやすさを考慮して、以下の通り原文を変更している。

「　」と「?·」や「!」は適宜削除し、また改行をおこなった。

三、本文中のカッコについて

（　）は著者自身による補足であり、〔　〕は訳者による補足である。

四、各章末の注について

著者によるものは【原注】と記し、それ以外は訳者によるものである。

五、人名・用語のルビは、日本語読みは平仮名、中国語原音読みは片仮名としている。

六、本書の時代背景を理解するための一助として、「北京大学文革史関連年表」と「北京大学関係者人名リスト」および「索引」を作成し、巻末に付した。

●文革下の北京大学歴史学部——「牛棚」収容生活の回想

一　序章

一九六六年夏、北京大学のキャンパスは騒然となった。陸平学長から各学部長、各クラス主任まですべての幹部は、一夜にしてみな「反革命黒幫《ヘイバン》」[1]となってしまい、各学部学科の有名教授たちも、一斉に「ブルジョワ階級の反動的学術権威」とされたのである。彼らは炎天下に引きずり出され、学生と学外者による批判と屈辱にさらされた。この時以来、大学のキャンパスからは、授業を告げる鐘の音は消え、批判大会で叫ばれるスローガンが響きわたるようになった。中国「プロレタリア文化大革命」（以下、文革と略記）の戦火は、北京大学のキャンパスから燃え広がっていったのである。

まず「黒幫」（黒い一味）という言葉の説明から始めよう。

この二文字が最初に人々の目に触れたのは、中国共産党中央委員会の機関紙『人民日報』であった。一九六六年六月二日付『人民日報』の一面トップは、北京大学哲学部聶元梓《じょうげんし》[2]ら七人がその数日前に北京大学キャンパス内に貼り出した大字報「宋碩《そうせき》、陸平、彭珮雲《ほうはいうん》が文化革命の中でいったい何をやっているか」が転載され、さらに同じ紙面に「本報評論員」の名で「北京大学に出た一枚の大字報に歓

図1　陸平
文革開始時の北京大学学長。中央人民ラジオ放送局が繰り返し大字報の内容を放送していた際に、彼は家の中で茫然と座り、一言も発しなかったという。すぐに彼は一切の職務をはく奪された。その後三年間、彼に与えられたのは、随時行われた各種批判会と拷問である。文革終了後も数年間、彼は北京大学の構内に足を踏み入れることができなかった。校庭の湖や塔の佇まいは好ましいものではあっても、心を傷ませるものがいたる所に残っていたからである。

声をおくる」と題する評論が掲載された。後者はわずか一〇〇〇字ほどの短文であったが、摘発されたばかりの「陸平とその一味」を指して、「黒幇分子」、「黒幇」、「黒組織」、「黒紀律」などの言葉を六回も繰り返し使用していた。

当時、『人民日報』は、若い知識人たちが崇敬と信頼の念を抱いて自らの行動指針とし、自分の思想を涵養する上での導きとして読むものであった。そして「本報評論員」という署名もまた、格別な威厳を持っており、新聞としての『人民日報』そのものよりも一段と高く位置づけられていたことは、敢えて口に出さなくとも周知のことであった。それゆえ「評論員」の文章は、いっそう神秘性を帯びていた。さらに「黒幇」という言葉の独特な新鮮さと煽動力も加わり、北京大学で摘発されたこの一連の人々は、やがて各々罪状ごとに「帽子《マオズ》」[3]を与えられたにも関わらず、「黒幇分子」という総称で呼ばれるようになったのである。彼らを勾留する場所も「黒幇大院」と呼ばれていた。また、批判闘争の嵐に巻き込まれたが、後に大した批判対象ではないと判明した一部の人たちは、「黒幇爪牙」(黒幇の手先)と呼ばれていた。

だが、この時、「黒幇」という言葉は、北京以外の各省の人にとって自身に直接の関係がなく、北京大学独自の呼び方のようであった。文革が進展するにつれて、各省でも身近な人たちが次々と引きずり出され、批判対象の規模が拡大して「大部隊」を成していったが、意外に「黒幇」という語は普及せず、「牛鬼蛇神《ニュウグイシェシン》」(4)という呼称に取って代わられたのである。その経緯についてはよくわからないが、「黒幇」という名称は、康生(5)が付けたもので、「牛鬼蛇神」は毛沢東主席が付けた名前であるから、命名者の地位が一つの要因で変ったのかもしれない。

私たちは、今やすでに足腰も弱まり、心も波風の立たない古井戸のようになった老人であるゆえ、人に対しても事に対しても、もはや当時のような政治的敏感さはない。「黒幇」と「牛鬼蛇神」とを比較してみることは、社会言語学的、メディア学的には多少の研究価値があるかもしれない。しかし、この二語は、語義においては実質的な規定性はなく、どちらも大きな容れ物で、なんでも投げ込み放題である。敢えて言えば、後者のほうがより投げ込みやすいかもしれない。「地・富・反・壊・右」(6)という用語と比べてみれば、「牛鬼蛇神」はその延長線にあって、よりいっそう対象が拡大されたものと言える。私はこの批判される一群に入れられた身なので、どのように呼ばれようと大して違わないし、

図2　最初のマルクス・レーニン主義大字報
指導者に称賛された最初の「マルクス・レーニン主義大字報」。1966年春に彭真、羅瑞卿、陸定一、楊尚昆が失脚した時、闘争はまだ上層部に限られており、一般の民衆は何も知らなかったが、5月末、北京大学哲学部の共産党書記聶元梓ら数人が、北京大学キャンパス内で学長陸平を名指してこの大字報を貼り出したことで、まさに天火が一般民衆へと燃え広がったといえよう。

図3　1966年6月2日、『人民日報』一面トップに聶元梓らの大字報を掲載し、「本報評論員」署名の文章で称賛した。以来、大字報はキャンパス中どこにでも貼り出され、そこから中国全土へ広がった。

その優劣高低を分別することもできない。

今になって分かったのは、文革期間中、全国で摘発された人は一〇〇〇万人を超えたが、「牛鬼蛇神」と呼ばれたのが殆どで、「黒幇」と呼ばれたのは北京大学、清華大学の両校の大学関係者のみである。今から話そうとするのは、過ぎ去った昔のことに過ぎないので、便宜上、俗説や多数説に従って「牛鬼蛇神《ニュウグイシエシン》」と呼ぶことにしよう。

つづいて「牛棚《ニュウポン》」〔牛小屋〕という言葉について説明しよう。「牛鬼蛇神」の呼び方が広がってから、その「牛鬼蛇神」たちを監禁する場所を「牛棚」と呼ぶようになった。「牛棚」という呼び名は「牛鬼蛇神」に由来するが、語の意味はかなりの変化を辿ったのである。

文革勃発当初は、私たち「黒幇」は、あらゆる人に敵視される対象であり、いわば神も人も怒り、天地ともに赦しがたい存在であった。「牛鬼蛇神」という呼び名は絶対的な蔑称であり、政治的に貶められる意味であった。そのような時期に、「牛棚」という二字の使用は、まだ不可能であった。いわゆる無産階級革命派のなかに、この種の遊び心を持って、このような諧謔的な冗談を言える人が果たしていただろうか。あらゆるものが政治化されていたあの時代では、このような冗談を言っただけで、その人自身が「牛棚」に入れられてしまうかもしれなかったからである。

「牛棚」という言葉がいつ登場したのか、私には分からないが、三年後、私が「牛棚」から出された後、紅衛兵の口からはじめてこの言葉を聞いたのである。彼らは同級生の一人を「牛飼い」と呼んでいた。その時、「牛棚」を出たばかりの私は、外の世界の言葉についてほとんど知らなかったので、あの学生が農民出身で、幼い頃に牛を放牧したことがあったからだと思っていた。何度か聞くうちに、はじめてその意味を理解することができた。なるほど、あの学生は「牛棚」に入れられた私たちの監視者であったからだ。これに気付いて私は本当に驚いたのであった。考えてみれば、それはすでに一九六九年の夏のことであり、その時には、北京大学の学生のなかに文革に対する倦怠感がすでに蔓延していた。

　この二つの言葉についてはさておき、北京大学の「陸平とその一味」に戻ろう。一九六六年の六～七月の間、彼らは「黒幇」と名指しされ停職になったが、処分を待つ間は、口頭もしくは紙面で自らの「罪」を自白する程度で、多勢の前に晒されたり、批判を受けたりすることは滅多になかった。七月下旬、北京大学東グラウンドで開かれた教職員と学生の万人大会で、江青が[7]北京大学共産党委員会の職権を代行していた工作組[8]を追放すると宣言してから、摘発される「牛鬼蛇神」が倍増し、彼らは

図4　江青
1966年7月下旬、江青は立て続けに北京大学を訪れていたが、当時の人々は彼女が公職を持っていたことを知らなかった。25日夜、東グラウンドで開かれた全学教員学生万人大会で、初めて彼女の「中央文革小組」副組長という身分を示されたが、このポストの重みについて誰もがまだ明確に理解していなかった。それから10年、中国は大きく乱れた。人々は翻弄されることが増えていくなかで、彼女はまさに乱を引きおこす「旗手」にふさわしい人物だと、ようやく分かったのである。

大学の部署ごとに、「労働改造隊」に編入され、制度化された管理体制の下で、減給処分を受け、電話の使用を禁止されたりするようになった。また、各人の「罪名」（「帽子《マオズ》」とも言う）もほぼ確定され、「罪」の大小も序列化されたのである。ただ、その頃は、「牛鬼蛇神」と呼ばれる者は、日中には引き出されて批判を受けたり、監視のもとで強制労働を強いられたりはしたが、夜には帰宅することが許され、息抜きするひと時があった。しかし、一九六八年の春になると、聶元梓が率いた「紅色権力機構——北京大学文化革命委員会」はそれまで各学部に分散していた「労働改造隊」を統合し、全校規模の「牛棚」を作った。そこに二〇〇名あまりの「牛鬼蛇神」が集中され、全員寝食を共にしながら、毎日部署ごとに批判闘争や強制労働をさせられるようになった。すると四六時中監視学生のもとにおかれ、息抜きをする間さえなくなったのである。

歴史学部の「牛棚」はやや異なっていた。これこそ私がこれから語ろうとする物語である。一九六六年九月二七日、私たち二三名の「黒幇」は北京市北部の昌平県太平荘にあった北京大学の「半工半読」(9)基地に連行され、外部から完全に遮断された「労働改造所」に入れられたのである。一九六七年春から夏にかけての間は、聶元梓が率いる「紅色権力機構」の勢力が一時衰え、監視学生も自ら解散したため、五～六ヵ月間、私たちに対する「縛りが緩む」時期があったが、その後、再び太平荘に送られた。文革が勃発し歴史学部で最初の「牛鬼蛇神」が引き出されてから一九六九年の夏に至るまで、筆者を含めたこれらの人は、前後を合わせて三〇ヵ月間にわたり拘束された。

当時、筆者は歴史学部の助教であり、最初から最後まで一日も「牛棚」を「欠席」することはなかった。今、数えてみれば、歴史学部の「牛棚」に収容された人は三〇人余り(10)いたが、後に回想録の中で

「牛棚」のことに言及したのは年長者の教員二人だけであり、しかも軽く触れただけであった。今や、当時の仲間がほとんど他界し、残りの数人も高齢となった。今、書き残さなければ、あの「牛棚」の記憶はもう「無何有」の地、すなわち何物もない世界に持って行かれてしまうのであろう。

まさに

閑坐細数牛棚事　閑坐《かんざ》して細《こま》かく数《かぞ》う　牛棚《ぎゅうほう》の事《こと》

豈容青史尽成灰　豈《あ》に容《ゆる》さんや　青史《せいし》の尽《ことごと》く灰《はい》と成《な》るを

注

（1）黒は、「ブラック」、不正な事柄や非合法的な事物を俗に「黒（ブラック）」と形容する。幫は、組織、一味、グループの意。文革中の「黒幫」という語は、「反動的」で打倒すべき対象とされたグループまたはそのメンバーを指す蔑称であった。

（2）聶元梓（一九二一―二〇一九）は、文革初期、北京大学の造反（文革）派リーダーの一人として知られる人物。文革収束後は罪に問われ収監された。晩年は自伝『聶元梓回憶録』（時代國際出版有限公司、二〇〇五年）を著した。

（3）つまり罪名のこと。当時は罪名のことを頭上に被られた帽子に例えて言っていた。

（4）本来は牛頭の化け物や蛇身の魔物などの妖怪変化を意味する言葉で、比喩的に社会のさまざまな醜悪な事物や悪人を指していたが、文革期には「革命」の敵とされ、批判対象となった人々への蔑称として使用された。

（5）康生（一八九八―一九七五）は、文革中江青と結託して中央副主席となったが、一九七五年に病没。文革収束後、共産党から除名された。

（6）「地・富・反・壊・右」はそれぞれ、地主、富農、反革命分子、悪質分子、右派分子といった階級区分の略語。

文革以前から批判・弾圧の対象とされた。

（7）江青（一九一四―一九九一）は、一九三八年陝西省延安で毛沢東と結婚。一九四九年の建国後は病気と称して休養することが多く、殆ど政治・社会活動に参加しなかったが、六〇年代から「京劇革命」の名のもとに文学芸術界の活動に参与し始め、文化大革命の際は先頭に立った。文革中は、劉少奇や林彪《りんぴょう》への批判で功をあげ、権勢が膨張していわゆる「四人組」のリーダーとなった。文革終了後、主犯格として死刑判決を受け、獄中で亡くなった。

（8）工作組は、文革初期、共産党中央と各省、市の党委員会が一部の部門、機関に派遣したもので、現地の党委員会の代わりに運動を指導した臨時の権力組織。一九六六年七月末、毛沢東は「工作組は運動を阻害した」と批判したため、工作組は撤収され、逆に工作組のメンバーが批判を受けることとなった。

（9）半工半読は、労働に従事しながら学業を続けるという意。一九五九年から提唱された教育方針で、学校附属の工場や農場を作り、学生の生産活動への参加が奨励されていた。

（10）【原注】以下で述べる文革期間中（歴史）学部から引きずり出された「牛鬼蛇神」のほか、太平荘の「牛棚」には、南口農場〔太平荘と同じ昌平県にあった国営農場〕から移送された元歴史学部の「右派」学生も何人かを一時拘留したことがある。

二　三号院入口の対聯《ついれん》(1)

聶元梓らの大字報(2)が中央人民ラジオ放送局から放送された一九六六年六月一日以降、北京大学歴史学部では学部長翦伯賛《せんはくさん》ら九人(3)の名前が直ちに学生たちの大字報に載り、名指しで批判された。この時、上から工作組が急遽派遣され、彼らに自白を迫った。局面がコントロールできなくなるほど激化した時、例えば六月一八日、呉代封、徐天新、范達仁の頭上には、便所の屑入れカゴや紙帽子が被せられ、顔や服にもインクが撒かれた。七月末、工作組が引き揚げたとたんに「天下大乱」し、さらに筆者を含む二〇人が摘発された(4)。二年後の一九六八年に、呂遵諤《りょじゅんがく》、羅栄渠《らえいきょ》、謝有実、呉維能、李原ら五人が新たに摘発され、「牛鬼蛇神」の総数は三四人に達した。この年に歴史学部（現在の考古文博学院は当時まだ歴史学部に属していた）に在籍する教職員の総数は約一〇〇人(5)であったが、批判対象として摘発された者は三分の一を超えた。「牛鬼蛇神」はこれほどの大勢となり、まるで一部隊を成しているようであった。では、彼らを批判する側はどういう者たちかというと、それは学生であった。大学には学生はいくらでもいる。運動初期の要は起爆力である。若者は太鼓を一打ちすればすぐに立ち上がる。

図5　三号院内
当時北京大学歴史学部の所在地。どんなに静かな所だったか。しかし1966年の夏は、ここは見物人で溢れ騒然としていた。私たちはここで批判を受け、土下座をし、髪の半分が剃られて「陰陽頭」にされていたのである。

まさに毛沢東主席自らの手はずに従い、彼らは文革初期の運動の主力部隊となった。

　各学部の「牛鬼蛇神」は、みなキャンパス内の開けたところに連行され、掃除や草取りをさせられた。これが、事実上の公開の批判会場となった。学外から、波が押し寄せるように大勢の人がやってきていた。北京大学文革委員会の機関紙『新北大』の報道によれば、七月二九日から八月二八日まで、一ヵ月間の学外見学者数はのべ約二一二・四万人[6]に達し、八月一二日のわずか一日だけでも一三・八万人[7]にのぼり、正月や祝日の北京駅に匹敵するほどであった。

　私たちは全員、首に「黒幇分子×××」のプレートを掛けられていたため、遠くからも見物人の目を引きつけた。まるで動物園で展示されている動物のようであった。しかし、観客が展示物に与えたのは怒号と罵声であり、果ては髪の毛を引っ張り、さらに殴る蹴るをも加えられたのであった。

　当時、歴史学部の事務室は三号院にあった。三号院は中庭のある伝統的様式の建築で、黒レンガ造りに朱塗りの柱、観音開きの朱塗り門扉が取り付けられた入口があった。その入口から奥の建物までは、二人しか並んで歩けないほど細いコンクリートの敷かれた小路が続いていた。路面は苔に覆われ、建物全体は静かで落ち着いた佇まいであった。しかし、一九六六年の夏、三号院の壁は大字報で埋め尽くされた。一層また一層と、前のものの糊がまだ乾いていないうちに、次のものがもう貼り付けられていった。中でも赤い×印が付けられた「翦伯賛」の三文字が最も多かった。壁をつたうツタは青々として、昔日の趣きを呈していたが、残念ながら、この時にはそんなことに気づく人はもういなくなっていたのである。

ある日、歴史学部の「牛鬼蛇神」二四人は三号院の学部文革委員会の事務室に呼ばれた。恒例の訓示が終わり、監視学生が私たちを連れてキャンパスの草取りのために三号院の入り口を出ようとしたとき、正面から入ってきた「串聯《ツウアンレン》」(8)の人たちに進路を塞がれ包囲された。人がどんどん増えていき、庭周りの塀の上までもよじ登った人でいっぱいになった。なだれこんできた人たちに押されて、私たちの隊形はたちまち乱れ、群衆に囲まれて一つの塊のようになってしまった。思い返すと、私たち「牛鬼蛇神」はよくもこの時、困難の前で助け合う「道義」を忘れずにいたものだ。まず唯一の女性陳芳芝を真ん中にして保護し、次に年長の向達と病弱な楊人楩《ようじんべん》、そして邵循正《しょうじゅんせい》を体の後ろに回した。当時すでに五〇歳を超えていた周一良先生さえ、勇気を奮って前に出て、左へ右へと盾になってくれたのである。

四〇数年後、八〇歳近くなった夏応元先生と一緒に往時の「牛棚」生活を回想したことがあった。三号院で包囲された話に及んだ時、彼は突然声を上げ、表情も意気軒昂とした様子に変わったのであった。当時、私たちは引きずり出されて批判を受けてからすでに一ヵ月が過ぎ、四六時中惨めな思いばかりさせられ、豪気を感じることは一瞬もなかった。朝から晩まで鬼呼ばわりされて、人となることさえ許されていなかった。しかし、あの日の三号院で、生命の危機を目の前にして助け合えたことが、私たちに人としての感覚を味わわせてくれた。その感覚は至って深いものであった！　諺にもあるように、ボロボロになった箒でも、自分のものであれば千金の値打ちがあり大切にするものである。それ以来、文革は一〇年間続き、私たちはかりそめに生きる日々を送っていた。このような壮挙ができたのは、ただこの一度きりであった。あの日のことは、夏先生と一緒に回想した際には、私たち自らの慰めとなったのであった。

話をあの日の三号院に戻そう。前方に立つ学外の連中は、私たちと押し合って体が密着してしまい、本来なら「牛鬼蛇神」は腰を低く曲げなければならないとされていたが、これでは腰を伸ばさざるを得なくなった。彼らのほうも、手を挙げてスローガンを叫びたいところであったが、拳を振り上げることすらできなかった。後方に立つ者たちには、私たちの自白も聞こえなければ、顔も見えない。彼らは憤懣やるかたなかった。さらに外から絶えず人が押し寄せてきて、中庭では革命大衆と「牛鬼蛇神」が入り混じってしまい、まったく境界線がないという、彼らにとっては気まずい状態となった。この時、突然誰かが、「奴ら〔黒幇分子〕を上に立たせろ！」と叫んだ。

三号院には東向きのバルコニーがある。この時はすでに足の速い者たちに占領され、人でいっぱいになっていたが、なんとこの一声で人込みの中に本当に道が作られ、私たちはバルコニーへ押し上げられて、横一列に並ばされた。そして、私たちは一人ずつ中庭に向かって自分の姓名、出身、どんな「帽子」をかぶっているかなどを自白させられ、群衆も静かになっていった。それは八月下旬ごろで、ちょうど毛沢東が八月一八日に天安門城楼で紅衛兵を観閲した直後で、毛沢東が欄干に手を添え、紅衛兵のリーダーたちを観閲するパノラマ写真が、当時のあらゆる新聞や掲示板に出されていた。バルコニー下の若者たちは、あの年代特有の政治的感性を持っていたからか、私たちが高いところ、しかも欄干の後ろに立っていて、彼らが頭を上げて見上げなければならないこの場面は、どうやら「八・一八」の毛沢東の観閲を連想させたらしい。すると、今度は、下からまた大声で叫ぶ者がいた。「だめだ！　奴らに観閲されているようだ！　奴らを欄干の外に立たせろ！」

四〇年後、この回想録を書くために、私は巻尺を持ってわざわざ三号院に行ってバルコニーを測ってみた。欄干の高さは一メートルほど、欄干の外に、出幅約七〇センチの排水溝があり、排水溝の窪み部分は幅五〇センチ足らずであった。当時、私たちは命令に従い、欄干を乗り越え、外の排水溝に立たざるを得なかった。私のつま先は、バルコニーの外縁まで僅か一〇センチくらいであった。しかし、また誰かが叫んだ。「跪《ひざまづ》け！　全員跪け！」この時点で、中庭での押し合いやにらみ合いが三〇分、バルコニーに立たされ、批判を受けてからさらに三〇分が経過していた。炎天下で私たちはみな、ふらついていた。私はひそかに思案した。この排水溝は膝ひとつほどの狭いところで、窪みもあって中に石が敷かれている。跪こうとしたら、何よりも体のバランスを保たなければならない。もし下に転落したら、死には至らなくても、肋骨が何本か折れてもおかしくはない。その年、三二歳の私でさえ、このような危惧をもっていた。向

図6　三号院バルコニー欄干外の排水溝
1966年8月のある酷暑の午後、北京大学歴史学部の「牛鬼蛇神」24人はここで一列に跪き、大勢の人々から批判を受けた。排水溝は幅僅か70cm、前には何も遮るものが無かった。正座は許されず、「長跪」という腰を真っ直ぐした姿勢を強要されたが、重心は前に傾き、私たちはみな、転落を危惧していた。

達先生は六六歳、楊人梗、商鴻逵《しょうこうき》、鄧広銘、邵循正の諸先生は六〇歳過ぎか六〇近い歳であった。彼らに果たして耐えられるのだろうか。幸いにも、その日は、私たちは全員最後まで耐えた。ただ、批判大会が終わって、監視学生が私たちに労働に出て行くよう命じた時、向達と楊人梗は跪いたまま動かなかった。実は、彼らは、しばらくは立ちあがれなかったのであった。

これは、私たちが体験した文革中の「一回目の拝跪」であった。実は、バランスを保って転落しないようにするのはまだ比較的簡単な方で、人格を否定するような精神面でのプレッシャーや侮辱に堪えることこそ困難なことであった。西方語言文学部の兪大絪《ゆだいいん》教授は、英文学の専門家で、普段の教学は緻密かつ厳格で、学生に正確さとともに流暢さも求め、人々から尊敬されていた。私たちが三号院で跪かされる数日前、彼女は強制され大勢の前で跪いた。名門出身で高貴な精神の持ち主であった兪先生は、命よりも尊厳を重んじる人であった。かくの如く扱われた以上、この世にはもう何の未練もない。家に戻った彼女は、そのまま従容としてこの世を去った。この知らせが私たちの耳にも届き、その衝撃が残っている中で、私たちもずらりと一列に並ばされ跪いた。その中で私たちが最も心配していたのは向達先生であった。彼は一徹な性格で、このような「待遇」に堪えられないのではないかと危惧していた。翌日の集合時間に、先生だけが来なかった。みんな肝を冷やしたが、幸いただの遅刻であった。向先生は遅刻したことで叱責されはしたが、列に並んでいる私たちは全員ほっとした――向先生はこの試練を乗り越えることができたのである。

後日、向先生にはさらに「二回目の拝跪」があった。しかし、それは彼だけの「独り拝跪」であった。周一良先生や私なども、第二拝跪と第三拝跪があった。二回目の時、私はなるほど「一回目の拝跪」はウォーミングアップの効能があったことに気付いた。あの日、三号院で、私たちはバルコニーの排水溝いっぱいにずらりと跪かされた。屈辱感、プレッシャーは非常に大きかったが、「牛鬼蛇神」の人数も多かった。力学の定理によると、底面積が大きければ大きいほど、単位面積あたりの圧力は小さい、両者は反比例を成す。私たちの事例に適用しても、「独り拝跪」と「全員拝跪」との差異は明らかであった。ただ、もし「独り拝跪」と「全員拝跪」のどちらがより恥ずかしかったか、と問われるならば、その時の私たちは、誰もが耐えられないほど恥ずかしかった、自殺したいほど恥ずかしかったと答えよう。だが今は、声高らかに叫びたい、恥じるべき者は他にいる！　恥じるべきは私たちではない！

この時の歴史学部の三号院は、まさにすし詰め状態で、騒々しく、乱雑な様相となっていた。しかし思いもかけず、この時の三号院が偉大な指導者に注目されたことは、さほど知られていない。

ある日、私たちはいつものように三号院に集合した時、入口の色褪せた朱塗りの門扉に対聯が貼られていることに気付いた。

廟小神靈大　　廟《びょう》は小《しょう》にして神霊《しんれい》は大《だい》なり
池浅王八多　　池は浅くして王八《ワンバー》は多し　　〔王八は亀、恥知らずのような侮蔑の言葉〕

私が「牛鬼蛇神」に身を落としてからすでに一ヵ月余りになり、頭を下げ、腰を屈《かが》め、口に「罪有り」と唱えるなど、〔京劇でいう〕手〔手振り〕・眼〔視線〕・身〔姿勢〕・法〔行い〕・歩〔足さばき〕など「四功五法」の舞台技法は大体習得したが、気持ちの調節はまだできていなかった。この対聯は、当時の大字報によく使われている薄い紙を用い、字はくねくねと歪んでいるだけでなく、糊付けもしっかりしておらず、片方は上の角がはがれ落ちて一字目の半分は見えなくなっていた。私は一目みて気分が悪くなるほど反感を覚えた。これは露骨な人身への侮辱で、厳粛な政治闘争を歪曲していると思い、見識のあるリーダーならきっと修正や指導をしてくれると信じていた。笑わないでほしい、あの時の私は、「牛棚」に陥って一ヵ月を超えていたが、依然として正統な考え方を持っていたのだ。

何日か経って、同じところに新しい対聯が貼り替えられていた。上の句は相変わらずであったが、下の句は一字修正された。

廟小神靈大　　廟は小《しょう》にして神霊《しんれい》は大《だい》なり

池深王八多　　池は深くして王八は多し

新しい対聯は、字もずいぶん大きくなり、立派な「顔真卿体」で書かれて、貼り方もきちんとしていた。

この対聯について、当時北京大学文化革命委員会の主任職〔委員長〕にあり、一時の風雲児であった聶元梓が、のちの回想録で以下のように述べている。「この対聯はなぜか毛主席の耳にも届き、毛主席は『一字を変えよう、池深王八多にせよ』と言われた。毛主席のこの話は、その娘の李訥から直接教えて貰った(9)」。その当時、毛主席の口から出た話は、すべて「最高指示」、「最新指示」と敬われ、各地で銅鑼や太鼓を鳴らしながら町中を歩いて、直ちに周知徹底され、その指示の周知は「夜を越さない」と言われたほどであった。しかもそのやり方も通例化していたのである。しかし、どういうわけか、聶元梓の地位を充分高めうるこのスクープ、この「奇貨」は喧伝されずに伏されたのであった。のちの資料からみれば、毛主席はあの時、文革の火を共産党上層部、さらには全国まで燃え広がらせようとしていたようである。ただ、それはあくまでも彼自身の「瓢箪の中の妙薬」であり、本人以外の誰もがそれを知りえたわけではなかった。囲碁の対戦に例えるならば、これはまさに対局がまだ始まったばかりに過ぎない。後には、激戦によって天地が乱れ、あたり一面は血の海と化し、そしてようやく戦いが収束するのであった。この時の三号院の対聯は彼が布いた一石に過ぎない。北京大、北京大！　北京大学は兵家が必ず争う地となり、政治盤上の金角銀辺[10]となったのだ！　三号院、三号院！　三号院は大いにその「恩恵」にあずかった！

図7　三号院の入口
「廟小神霊大、池浅王八多」という対聯は観音開きの朱塗り門扉に貼られていた。初めは目立たなかったが、ある人の手によって一字を変えられ、「廟小神霊大、池深王八多」となり、大学全体を震撼させた。その意味するところはなんと大きかったことか！

　私が「牛鬼蛇神」となったのは、あまりにも突然の出来事であった。当時我が家は北京市中心部の東単地区にあり、そこから北京大学まで一時間半バスに乗らなければならず、交通の不便なところであった。妻は私の状況を心配していたが、私の消息を知るすべもなかった。だが不意に、娘から消息を得た。当時四歳足らずの娘は、天安門付近にある緞庫《だんこ》胡同《フートン》の町営寄宿託児所に入っており、毎週土曜日に家に帰る。その日、彼女は家に帰るなりすぐにお母さんに告げた、「パパは『黒幇』で、北京大学で草取りをしている！」これは北京大学に来ていた託児所の先生がほかの先生と話した時に、彼女の耳に入った話であった。子どもは無心なもので、「黒幇」が何を意味するのかを知らないままに託児所の先生の口調を真似ていたのである。いくら歳月が流れても、妻はあの時の娘の真剣な表情をはっきりと覚えていた。四歳足らずの娘が真似をしたのは、先生たちの口調であり、あの時代の雰囲気であり、毛主席の文革の火を底辺から燃え広がらせようとする戦略であった！私は毎日、人に押され突かれていて、観衆のなかに娘の先生がいることなど知る由もなかった。毎日毎日、人の群れやスローガン、批判の声に埋もれながら、茫然とするだけであった。私には自分の扮した役を知りようもなかったのであった！

まさに、

開局布子　金角北大労借重　　局《きょく》を開《ひら》き子《いし》を布《し》き　金角《きんすみ》の北大《ほくだい》は借重《しゃくじゅう》を労《ろう》す

池浅池深　銀辺三院有名聯　　池浅《いけあさ》く池深《いけふか》く　銀辺《ぎんぺん》の三院《さんいん》には名聯《めいれん》有《あ》り

注

（1）対聯《ついれん》は、中国で門や柱などに貼ったり吊るしたりする対になった文句のことで、二句で一組の文句は同一字数で相対する内容、文法や音声もみな相応して、美しく整っていなければならない。新年を祝うものから死者を弔うものまで、表現の内容はさまざまである。

（2）【原注】一九六六年五月二五日、聶元梓ら七人が署名した大字報「宋碩、陸平、彭珮雲は文化革命のなかでいったい何をやっているか」がキャンパスの中に貼り出された。それを受けて一九六六年六月一日の夜に、中央人民ラジオ放送局が毛沢東の指示でその全文を放送した。

（3）【原注】ほかの八人は、許師謙、周一良、徐華民、汪籛、徐天新、呉代封、范達仁、兪偉超であった。

（4）【原注】この二〇人は、向達、楊人楩、鄧広銘、斉思和、邵循正、陳芳芝、商鴻逵、閻文儒、宿白、栄天琳、陳仲夫、田余慶、高望之、楊済安、張注洪、李開物、夏応元、孫機、郝斌および北京大学党委員会が太平荘に派遣した党委員会事務室幹部張勝宏であった。張勝宏はのちに経済学部教員となった。

（5）【原注】郭衛東・牛大勇主編『北京大学歴史学系簡史』（初稿、未刊）を参照。

（6）【原注】王学珍・王效挺・黄文一・郭建栄主編『北京大学紀事（一八九八―一九九七）』下冊、六五一頁、北京大学出版社、一九九八年。

（7）【原注】王学珍・・王效挺・黄文一・郭建栄主編『北京大学紀事（一八九八―一九九七）』下冊、六五〇頁、北京大学出版社、二〇〇八年。

（8）串聯とは、文革中の経験大交流運動を指す。一九六六年七月から毛沢東の指示により、紅衛兵たちが造反、革命の経験を交流するために全国を大移動した。九月に党中央は地方の学生が組織的に北京へ参観・学習・経験交流に来ることを要求し、乗車費・期間中の生活費・食費などすべて無料とする通知を出し、運動はピークに達した。しかし鉄道に過重な負担となることや衛生条件の悪化で病気が蔓延することから一一月に中止の通知が出された。

（9）【原注】『聶元梓回憶録』一六三頁、時代國際出版有限公司、二〇〇五年。

（10）囲碁で最も地の取りやすい角《すみ》とそれにつぐ辺《へん》。

三　「牛棚《ニュウポン》」の外に置かれた「牛鬼蛇神《ニュウグイシェシン》」

歴史学部の「牛鬼蛇神」の中には、つねに課される批判闘争や強制労働を免除された人も何人かいた。しかし彼らの立場は、むしろ私たち以上に酷いものであった。

まず一人目に、学部長の翦伯贊《せんはくさん》のことを挙げよう。

一九五三年私が北京大学に入学した時、彼はまだ五〇歳過ぎであったが、我が学部では教員から学生まで全員が彼に対して敬称の「翦老」を用いていた。しかし文革が起こるや否や、彼はまるで血祭りに使われる牛頭・豚頭・羊頭のごとく、まっさきに「出陣式」の供え物の一つにされた。一九六六年三月、のちに「中央文革小組」[1]の一員になる戚本禹《せきほんう》らが雑誌『紅旗』[2]および『人民日報』で、「翦伯贊同志の歴史観は批判しなければならない」と題した長文を発表した。つづいて六月三日、『人民日報』にまた「ブルジョア階級に占領された歴史学の陣地を奪取せよ」と題した社説が掲載され、翦伯贊に「歴史学界の保皇派」[3]の汚名を押しつけた。まもなく毛沢東自らも翦伯贊を名指しで批判した。

読者諸氏には、以上に述べたような日々変化する事態からも、大体のことは察知されたであろう。

図8　翦伯賛
文革の嵐到来時に北京大学歴史学部主任（＝学部長）に在任。歴史学者呉晗とほぼ同じ時期に批判に遭い、ともに文革の「血祭り」の「犠牲」になった。

すなわち、はじめはまだ「歴史学的観点からの批判」を建前としていたが、その後、学閥的地位に対する「正義ある征討」に変化し、さらには、学術の範疇ではなく政治的問題として扱われるようになった。翦伯賛はこうしてついに現政権の敵にされたのである。「陸平とその一味」が一夜にして敵に回されたことと比べると、これはまさしく祭祀用の生贄ならではの「漸進的」進み方といえよう。ただこのような漸進的批判、いわゆる「ゆで蛙」というやり方が、陸平らの受けた批判方式と比べて、翦伯賛にとって、はたして何か優っていることがあったであろうか。事実をいうと、翦伯賛が「欽定《きんてい》」〔毛沢東という皇帝から名指しを受けたことを指す〕の批判対象であるということの重大さに加えて、彼は喘息の持病をもっており、極めて病弱で、強引なことを少しでもされればその体がただちに壊れてしまう恐れがあった。もし彼がほんとうに倒れて白状すべきものをあの世に持って行ってしまったら、誰がその責任をとることができようか。というわけから、彼は「供え物」として個別に監視役を配置され、多くの時間は室内にいて命じられた自白内容に関するものを書いていたが、大規模な批判会のときは欠かさず連れ出されていた。ある時、彼は独りで連れ出され、一台の馬車の荷台に立たされた——当時、北京大学のキャンパス内で机や椅子、授業用器材などを運ぶ際にはいつも馬車または人力で引く荷車が使われていた。馬車は一定の速度で「悠然」とキャンパスの道路を一周した。思えば春秋時代に、孔子が列国を周遊する際も馬車に乗っていたが、御者は弟子の子路が謹んで務めていた。この時の翦伯贊も、ちょうど七〇歳、孔子曰く「随心所欲不踰矩[4]（もはや心の思うままにふるまっても道義から外れることが無い）」の年齢に達していたのだが、彼にとって「随心所欲（心の思うままにふるまって）」は言うまでもなくありえないことで、あるのはただ「不踰矩」（矩を超えず）の三文字のみ、つまり、紅衛兵たちが定めたルールを踏み外さないようにすることだけであった。こうして彼は命じられて、持つところも、寄りかかるところもない馬車の荷台に立たされ引き回されたのであった。通りかかった学生たちはまるで猿芝居を見ているようにこれを面白がっていた。批判闘争会というものが世に現れてから、たった一、二年で、こんなにも変わってしまい、当初の荘厳さは次第に薄れてゆき、逆に悪ふざけと揶揄が増えた。一方、馬車に立たされた我が「翦老」にとって、これはまさしく苦痛そのものであった。転んで倒れないようそして馬車の上下左右の揺れに耐えられるように、体のバランスを保つことに必死であった。

以上が、「牛棚」の外に置かれた翦伯贊の状況の概略である。このような日々を三年近く経たのち、

図9　翦伯賛夫妻最後の住所
北京大学燕南園64号。1968年の暮れ、翦伯賛の待遇が少し改善され、乱雑な四合院の狭い一部屋からここに引っ越すことができ、止められていた給料も幾分戻ってきた。しかしこのような暮らしになってわずか1カ月、夫妻二人は死に追いやられた。

一九六八年一二月一八日、中央直属の「劉少奇、王光美専案組[5]」の副組長が、翦伯贊の住む燕南園六四号を訪ねた。軍服姿の彼は病床に臥している翦伯贊に対して、強引に問い詰め返答を強要した。翦老は波乱の人生を歩み、多様な経験と見聞をもち、洞察力も優れており、文革

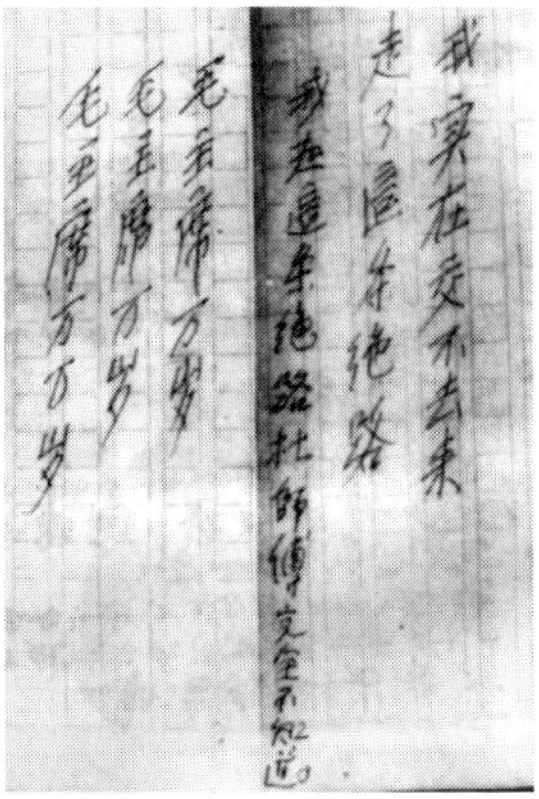

図10　翦伯賛の遺書
1965年12月、戚本禹が『革命の為の歴史研究を』と題した文章を発表して、名指しこそしなかったが、翦伯賛を批判した。2週間後毛沢東から、「戚本禹の文章は大変宜しいが、名指しなかったのが欠点」との論評が出たため、翦の名前が新聞紙に公開され、批判闘争を浴びるようになった。それから3年、もうこれ以上耐えられなくなった翦伯贊が、遺書で毛沢東に「万歳」を三唱して命を絶った。

開始以来の激しい荒波の三年間も乗り越えてきた。この時にはすでに監視が解除され、大きく減給された給料も幾分戻り、住む場所も一部屋だったのが二部屋に変わっていた。待遇の改善が多少みられたなか、なぜか、翦老は死に追いやられた。尋問を受けた一二月一八日のその夜、翦老と夫人戴淑婉の二人は、身なりを整え、正装して大量の睡眠薬を服用して自殺した。二人を死に至らせた重大な理由はほかにあった、という点について、当時も年月がたった今も、人々の認識は一致している。ただし、その日の尋問で何が起きたか、その詳細については当時も明かされることはなかったし、今も真相はなお闇の中にある。夫妻は天寿を全うすることはできなかったが、せめてもの救いは遺体に傷が無かったことである。しかし、亡骸を荼毘に付す際に偽名が使用されていた[6]。そのため、後になって二人の冤罪が晴れて追悼会を開く際にも、遺骨を見つけることができなかった。あの日の尋問者について今わかっていることといえば、ただ、名前は巫中で、軍に在籍していた政治担当の幹部であったという程度のものである。それ以上のことは、当時でも歴史学部の関係者には知りえないものだったし、今日になって新たに情報を見出す可能性も残されていない。しかしこの出来事が歴史の一部である以上、多少知っているところだけでも、すべてここに記して残しておきたい。

次に、「牛棚」に入らなかったハーバード大学の博士で洋の東西を問わず学問に精通していた斉思和教授、および副学部長の許師謙教授について述べよう。この二人は、前者が糖尿病、後者が脳梗塞を患い、文革の勃発より一年前つまり一九六五年から、すでに病床に臥して立つことすらできない状態であった。もし「革命派」が彼らを批判会に引き出すなら、左右から手を貸して支えなければならないので、批判の形がさまにならないどころか、主催者自身が嫌悪を覚えてしまうことになる。そのような理由から、この二人に対しても、当然監視下の強制労働の対象外となり、病床において批判を受けたり、口頭による自白をさせたりした。

図11　斉思和
北京大学歴史学部教授、世界古代史教研室主任〔＝学科長〕を務めていた。西欧の封建社会、ことに荘園制に対する研究で成果をあげるとともに、古代中国史に関する造詣も深く、中外の学に通ずる大物学者であった。

許師謙は西南聯合大学[7]歴史学部の卒業生で、昆明で共産党の地下支部に加入し、解放戦争[8]期間中は、雲南でのゲリラ戦に加わっていた。解放軍が雲南に軍を進めた時、彼は景谷県の党書記の任についていた。解放軍に呼応して十数人を連れて進軍の要路に当たるある橋を守ろうとしたとき、橋のたもとに着くやいなや、いきなり周囲に銃声が響いた。彼らは解放軍がまだ五〇キロも離れていると聞いていたので、これではお陀仏になるのではと絶望した。許氏は大学生の出身で、数日前に銃をはじめて手にしたばかりであり、発砲したことはまだ一度もなかった。部下たちもみんな野良仕事をする農民ばかりで、銃声を聞いて全員が動揺し始めた。彼はここが自分の死に場所だと思ったが、実際は、銃声とともに現れたのは解放軍の部隊であった。この経緯から彼はこの橋を命の恩人と見なしていた。中華人民共和国建国後、彼は知識人としての仕事に復帰したいと要望し、一九五七年に北京大学に着任し、歴史学部の党総支部書記[9]、副学部長を務めた。彼は長い独身生活の末、四〇歳をすぎてやっと結婚して、妻は二〇歳近く年下の女性であった。文革が始まると、彼は「偽の共産党員」と指摘されたが、これはとても重い「罪名」であった。困惑した夫人は、子どもたちが不在の合間をみて彼に内情の説明を切にもとめた。「あなたは果たして真の党員ですか、私に本当のことを言って」。許は次のように返答した。「仮に偽りだったとしたら、長い年月が経った今、私がそれを君に言えると思うか？　もし偽りではないとして、今そう答えたら、お前は信じてくれるのだろうか？」。この会話をよく噛みしめてほしい。夫婦間のプライバシーの会話ですらこのような状況にあり、当時の社会の雰囲気がどんなに険悪なムードに包まれていたか、多少は想像できるだろう。許氏の夫人はその頃、中学校で教員をしていたが、まもなく学生から批判を受けるようになり、自分を顧みる余裕さえもなくなっていた。彼女は早朝、焼いたパン数枚と飲用の白湯を夫の枕元において家を出かけて行くしかないので、〔脳梗塞の後遺症で〕寝たきりになっている許氏にとっては、ひたすら尋問や取り調べにやってくる学生に食事を頼らざるを得なかった。ときには一日中食事ができないこともあった。食べ物や水は枕のすぐ横にあるが、半身不随の彼は手を上げられず、水をとる事さえできない。尋問者が家にやって来て、彼に水と食べ物を渡さなければ、尋問も始められない。私たち「黒幫」とされた人間にとって本来、尋問や取り調べなどはもっとも恐れていたことであった。なぜなら、一言でも相手の機嫌を損ねようものなら罵ったり殴ったりされたからである。しかし体が不自由な許氏にとっては、それはむしろ待ち望まれるものであった。後になって彼がこのことを私に告げた際、「同類」だった私も悲しみを禁じえなかった。

「牛棚」に入らなかった四人目として、当時副学部長代理だった汪籛《おうせん》教授について触れたい。汪氏の専攻は隋唐史、一九三八年西南聯合大学歴史学部を卒業した翌年、院生として北京大学文科研究所に入り陳寅恪《ちんいんかく》[10]先生に師事していた。彼は〔師匠から〕厳格な史学研究法の訓練を受け、史料の選別においてとくに謹厳で、的確な史料にもとづく論考という姿勢を貫いてきた。陳寅恪が『元白詩箋証稿』を著すときに、若い汪籛は助手に起用された。そのような仕事に鍛えられ、歴史研究における彼自身の学風も形成されていった。彼は思弁的能力に優れ、授業では史料をもとに縦横自在に語り、物事に対する分析が透徹していた。一九五四年、私は彼が担当する「中国通史」科目の秦漢史部分を受講した。始皇帝の天下統一と中央集権体制の樹立に関する一節を四回にわたって講義するので、授業の進展は幾分遅くなったものの、受講生全員が興味津々で、その内容に惹きつけられていた。その年の大晦日に、彼は学生の宿舎にやって来て私たちといっしょに除夜の晩餐を食べ、酒が入って酔った後、服のまま学生のベッドで朝まで眠ってしまった。また、私たち学生が先生の自宅まで訪ね、教えを請うこともあった。ときにそれは夜一〇時過ぎにまで及び、その時は必ず先生が全員にタンメンを振舞ってくれた。私たちはさっさと食べてしまうが、先生は話を

図12　汪籛
北京大学歴史学部教授、陳寅恪の高弟。西南聯合大学大学院に在籍中、陳寅恪の門下に入った。生涯の道もこれを機に運命づけられた。彼は歴史研究において師匠が示した学術の規範を忠実に遵守し、謹厳さと周密さを追求して無根拠の論説をけっして出さなかった。文革開始直後、批判闘争に遭った汪籛はただちに毒盃を仰いで命を絶った。いささかの躊躇もなかった。(写真は汪安提供)

しながら食べるので、碗半分はいつも冷めてしまい、夫人の手を煩わせて温めなおしてもらっていた。学生にとっての汪籛教授は、親切で近づきやすく、また思想面では鋭く深いものがあった。一九六二年一一月、汪籛が中央党校[11]で講義をした際、唐の太宗と大臣の魏徴について以下のように語った。

図13　陳寅恪
1953年、汪籛が中国科学院の依頼を受けて広州に赴き、陳寅恪を中国古代史研究所所長として招聘したいとの意向を伝えた。この要請に対し、陳は就任の3条件を提示したが、招聘側がそれを受け入れなかったため、陳も北上することを断念した。

国内情勢の好転と辺境地域における勝利の拡大につれ、貞観中期になると、彼（唐の太宗）の中にはうぬぼれと傲慢な気持ちが生まれ、政治的に劣化していった。「兼聴」（広く意見を聞く）や「納諫（諫言を聞き入れる）」といった良き為政者としての作風が消えてゆき、農民に対する譲法政策も為されず、奢侈を追求する行為が増えるようになった。こうした変化は一部の大臣の強い不満を招いた。貞観一一年（六三七年）、魏徴が連続して時政を論ずる四本の上奏文を太宗に呈し、隋の滅亡を鑑として終始慎むよう進言した。

文革の前に、誰かが唐の名宰相である魏徴の伝記を書こうとして汪籛に力添えを求めた。魏徴の特徴は皇帝の威厳を犯しても諫言を進めることであり、その点において明代の官僚海瑞と似ている。歴史学者呉晗の新編歴史劇『海瑞《かいずい》罷官《ひかん》』[12]（海瑞の罷免）が批判を受けると、ウイルスが拡散するごとく、「魏徴伝」にも、第二の海瑞を称賛して今日の政治を批難しているとの疑いがもたれた。ただ初期の段階では、批判はされるものの、かろうじて「学術的批判」という建前を保っていた。しかしのちに党の中央から出た「五・一六通知」[13]では、呉晗の『海瑞罷官』はもとより政治の問題であって、それを学術問題に限定して論争させたのは、彭真[14]の陰謀と強権であったと名指しで批判された。これ以降、すでに『海瑞罷官』とセットにされている「魏徴伝」はもはや身の隠しようもなく、汪籛もそのために巻き添えとなった。学生が彼の家に押し入って批判会を開き、家の扉にまで大字報が貼られた。ついに、彼は耐えきれず、反抗しようと決意した。しかしあの時代で反抗と言えば、死が唯一の手段であった。汪籛の死は、一九六六年六月一一日のことである。

文革期間中、北京大学の教職員及び学生の中でいわゆる「非正常死亡者」とされる者は、制圧や侮辱に堪え難く抗議して自ら命を絶った者、殴る蹴るの暴行また刑具を使用した拷問による死者、あるいは老弱の身で「牛棚」に押し込められ、病気治療が受けられず非業の死を遂げた者など、合わせて六三人にのぼっている。そのうち私の恩師であった汪籛教授はその最初の例で、その後六二人が彼につづいて逝った。歴史学部では五人がこのような「無念の死」を遂げたわけだが、もっとも早い時期に世を去ったのが汪籛である。あらゆる屈辱を味わった末、一九六八年の暮れに他界した翦伯賛と比べれば、彼はその後の苦しみから免れることができたと言えようか。この意味で、「無念の死」を遂げた仲間のなかでは、彼がいささか「幸運」であったと言えなくもないだろう。彼が世を去ったときの北京大学には「牛棚」がまだ出現していなかったので、当然彼は「牛棚」に入ることにはならなかった。

文革中、北京大学は全国のどこよりも真っ先に「落城」しており、北京大学の犠牲者のなかでは汪

図14　兪偉超
北京大学歴史学部講師、文革初期、「黒幫の手先」との罪名を着せられ批判闘争を受けた。当時33歳の彼は連続して3回も自殺を図ったが死に至らなかった。王羲之『蘭亭集序』曰く：「死生亦大矣、岂不痛哉」〔死も生も大きな問題で、これほど痛ましいことはない〕。私はこの言葉を思い出すたびに、北京大学19号楼の教員宿舎で、兪兄の隣りに寝て夜話を交したことが甦る。

鏟がその第一号となっている。こうして考えれば、中国の数え切れない文革の犠牲者のなかでも彼は最初のグループに入る一人であろう。四〇年余りが経った今、霊前に私はこう告げたい。汪鏟先生よ、わが先生、あなたが真っ先に勇気ある抗議を行なった。あなたの後に多くの人々が先生と同じ道を歩み、行進の列は実に「壮大」というべきであった。ときおり非常に幼稚な思いが私の脳裏をよぎる。これほどの犠牲者たちが死を選んだが、それはそれぞれ単独に決行された死であった。彼らがもし死の決意をもっていたのなら、どうして声を掛け合い、ともに死に赴かなかったのか。ともに集団で死に赴けば社会は必ず衝撃を受ける。その衝撃が大きければ、たとえ犠牲者総数の百分の一あるいは千分の一でも、一度で死ぬことにより、当時の情勢に対する一定の阻止効果が得られたかもしれない、と。しかし私はすぐに思い直した。ともに死に赴こうとしたら、まずは連絡を取り合い、死を計画しなければならないが、当時、それは出来えないことであった。使用を許された電話もなければ、家から外に出る自由もなく、まして互いに連絡をとることなどできようか、私の思いは全くの妄想に過ぎない。

　公開闘争から免除された五人目は、考古学専攻の青年講師兪偉超《ゆいちょう》である。当時はまだ三三歳の若さであった。文革終息後、彼は山東省臨淄《りんし》地方の斉国故城遺跡をはじめ多くの考古学発掘調査を主宰し、一九九〇年代には中国歴史博物館館長を務めた。長江の三峡ダムが着工される前に、地下文物の水没防止を主要任務とする文物踏査・保護チームが結成されたが、その責任者が秦・漢時代の考古学を専門とする兪偉超であった。文革初期に彼が引き出されたとき、学部で重要な職務についていなかったので、「黒幫の小さな手先」とされた。数回にわたる批判闘争を受けたのち、彼は手を電気のコンセントに突っ込んで感電自殺を図ったことで、両手の人差し指を失った。「一死を求めることは至難たり」。兪偉超はその後も再三自殺を図ろうとした。ある風雨の日、彼は北京大学の近くにある鉄道の線路上に伏した。運転手が二〇〇メール先から彼を見つけて、クラクションを鳴らして列車に緊急ブレーキをかけた。しかし死を決意した兪は線路から動かなかった。列車は慣性により彼に接触したが、幸いに先端部分に木製の板が取り付けられており、彼はそれによって遠くまで飛ばされた。骨折するほどの大けがには至らなかったが、臀部はひどい打撲で血まみれになった。これは一九六六年七月の出来事である。それゆえ、批判闘争会が熾烈に展開される頃、兪は病院に入院していた。学部で相次いで摘発された十数人は、誰もが彼より重い「罪名」を被せられていた。そのようなことから、彼のような「小さな手先」はほかと比べて、大した罪ではないと見なされ、次第に彼のことは見落とされ「牛棚」の外に残されることとなった。

ところで数年後、兪偉超が文革中の自殺未遂経験を学生の張承志に話した際に、意外なことを口にした。「みんなは私が二回も自殺を図ったことを知っているが、実は誰にも言わなかったが、もう一回自殺未遂があった。ベランダで首を吊ろうとしたが、紐が切れてしまったのだ[15]」。

まさに、

何物圏養復散養
欄柵有形無形中

何物ぞ　圏養《けんよう》〔囲いの中に飼う〕復《ま》た散養《さんよう》〔放し飼いにする〕
欄柵《らんさく》〔牛羊などを囲む柵〕有形無形の中《うち》

注

（1）中央文化革命指導小組の略称。中国共産党中央政治局の下に置かれた当該機構は一九六六年九月に設立され、組長に陳伯達、副組長に毛沢東の夫人江青と張春橋が任じられた。一九六九年までの三年間文革の最高権力機関であり続けた。

（2）中国共産党中央委員会の理論誌、一九五八年創刊、八八年『求是』に改題した。

（3）保皇派とは、もともとは清末の政治対立の中、皇帝（帝政維持）を擁護する立場にあった政治家に対する呼称だったが、ここでは「資本主義路線を歩んだ」とされる文革前の政治体制を擁護する人を指す言葉となる。

（4）孔子『論語』「為政篇」四の一節である。

（5）専案組とは、ある特定人物または重大事件を取り調べるために編成したチームのこと。文革中、国家主席の劉少奇をはじめ多くの大物政治家がその対象にされた。王光美（一九二一―二〇〇六）は劉少奇の夫人、夫の失脚により巻き添えとなり審査・批判の対象となった。

（6）【原注】謝甲林「我在北大保衛組処理翦伯賛之死」『百年潮』二〇一二年第五期による。

（7）一九三七年日中全面戦争勃発後、雲南省昆明市に設置された北京大学、清華大学、南開大学の戦時臨時連合大学のこと、略称で「西南聯大」。戦後、一九四六年五月に解散、それぞれ元に戻った。

（8）一九四六年から三年間、中国共産党と国民党の間の内戦を指す。国民党の台湾敗退により北京を首都とする中華人民共和国が建国された。日本では一般に「国共内戦」という。

（9）歴史学部の管理職の一つ。中国の管理システム上、大学レベルでは党書記と総長（学長）が大学運営の最高責任者となり、学部レベルでは総支部書記と学部長（中国語では系主任）が最高責任者の立場をとる。

（10）陳寅恪（一八九〇―一九六九）、歴史学者、中国文学研究者、中国語学者。一九一〇―二〇年代ベルリン大学・パリ政治学院・ハーバード大学などに留学後、清華大学教授に就任、北京大学教授も兼任。日中戦争時に西南聯合大学で教鞭を執り、一九五〇年代以降は中山大学の教授であった。
(11) 共産党の高級幹部を養成する教育機関。中国共産党中央委員会に直属している。
(12) 呉晗（一九〇九―一九六九）、共産党幹部、歴史学者。清華大学人文科学部長、北京市副市長を歴任していた。一九六一年に新編歴史劇『海瑞罷官』を発表して、当初は伝統的な京劇に新しい風を吹き込んだとして好評を得た。しかし一九六五年のこの社説を皮切りに、海瑞が皇帝に上訴して悪徳地方官僚を懲罰して民衆を冤罪から救済したにもかかわらず皇帝に罷免されたというストーリーが、当代政治の悪を暗に批難していると指摘され、一転して厳しい批判を浴びるようになった。
(13) 【原注】一九六六年五月一六日中国共産党中央政治局常務委員会拡大会議の席で採択された「中国共産党中央委員会通知」のこと、略して「五・一六通知」という。
(14) 彭真（一九〇二―一九九七）、一九二三年に中国共産党に加入。建国以来北京市党委員会第一書記を務め、一九五一年より北京市長も兼任。また全国人民代表大会常務副委員長、全国政治協商会議副主席などを歴任した。一九六六年三月、呉晗の『海瑞罷官』を擁護したとして毛沢東に名指しで批判され、「五・一六通知」採択後失脚した。
(15) 【原注】兪偉超・張承志「詩的考古学」天津文聯編『文学自由談』一九八七年第五期、総第一二期による。

四　「陰陽頭《インヤントウ》」(1)　旋風

歴史学部文革委員会は、私たちを直接管理する「紅色権力機構」である。その規定によれば、「牛鬼蛇神」は毎朝八時に三号院――学部文革委員会の所在地に集合して点呼を受け、それから学生の監督下でキャンパスのどこかで労働に従事する。午後は二時から、同じことを繰り返す。監視学生は通常二名である。

バルコニーで跪く以前の事であった。一九六六年八月中旬のある日、私たちがいつものように三号院に集まって訓示を聞いていた時に、さらに三、四人の学生が入ってきた。彼らは互いにひそひそと何かを話した後、訓示が中断した。後に来た学生の一人は、手に小さい布包みを持っており、一人は椅子を運んできた。私はその椅子に座らされた――批判を受けて以来、私たちは学生の前では、いつも頭を下げて立っていなければならなかった。そのような日々が続いてきたところに、突然「座れ」と命じられたのである。きっと難儀なことが待っているであろうと予感された。私は椅子に腰をおろしたが、心中では不安が募った。学生が小さい布包みを開けると、理髪用のバリカンとハサミが現れた。もう一人は私の頭を押さえ、「動くな」と命じた。カチャ、カチャという音とともに髪の毛が次から次へと落ちてきた。なるほど、これは「頭を留《とど》めるか、髪の毛を留めるか(2)」という取捨選択の時である。頭を選ばねばならないと意識し、私はおとなしく命令に従い、まったく抵抗しなかった。だが、快く受け入れたわけではなかった。まもなく作業が完了し、私は傍らに立たされ、続いて范達仁が座らされた。

自分の頭がどのようにされたのか、非常に気になっていたが、立たされた私は、動かないように必死に我慢した――あえて手を上げて頭を触りたくなかったのだ。こうなった以上、私にほかに何ができるだろうか。両手を垂らし、できる限り平然さを装うことが、私にできる唯一の手段であった。理解できないかもしれないが、これは私が自尊心を維持するための唯一の手段であったのだ。その時、心中では私は監視学生に対して暗に楯突こうとしていた。これは戦場での対峙と同様で、反撃する力がもはやない自分側は、傷口を撫でても何も役に立たず、相手に見られてかえって惨めになるだけである。立ち上がった范達仁の頭を見ると、なんと、彼の頭は、左半分は髪の毛が残っているが、右半分は根っこから刈られ、残った左半分の髪の毛も長短揃わず、バラバラにされていた。この有り様は、他人がみれば、恐らく泣くに泣けず笑うに笑えず、何とも言えない複雑な感じがするであろう。しかし当事者の私たちは、一ヵ月近く人間としての扱いを受けておらず、すでに七割は地獄の幽鬼のようになっていた。これで、残り三割の人間らしさもさらに二割奪われてしまい、九割が地獄の幽鬼になったのである。

この時には、まだ自分の頭上のこの髪型に名称があるとは知らなかった。後になって、なるほど、それは「陰陽頭」というのが分かった。その日三号院で「陰陽頭」にされたのは、ほかに徐天新、呉代封、夏応元、孫機、張勝宏などがいた。結局、労働の監視を担当する学生がそばで、「労働時間が取られ過ぎだ」としきりに文句を言ったため、理髪組の学生がやっと手を止めた。向達、楊人楩、鄧広銘など年配の先生たちは、そのお蔭でこの侮辱を免れた――しかし、彼らはずっとそばに立たされ、私たちが一人ずつ刈られるのを目の前にして、自分の名前がいつ呼ばれるかと恐れていた。その場面は、あたかも見せしめにされる死刑囚と一緒に刑場に引き出された未決囚のようで、その苦しさは恐らく「陰陽頭」にされた私たちと変わらないものであっただろう。

図 15　陰陽頭
「陰陽頭」を刈る。私たちが刈られた時の写真はないため、当時の侮辱を受けた場面をお見せできない。文革中の写真から、1 枚選んで読者の参考に資する。陰陽頭にされたものは李范伍で、当時は黒龍江省省長の任にあった。

この時は真夏で、私たちはみな麦わら帽子を被っていた。このような目に遭わされると、本当に麦わら帽子に感謝しなければならなかった。帽子は日よけ雨よけになるだけではなく、学外の見物人の前に晒される私たちの恥かしい髪型をも隠してくれたからである。ただし、労働に連行された時、私は帽子をさらに深く被った。刈り取られた髪の毛のくずが服の中に落ち、汗で体にくっ付き、痒くてたまらず、体中気持ちが悪かった。肌は髪の毛屑に刺され、心は恥をかかされ、一日中苦しい思いを抱えながら何とか耐えた。ようやく労働が終わり、一九号楼の宿舎に戻るや否や、私は布の帽子にかぶりかえてすぐにキャンパス内の床屋に駆け付けた。しかし、思いもよらな

図16　北京大学の理髪店
60年余りの間、ここはずっとキャンパス内の理髪店であった。1966年8月、酷暑のなか、帽子を被ってこの店に入った人は、一律に追い出された。その数日間は、北京市では殆どの理髪店が、敢えて「陰陽頭」の手入れを受け入れようとしなかった。

いことに、店に入るやいなや私が何も言い出さないうちに、店の人は私に向かって手を振り、「出て行け、出て行け、その頭はやらないよ」と言った。私は一瞬愕然としたが、考えてみれば、なるほど、私が来る前にすでに何人か「陰陽頭」の人が来ていたのであろう。しかも私と同様、この暑い日に布帽子を被り、暗い表情をしていたのであろう。そうでなければ、なぜ私が帽子を取り、声をかける前に店の人は断ったのであろうか。ここは学内の床屋で、学生の出入りが多い。考えてみれば、学生が私たちを「陰陽頭」にした以上、店の人がそれに逆らうことが果たしてできるであろうか。私を断る声は厳しかったが、その表情や口調から、彼はただ店を守りたいだけで、私を困らせるのが目的ではなかったことが分かった。

考える余裕もなく、私はすぐさま大学を出て海淀《かいでん》鎮(3)に向かった――そこには市民向けの理髪店がある。学内の福祉として設置されたさきの店より料金はやや高めなので、学生は殆ど行かない。私はそこへ行くべきだったのに、どうして思い付かなかったのであろう。大学の西南門を出て、道路を渡り南北に続く路地――軍機処(4)〔胡同〕に入ると、向こうから来る徐天新と出逢った。彼も布帽子を被っていた。私を見ると、彼は注意深く帽子を指さし、さらに手を振った。路地は狭く、すれ違った際、彼は声をひそめて「どこもやってくれない、追い出されるだけだ」と言った。それで海淀鎮の店もダメだと分かった。しかし、すぐに徐天新と肩を並べて帰ると疑われるかもしれないから、私はそのまま進み、彼との距離を充分にとってから折り返し、路地から出た後さらに東のほうにしばらく歩いて、南門から大学へ戻った。

後になって分かったことだが、その数日間で「牛鬼蛇神」が「陰陽頭」にされたのは歴史学部だけでなく、北京大学の各学部、さらに北京大学だけでなく、北京の各大学で行われたのであった！ それは瞬時に巻き起こった「旋風」のようで、あらゆる理髪店は「陰陽頭」を災いの元と見て拒否したのである。聞くところによると、路地裏にある何軒かの小さな床屋は、「陰陽頭」をスキンヘッドに刈り直したことで罪に問われ、店は壊され、店の人も殴られたという。

この時期、「陰陽頭」と同時に巻き起こった嵐がもう一つあった。大いに「四旧」を打破するというものである。

「四旧」とは、「旧い風習、旧い習慣、旧い伝統、旧い意識」を指していうが、「四旧」であるか否かの判定は、すべて「四旧」破りの主役――紅衛兵の言いなりであった。家にやってくるその一〇名や八名、甚だしい場合はその二、三名の紅衛兵の勝手な解釈によるものであった。腕に「紅衛兵」の三字を書いた赤い布さえ巻いていれば、もうやりたい放題であった。一時期、ロングヘア、チャイナドレス、指輪、ステッキ、パイプタバコ、髭の蓄え、先祖や仏の礼拝まで、すべてが「四旧」とされ、打破の対象となった。周一良先生は左手薬指に、プラチナの指輪を嵌めていた。それは夫人の鄧懿《とうい》との結婚指輪であった。私は北京大学に入学して間もなく、教壇で講義される周先生が手を挙げる時、ちらりと金属の光が見えることに気が付いていた。「四旧」を打破するという嵐の中でも、周先生は草取りや掃除をする際にも、結婚指輪をはずしてはいなかった。災いを招く危険を察していないのだろうか。案の定、学生が問い詰めにやって来た。周先生は慌てて説明した。「分かっている、これは『四旧』だ、破らないといけない。しかし、嵌めてから二十数年も経ち、関節が太く変形し取れなくなってしまったのだ。何とか取り外す方法を考えてみる、考えてみる」。幸い、その学生はそれ以上追及しなかった。翌日、周先生の手から本当に指輪が消えた。労働が終わり、反省会の席で周先生は「前日の夜、海淀鎮の鍛冶屋に行き、この指輪は『四旧』であるから、どうしても外さなければならないと説明して助けを求めた。鍛冶職人は鋸を使って気を付けながら指輪を切断してくれたのだ」と言った。周先生は「この鍛冶職人に大いに感謝している」と安堵した表情であった。私たちも、心配の元であるあの「一点の光り」がようやく消えたことで周先生の身に何も起こらずほっとした。しかし、三二年後、周先生は『郊叟曝言《こうそうばくげん》』の中で再びこの事に触れた。[5] 数十年も経て、彼はやっと心の中で抑え続けた悲しさ、悔しさ、虚しさを一気に吐き出したのである。

周一良が痛みを忍んで結婚指輪を切断したという出来事に類似することが、ほかにも何件か耳に入っていた。哲学部心理学専攻の副教授沈廼璋《しんだいしょう》は、ユニークな人物で、人がわざわざ彼のことを教えてくれるほどであった――当時四〇歳余りで、片手に大きなパイプを、もう一方の手にステッキを持ち、髭を黒々とはやし、キャンパスの中を颯爽と歩くその姿は、常にすれ違う学生たちの注目を浴びていた。今となっては、これらの目立つものはすべて「四旧」とされ、徹底的に糾弾された。沈先生はそれまで尊厳と優雅な雰囲気の中で生きてきた人であり、このような絶え間のない屈辱と迫害に到底耐えられなかった。文革が始まって三ヵ月、一九六六年一〇月、彼は服毒自殺した、享年五五。

馮友蘭《ふうゆうらん》先生は、美髯《びぜん》の持ち主として知られていた。その髯の長さは半尺〔約一五センチ〕にも及び、彼の広い額とよく似合い、「東洋の智者」に相応しい風貌をしていた。彼は同じように「頭を留めるか髯を留めるか」の難題と遭遇した。彼はバッサリと美髯を切り、屑箱に捨てた。三〇年後、彼の晩年の力作、七巻にも及ぶ『中国哲学史』を読んだ時、複雑な思いが押し寄せた――当時の髯剃りの屈辱に耐えなければ、今日のこの大著は生まれなかったであろう。

ここまで書いてきたからには、当時から私が心中で感じていた疑問を言わねばならないであろう。髪の毛や髭を強制的に剃り落とす行為こそ、「旧意識」の現れではないか。その行為には「旧きを除き、新しきを布《し》く」という革命的意義を大いに提唱する価値があったのだろうか。

戦国時代以降、中国で「髠刑《こんけい》」という刑罰があった。「髠首《こんしゅ》」ともいい、犯人の髪の毛を強制的に刈り落し、「君主を欺罔《ぎもう》した」罪を犯した人への刑罰に用いられていた。「髠笞《こんち》」、「髠流《こんりゅう》」、「髠鉗《こんけん》」、「髠刖《こんげつ》」、「髠頭墨面《こんとうぼくめん》」などは、いずれも髪の毛を刈り落としたうえ、さらに他の刑罰を加える刑の名称である。学生が私たちの髪を刈ることは、無論私たちを「罪人」と見なしたからであり、思うままに従えさせることができたからである。さらに、全部刈りおとさず、半分を残して「陰陽頭」という名称を付けたことには、悪戯の意味が含まれていたことは明白である。これは前掲「三号院入口の対聯⑹」と何も本質的な区別がない。「名対聯」に「陰陽頭」は、上が行えば下が倣い、まさに同工異曲である。トルストイは長編小説『復活』でロシアの流刑囚、苦役囚を描写した時、たびたび囚人は「髪の毛を半分刈られる」ことに言及した。それは逃亡した犯人を識別、追跡するためであった。逃亡した犯人は、たとえ雪解けの季節でも広大なシベリアを渡りきるには半年の時間がかかる。半分刈られた髪の毛が、残った半分と同じ長さになるまで伸ばすには到底間に合わないからである。しかし、私たちの場合は、髪をそのように刈られなくても、逃亡の勇気を持つものがいたであろうか。すでに革命民衆の大海原に置かれた私たちは、完全に悪質ないたずらの対象にされてしまい、もてあそばれていたのであった！

その日、私は宿舎に戻ってから、小さなハサミと手鏡を使って、残された半分の髪の毛を短く切った。この仕事は大変難しかった――片手でハサミを使い、もう一つの手で髪の毛を掴み、さらに鏡を持つための三本目の手はない。丸い手鏡には支えがなく固定できず、揺れ動くなかで正確にハサミを入れられない。大半は勘で切ったのであった。まあ、陰と陽の段差がそれほど目立たなければそれでいいのであった。

翌朝、みんなは時間通りに三号院に集合した。列に並んで点呼を受ける時は、頭上の麦わら帽子を取って背中におろさなければならない。互いを見て、またもや泣くに泣けず笑うに笑えない状態になった。私たちは全員、髪型を変えたのであった。強制髪刈りを受けなかった人も、約束したかのように坊主頭になった――この坊主頭を見下してはいけない。経験者として、私は一目でこの髪型の多様な効能と並々ならぬ意義を見抜いた。先ず、人から髪を引っ張られる危険を完全に免れた。次に、陰陽頭にされる可能性も大幅に減らした。しかも残った半寸〔約一・五センチ〕の髪は、「決して本意に非ず」の表現でもある。このような坊主頭をした人を見ると、大概その人の本来の職業と現在の政治的立場を判断できるのである。この半寸の髪は、私たちに残された最後のわずかな自尊心を、浅く〔いや、深く〕隠していたのである。

前に述べたように、私たち「牛鬼蛇神」の中に、一人の女性がいた——陳芳芝。彼女は広東省汕頭の出身で、一九一四年生まれ、この時は五二歳、ずっと独身であった。彼女は小学校と中学校時代はキリスト教会の学校及び香港の教会学校で学び、のちに燕京大学政治学部に入り、卒業後アメリカに留学した。一九三九年に博士号を取得して帰国し、母校の燕京大学に戻って教鞭をとっていた。抗日戦争勃発後、彼女は転々として四川省に入り、成都の燕京大学臨時校舎で教職を続けた。抗日戦争が勝利を収めたあと、燕京大学は北平《ペイピン》〔現在の北京〕に戻り、陳先生は燕京大学の政治学部長に就任した。一九五二年、中国の高等教育機関には大幅な改組が実施された。従来の学科構成は解体や改編をされたなかで、政治学と社会学の二つの学科は廃止されてしまった。前者は、ブルジョア階級の「偽科学」とされ、後者は、断片的なものの体裁をなさない「非科学」とされた。それ以降の二七、八年間は、高等教育機関にこの二つの学科は置かれておらず、もちろん学生を募集して講義を行うこともなかった。心理学の学問としての扱いはやや優遇され

図17　陳芳芝の著書『東北史探討』
弟子たちは陳芳芝が早年に書いた論文を整理、翻訳し『東北史探討』の書名で1995年に上梓した。東北辺疆史を研究する人にとって、今日でも必読の一冊である。

図18　陳芳芝
北京大学歴史学部教授、生涯、辺疆史研究に従事し、帝政ロシア・ソ連が我が国の東北地域を侵略したことを批判した。中ソ関係の良い時、彼女の研究は完全にできなくなり、「反ソ連」の「帽子」が彼女の頭上で見え隠れしていた。その後中ソ関係が悪化し、彼女の研究がまた多く引用されるようになった。彼女自身もこのような「是」と「非」の反覆のなかで消耗し、晩年を迎えた。

ていた。唯心論の疑いがあり独立した心理学部にはなれなかったが、哲学部のもとでひとつの専攻として、何とか学生を募集し講義を開くことができた――ただ、これも北京大学と復旦大学の両大学に限っての話であった。

話を戻そう。一九五二年の改編で、燕京大学〔以下、燕大〕の政治学部が廃止され、陳芳芝は身を置く場を失い、北京政法学院に配置転換され、専門知識が発揮できなくなった。燕大時代に政治学の角度から中国対外関係史と中国辺疆問題について研究業績を有したことから、ツテを頼って歴史学の分野に関連付けて、一九五四年、北京大学歴史学部の中国近現代史教研室(7)の教授に転任した。これでやっと自身の専門と合うようになったが、彼女は殆ど授業をさせて貰えなかった。私の記憶では、彼女は僅か数人の学生に特別講義をしただけであった。一九五八年、私は学部を卒業して近現代史教研室の助教となった。教研室の政治学習の時間に、関連する話題に話が及べば、陳先生は決まって自分の「買弁思想(8)」を反省していた。ただ彼女の話はいつも曖昧で、聞いている私も結局分からないままであった。彼女が「漏れた右派」の罪名で「牛鬼蛇神」に落とされた理由については、私にはなおさら分からない。独身者の彼女は、普段の暮らしに経済的なゆとりはあったが、外部とのかかわりは少なかった。学外からやってきた人たちに囲まれた時、彼女は本当に動揺していた。その様子を間近に見た者は、だれもが救いの手を出そうと思うほどであった。それゆえ三号院の難に遭った際に、私たち「牛鬼蛇神」は高齢の先生も含めて、身を挺して彼女を真ん中に隠して守ったのであった。

私が「陰陽頭」にされた数日後、陳芳芝の髪型も変わった。彼女の髪は、私の刈ったあとの髪より僅かに長めであったが、以前の私の髪に比べると、ずいぶんと短い。この時の彼女は、当時の「英姿は颯爽として、紅粧を愛さず」という女性紅衛兵も敵わないような髪型となったのである。彼女がどのような方法で髪を短くしたのであろうか、日曜日まで耐えて理髪店に行ったのであろうと私は見た。孤独な独り身で、手伝ってくれる人はいなかったであろう。異様に短い髪をしている彼女をみて、私は突然、見知らぬ人を見るような違和感を覚えた。彼女自身のこの時の心境は、果たして如何なるものであっただろうか。

私も日曜日まで待って、家に戻り、妻に手伝ってもらい、もう一度細かい「修正」を受けて、ようやく人の前で帽子を脱ぐことができるようになった。切ってもらったとき、髪の毛は妻の涙とともに私の腕に落ちてきて、物寂しい気分になった。終わってから鏡を覗いて見ると、なかに映った自分の姿にも、いくらか見知らぬ他人を見るような違和感を覚えたのであった。

まさに、

鬚髪一半強梁剃　　鬚髪一半《しゅはついっぱん》　強梁《きょうりょう》剃《そ》られ

男児従此不衝冠　　男児此《だんじこ》れより　冠《かんむり》を衝《つ》かず

注

(1) 陰陽頭は、批判対象の頭髪の片側半分だけを刈り落とした髪型で、文革時に行われた侮辱行為の一種。

(2) かつて清朝が薙髪令《ちはつれい》を執行したことがある。漢民族に北方狩猟民である女真（満州）族の風俗——薙髪（辮髪）を強要した法令である。「頭を留める者は髪を留めず、髪を留める者は頭を留めず」という厳しいものであった。著者はここで紅衛兵の強制的剃髪行為から薙髪令を連想している。

（3）北京大学キャンパスの南西にある町。

（4）軍機処とは清朝の中枢に置かれた最高レベルの国政機関のことで、それ自体は紫禁城内に設けられていたが、清朝皇帝には夏季の離宮として円明園や頤和園に滞在する習慣があり、随行する軍機大臣も近くの海淀鎮に詰め所を構えて当直していた。軍機処胡同はその名残である。

（5）【原注】『周一良集』第五巻『雑論と雑記』三七九ページ。遼寧教育出版社、一九九八年。

（6）第二章「三号院入口の対聯」を参照。

（7）教研室とは、中国の大学の「系」（＝学部）に属する、特定の学科の教育研究を担当する組織である。一九五二年の改編を経て、北京大学歴史学部には六つの教研室があった。すなわち中国古代史教研室、中国近代史教研室、世界史教研室、アジア各国史教研室、国際関係教研室、考古学教研室であった。郭衛東・牛大勇主編『北京大学歴史学系簡史』（初稿、未刊）より。

（8）買弁は、一九世紀末から二〇世紀前半にかけて、欧米列強の銀行や商社の対中進出や貿易にあたっていた仲買商人のことを指すが、転じて外国資本に追随し、自国の利益を損なうような行為や人物のことを指す。

五　向覚明、(1)覚《さと》り難く明《めい》なり難し

連日の雨で学外からの見物人が減り、労働内容も変更され、私たちは建物内の廊下と便所の掃除を命じられた。

建物内の仕事では少し身を隠せるので、外で晒し物にされたり、外部の者に追いかけられ詰問されたり、またいきなり暴行を受けたりするようなことは多少免れた。しかし廊下を掃除していると、通りかかる人は同僚か知人ばかりで、その屈辱感は全く知らない人の前で草取りをするときよりも、むしろ甚だしかった。ある日、廊下で一人のベトナム人留学生とすれ違った。彼は以前私の授業を受けたことがあり、いつも丁寧で礼儀正しかった。こんなときでも、彼は私に向かって深く一礼した。しかし私は非常に気づまりであった。返礼すべき立場ではないだろうが、かといってしないと済まない気もする。窮地に立った私は箒をもって急いで便所に掃きにいくしかなかった。その後しばらくしてベトナムの留学生は全員帰国した。しかしこのような経緯から彼の名前はいまでも鮮明に覚えている。もう古稀になっているであろう。

私ですらこんなに気まずかったのに、他の年配の先生方の心情はいかばかりであったろうか。彼らにとって、通りかかる人はみな自分の教え子か後輩であり、屈辱感は私以上であったに違いない。便所に入ってきて私たちが掃除をしているのをみて、そっぽを向いて別の便所を探しに行った人もいれば、もう我慢の限界だったのか、あるいは度胸があったのか、そのまま用を足す人もいた。私たちも見ぬふりをして自分の労働を続けた。いわば「相看両不厭、只有敬亭山」〔相看《あいみ》て両《ふた》つながら厭《いと》わざるは、只敬亭山《ただけいていざん》有るのみ〕とでも言おうか。[2] わずか数日のうちに、長年便器に付着していた厚い尿の垢は私たちの労働により完全にこすり取られ、もとのセメントの色が現れた。

ある日の午前中、文史楼[3]を清掃している最中に、いきなり怒鳴り声が聞こえてきた。やってきた二人の学生は私たちを一つの部屋に集めた。「おい、向達！」と、学生の一人が怒鳴りつけた。「おまえは大胆にも偉大な指導者毛主席を敵視しているのか！　実にこの上もない反動的行為だ！」向達教授は「牛棚」に入れられた際に、頭上に二つの「帽子《マオズ》」を被せられていた。その一つは「反動的学術権威」、もう一つは「右派分子」である。前者の由来は〔当時の文革情勢で〕もう説明の必要はあるまいが、また後者も一九五〇年代の出来事なので、誰もが知っていることであった。しかし指導者に刃向う云々は、まったく初耳であった。訳は分からなかったが、「敵視」の二文字が学生の口から出ただけで、私は全神経が張りつめたようになった。なぜなら、当時の批判闘争では、数学でいう「同類項をカッコで括る」という方法が常套手段であったからである。たとえていえば、ごった煮できるものはすべて一つの大釜に放り込むという方法である。ここで、もし向先生の「敵視」問題が批判闘争の的になったならば、私は「〔毛主席に〕反対」という罪[4]を着せられているので、同類とされ道連れにされるに違いない。ここは正念場である。私は特に用心していた。

一人の学生はこう言った。「おい、向達！　我々は革命行動によってお前の巣窟を捜索して、動かぬ証拠を掴んだ。本当のことを白状しろ！」――いわゆる「革命行動」と聞くだけで、私たち全員にとってその意味は明らかであった。彼らは向達先生の自宅である燕南園五〇号を捜索して家財を差し押さえていたのである。またその口ぶりからすれば、何か禁を犯すものでも見つけたようであった。このような詰問は何回も繰り返されたが、向先生は答えることも弁明することもできないまま、ただ茫然とした表情を浮かべていた。

すると学生は次のように追及した。「おまえの茶卓に毛主席の胸像の焼き物を置いているだろう」

向先生は、「はい、そうです」と答えた。

「向かい側の机の上に置いてあるのは何だ？」。

向先生は、急須、目覚まし時計などを挙げた。

二人の学生は、「我々を騙すつもりか！」とさらに怒鳴った。しかし向先生はそれ以上答えられなかった。しばらく膠着状態がつづいた後、学生が再び口を開いた。「向こう側の机の上に虎があるだろう。虎は毛主席に向かって牙をむき出している！　向達、お前はこういう形であらゆる知

図19　向達
北京大学図書館館長、歴史学部教授、中国科学院学部委員。生涯、中国古代史研究を貫き、敦煌学創始者の一人。学問に精通するだけでなく、人柄も個性的で気骨がある。ただし話すことが不得意で、西南聯合大学で敦煌に関する講座を開いたとき、初回の受講者は教室いっぱいいたが、2回目以後は激減しまばらになった。助教だった鄧広銘はやむなく事務室から職員を連れてきて空席を埋めた。

図20　向達の旧居
北京大学燕南園50号、向達先生の住所。文革初期に家財を没収され、蔵書に多数の貴重書があったが、その後、康生に強奪された。

恵を絞って、偉大な指導者に対する怨念を示そうとしたのだろう！」

　学生たちは、このように凶暴に向達先生に一五分間も罵声を浴びせつづけた。その罵声から私はなんとなく事情を把握した。どうやら茶卓の向かい側の机の上にある虎は工芸品のようなものらしかった。しかし向先生はあえて弁明しようとはしなかった。では事態はこの後、どのように収束に向かったのか。かの時代特有の考え方をもった学生は、壁に掲げてある毛主席の肖像の前に向達先生を跪かせ謝罪させた。向先生は抵抗せずに従った。先生が膝を屈したのは、これで二度目であった。

　では、向達先生はどのような人物であったのか。家柄や学問[5]を論じることはさておき、ここで二つの出来事を挙げて、彼の人となりを紹介することにしよう。一九四六年、彼がまだ昆明にいた頃、聞一多暗殺事件[6]が起きた。向先生は、「特務はずっと前からいた」、「奴らの名はイヌだ[7]」と強く非難する文を掲載した。また一九四六年のクリスマス・イヴに、北京大学予科に在籍していた女子学生沈崇が北平駐在の米国軍人に暴行される事件が起きた。沙灘〔景山公園の東側一帯をさす地名〕にある北京大学の紅楼[8]に、米軍の暴行に抗議し学生たちにデモを呼びかける壁新聞が貼られた。一二月三〇日、正体不明の者が数人で、紅楼の時計台に貼ってあった学生のストライキを呼び掛けるスローガンを引きちぎろうとしていた。たまたま通りかかってそれをみた向達先生は、身の危険を顧みず彼らに向かって、「きみらの主張が正当だというなら、同じように壁新聞を書いて貼ればよい。他人のものを引きちぎるのは卑怯だ」と叱った。言葉は短いが、正々堂々とした力強い声が周囲に響き渡った。彼らは向先生を囲んで押し問答となり、手を出した。一層憤慨した向先生は、大学のキャンパス内でこのような人身を脅かす暴力行為はあってはならない、決して許せるものではないと、学長の胡適《こせき》(9)に辞表を出した。しかし、多くの教授と学生団体が嘆願して彼を慰留した。学生の抗議デモの後、北平市警察局は大規模な「戸籍検問」を実施して、夜中に民家に押し入り、無実の市民を何人も逮捕した。この時、向達先生はまたも立ち上がって、ほか一二名の教授と連名で「保障人権宣言」を発表した。(10)彼の名は当局のブラックリストに載せられたが、彼は恐れることはなかった。それが往年の向達先生である。

しかし今私たちの目の前にいる彼は、訥々として言葉が出ない。弁明もしなければ抵抗も見せない。さらに彼は、毛主席の肖像の前に土下座して、学生に命じられた通りに、「私は有罪者であり、偉大な指導者毛主席に謝罪します」という句を唱えた。

今になって、その出来事をどのように説明すれば、読者のみなさんに理解してもらえるだろうか。歴史はときに悪戯もする。わずか数十年のうちに、あのときのすべてが一世を隔したかのように遠退いていくように感じられる。当時の事をありのままに、かつ理解されやすいように説明することは思いのほか難しいので、もう少し遡った話が必要である。くどいと思われるかもしれないが、どうかご勘弁願いたい。

今、あの文史楼の往事の出来事に触れて、みなさんは、あの二人の学生は愚鈍だったのか、あるいは故意に挑発していたのではないかと考えるかもしれない。しかし事実は違うと私は断言できる。つまり、二人の若者の言動を誤解してはならない。私やその場にいたすべての人、ひいて当事者の向達先生さえも、彼らの言動はある種の理念にもとづいていると実感していた。彼らは話しぶりも振る舞いも堂々としていたのである。当時の情勢に対して、私たち誰もがひどく困惑し、理解できず途方に暮れていたが、ただ、私たちの前にいたあの二人に関しては、次のようにはっきり言い切ることができる。

彼らの行動は、一個人によってなされたものではなく、彼らの背後には全学の学生たち、ひいては幾千万もの同世代の青少年が立っているということを私たちはよく分かっていた。子どもには十分な判断能力がないということは、その年齢ならではの弱点である。それゆえ大人の教育と指導が重要になる。だが当時は社会全体が非理性的風潮に流され、「民心」を利用しようとする一部の権謀術数の士が、指図し煽っていた時代である。しかもこのような輩は、上は当時の国家指導部、下は幼稚園、小中学校、商店といった施設の中に至るまで、広く存在していた。考えれば、社会がここまで乱れた以上、国家の正常な状態はもはや期待のしようもなかったのである。それればかりか、そのような人たちに翻弄されて、一種の「偉大な戦略を力強く実施する」風潮が大いに広まっていた。それゆえ、社会に「疫病」が流行り、青少年層は全体として感染し、「狂熱的暴力的集団性症候群」になったのである。今日になって私たちは当時の現象をこのように見抜けるようになった。それはあの時代の悲劇であり、そして我が民族の悲劇であった。もしそれがただ二、三の学生の個人的不良行為なら、教育を徹底できなかった私たち教員の側にも責任がある。教師でありながら学生に非道なことをされるのは、自分にも反省の余地があるが、しかし当時の青少年たちは、ほとんど例外なく上記のような「狂熱的暴力的集団性症候群」に罹患していた。その原因はどこに求めるべきだろうか、その責任はけっして数人の教員が担えるものではないだろう。

信じがたいことだろうが、当時、わざわざ人民元の紙幣を日光または蛍光灯の光に照らして、中から「毛沢東打倒」の文字を見つけ出したという人もいた。また当時よく目にしていた毛沢東の写真の印刷版は、上半身がやや斜めに向いていたため片方の耳しか見えていなかった。このことさえも「毛沢東主席反対」の確証にされた。つまるところ、群衆が理性を失い感情的なイデオロギーにマインドコントロールされてしまった場合は、どんなに荒唐無稽な行動でも起こすことがありうるのである。古今東西において例外は無い。清末に遡れば義和団(11)がその一例である。義和団に入った群衆たちは、口で呪文を一通り唱え終ると、自分の体に「刀では切れないし鉄砲の弾も通らない」不思議な力がついたと本心から信じ、目前にある西洋の鉄砲にも恐れずに立ち向かっていった。こうした行動は深い信仰に拠っているに違いないが、しかし、その信仰が敬虔であればあるほど愚かさも極端になる。敬虔さと愚かさが表裏一体のものであると非難しても、それだけでは是正することにはつながらない。あの時代から数十年も経った今こそ、理性的でかつ立ち入った分析が求められている。つまり、二人の若者は自分の理念や考えにもとづいて行動していた。その理念と考えが当時の社会において主流を成すものであったからこそ、二人は「正々堂々」と振舞えたのである。

先の出来事が起きたとき、向先生はすでに六六歳の老人であった。清朝末期から、北洋軍閥の時代、中華民国時代、そして中華人民共和国期、彼はいくつもの歴史の時代を生きてきて、中には「右派分子」にされることまで経験した。海外における経歴に関して言えば、イギリス、ドイツ、フランスなどの国々を歴訪しており、国際的な見識も豊富である。向先生が通った橋の数はあの二人の学生が通った道の本数よりも多いと言っても過言ではないだろう。それぱかりではない、向先生には典型的湖南省人の気性があり、物事の黒白を鮮明にする性格であった。一例を挙げれば、一九四八年、胡適が北京大学総長に在任中、向先生は総長室を訪ね、「胡先生、貴方が北京大学図書館の図書購入予算の全額を『水経注《すいけいちゅう》』(12)の購入に充てたそうですが、そのために私たち教員の研究に必要な新しい資料の補充も、学生たちに必要な教育図書の補充もできなくなってしまいました。これは果たして正当な大学運営のあり方と言えるのでしょうか」と単刀直入に問い詰めた。

そう話すときの先生の表情は大変厳しかった。北京大学の特別講義に招かれてアメリカから帰国し、偶然その場に居合わせた鄧嗣禹《とうしう》教授は、その後、次のように回想している。「大変な剣幕で舌戦が避けられない状況になったので、私は急いでその場を離れた」(13)と。この件の前後関係については、『胡適書信集』からも辿ることができる。胡適の張元済(14)に宛てた書簡には、「北京大学は永楽大典本『水経注』の後半部分を購入するため、九六〇万元の法幣(15)を支払った。実に恐ろしい価格であった。確かに玄伯(16)が一冊三〇〇万で値段交渉をしていた（著者原注――ここは原文のとおりだが、誤りの恐れがある）。私はその後用事で南京に行き、帰ってきたら本学がすでに九六〇万元で購入したことを知らされた」とある。(17)

これは一九四七年前半のことである。たぶんその前後の約二年間、胡適は無我夢中で『水経注』の研究に没頭した。彼によれば「一日に七、八時間研究を続けることもあった」(18)。

往事についてもう一つ触れたい。抗日戦争中、向達先生は二回にわたって敦煌に調査研究に赴いた。そこで、張大千[19]が個人の好みから、敦煌千仏洞〔＝莫高窟〕内の壁画を勝手に持ち去ったことを聞きつけた。仏教美術を深く愛し、固く守ろうとする向達先生は、当然ながらこのような行為を断じて許せなかった。彼は「方回」のペンネームで新聞に投稿してこのことを暴露した。これによって当時の文化人の中に大きな衝撃が走った。

以上の紹介を通じて、みなさんは一つの疑問を持ったかもしれない。このような経歴や見識、そして性格の持ち主である向達先生が、どうしてあの二人の学生の前で一言も弁明せず、言われたままに土下座して謝罪したのだろうか。今この時にあたって、いったいどのように解釈すべきだろうか。

向達先生よ、貴方がいくら学問に精通していても何ができたのでしょうか！　ただ、私が思うには、先生は状況を「これは万やむを得ない」とみなしていただけではなく、自分が直面しているのは、ただの二人の無礼な学生ではなく、社会的に蔓延していた一種の疫病の現れであると察しておられたのであろう。二人の若者は、先生のような世事に通じた年長者の目には、むしろ異常な精神状態に陥った重病患者のように映った。彼らを哀れであると思ったかもしれない。つまり、どこの家でも年長者は、病気を患っている子どもを厳しく追及したりはしないだろう。ましてやこれは暴力的「紅衛兵文化」と弱小化した「正常文化」の間の衝突の一幕であればなおさらである。先生はやむを得ない境地に立たされ、暴力的で強い勢力と病態的文化の中に置かれて、すでに不幸の極みにあった。その対応のあり方は、寛大さと広い度量をもつ先生ならではのものであったというほかはない。

向達先生の本籍は湖南省漵浦《じょほ》県であり、字《あざな》を「覚明」としている。よく使われていたペンネームの

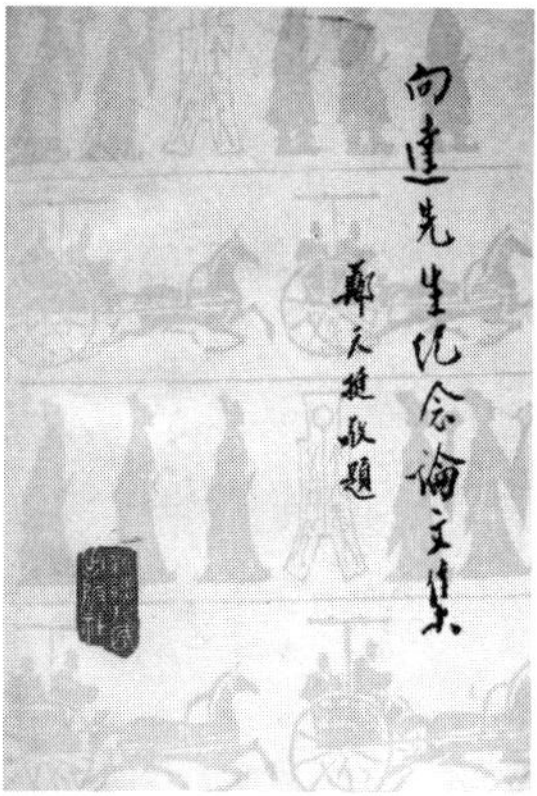

図21　向達記念論集
向達先生逝去20周年のとき、同世代旧友と門人たちがこの学術論文集を出版して記念の意を捧げた。趙朴初が題した詩で、「沉酣経史探鳴沙，学究敦煌自大家，頭白析疑艱一字，心甘負謗殉無涯」〔経史に沈酣して鳴沙（敦煌の山）を探り、学は敦煌を究め自ずと大家、頭白きも疑いを析ち一字に艱しみ、心は謗りを負うに甘んじて涯無きに殉ず〕とあるように、向達先生は1958年に「右派」と誹謗され、文革まで10年近く汚名を負いつづけたが､その間でも著述は続けられた。

一つが「仏陀耶舎」である。私の師友である張広達⑳の解釈によれば、「仏陀耶舎」の四文字は「覚明」に対応する梵語である。向達先生は漢語と梵語の両方を用いて自分の字としていた。このことからも、彼が覚悟を重んじ生涯を通じてそれを追求していたことがわかる。しかしいよいよ人生の晩年に来て、まさかこのような境遇に置かれ、「覚」とも「明」ともならないとは、誰も思ってもみなかったことであろう。

まさに、

設神壇　民主科学発軔地　　神壇《しんだん》を設《もう》く　民主科学　発軔《はつじん》の地に
両不堪　愚賢老少念書人　　兩《ふた》つながら堪《た》えず　愚賢老小　書を念《よ》む人

注
（1）向達の字《あざな》の一つ。七一頁参照。
（2）唐代詩人李白「独坐敬亭山」の一句である。敬亭山は安徽省宣城市に所在。詩句本来の意味は、官途で失意中の李白が敬亭山と向き合って静坐し、孤独な気持を敬亭山に託していた。本文中の引用では便所で遭遇するときの気まずさを表わしている。

（3）現在北京大学総合図書館の北東側にある校舎、主として歴史学・文学関係の講義に使用されていた。

（4）【原注】私の「罪状」は「毛主席の娘李訥を迫害した」というものである。「偉大な指導者毛主席に反対している」に等しいとされている。

（5）【原注】向達先生は、一九五五年、中国科学院哲学社会科学部が最初に招聘した委員の一人である。当時の学部委員の地位は、現在の中国科学院の院士〔アカデミー会員、学士会の会員〕に相当するものになる。

（6）【原注】聞一多は詩人、学者、当時西南聯合大学の教授であった。国民党の暗黒政治を憤慨して論難し、一九四六年七月一五日、昆明で国民党の特務に暗殺された。

（7）【原注】閻文儒・・陳玉龍編『向達先生記念文集』八一四頁、新疆人民出版社、一九八六年。

（8）一九一八年に建てられた北京大学旧校舎の一つで、赤いレンガ造りの建物であったため、通称で紅楼と呼ばれる。

（9）胡適（一八九一―一九六二）、字は適之。学者、思想家、教育家。白話文学を提唱、のち中国伝統の歴史・思想・文化などの研究整理に力を注ぐ。北京大学教授を経て一九四六年に同大学の学長に就任。

（10）【原注】名をつらねた他の一二人の教授は、陳寅恪、湯用彤、徐炳昶、朱自清、兪平伯、張奚若、金岳霖、呉之椿、銭端昇、陳達、許徳珩、楊人楩である。

（11）清末に山東省に興った秘密結社の一種で、後に華北一帯に広がった。キリスト教の布教、列強の中国進出への反感などから反帝国主義を唱え、武力的排外運動を行った。

（12）『水経注』は、中国最古の地理書、四〇巻。三世紀頃の著と考えられる『水経』に北魏の酈道元が注を施したもの。一〇世紀頃から内容や配列が乱れたが、清代・民国期の研究によりほぼ原型に復元された。

（13）【原注】鄧嗣禹『北大舌耕回憶録』、台湾『伝記文学』第四六巻、第一期所収。また王世儒・聞笛編『我與北大「老北大」話北大』五四一頁、北京大学出版社、一九九八年。

（14）張元済（一八六七―一九五九）、出版実業家、商務印書館を長期にわたって主宰した。

（15）法幣、中華民国政府の一九三五年一一月三日の幣制改革により政府系銀行が発行した銀行券（不換紙幣Fiat Money）を、中国の法定貨幣として流通させたもの。一九四六年以後、発行額の増大でハイパーインフレを招き、一九四八年に流通中止となった。

(16) 李玄伯（一八九五―一九七四）、本名は李宗侗、清末名門官僚の出自、中国史専門家。一九二四年海外の留学先から帰国後、北京大学教授などを歴任した。

(17) 【原注】耿雲志・欧陽哲生編『胡適書信集』中巻、一〇八四―一〇八五頁、北京大学出版社、一九九六年。

(18) 【原注】「致趙元任夫婦」（一九四八年三月二四日）耿雲志・欧陽哲生編『胡適書信集』中巻、一一四〇頁、北京大学出版社、一九九六年。

(19) 張大千（一八九九―一九八三）、四川省出身、中国近代の書画家。書、篆刻、詩の分野でも活躍した。

(20) 張広達（一九三一―）、一九五三年北京大学歴史学部卒、一九八三―一九八九年北京大学歴史学部教授。一九八九年以後は国外居住、専門は唐末から宋初までの社会変革、及び東西文化交流史である。

六　太平荘へ強制連行

一九六六年の国慶節[1]が近づいてきた。私は、もし監視学生らが二、三日でも休みを取るなら、私たちにも多少は息抜きのチャンスが来るだろうと、ひそかに期待した。

九月二七日午前、大学の校内でいつもの強制労働をさせられている最中、突然、歴史学部文革委員会〔以下、学部文革〕から知らせが来た。「二時間後に各自の荷物と『毛選』〔『毛沢東選集』の略〕を持参してこの場所に集合せよ、怠るな！」と。私たち総勢二四名の「牛鬼蛇神」のうち、唯一名前が入ってなかったのは陳芳芝だった。

北京大学では六月初めに学長の陸平が失脚した後、しばらくは上から派遣された工作組が大学の管理を代行していたが、二ヵ月もしないうちに、江青、康生らの煽動によって、尻に火がついたように慌てて大学から退去した。その後、いわゆる「紅色権力機構」の北京大学文化革命委員会〔略して「校文革」〕が誕生し、大学のすべてを掌管するようになった。この委員会は主任には例の聶元梓を置き、ほかに在学生、〔付属工場や雑役などの〕労働者と教員若干名を加えて、鳴り物入りで誕生した。各学部でもそれを真似てそれぞれ下級レベルの「文革委員会」が設置され、こうして北京大学の上下二つのレベルの「権力機構」が成立したわけである。その話はさておき、すでにおちぶれて「牛鬼蛇神」となった私たちにとって、「学部文革」から命令が来た以上、従うほか選択の余地はなかった。

徐天新、呉代封、范達仁、夏応元と私の五人は当時、教員共同宿舎の一九号楼に住んでいた。私たちは文革以前からしばしば農村に行かされることがあり、荷造り用の紐や背中の荷物を縛るベルト、懐中電灯などは常備品だったので、荷造りは早々に終わった。一九号楼の玄関には一台の共用電話がある。市内の我が家の近くにも共用の電話があるので、一九号楼を離れる際に、どうしても家族に電話して自分の状況を知らせたかった。しかし考えてみると、どこへ連行されるのかもはっきりしないし、それよりも、今はもはや電話をかける権利すら認められていない状況である。人目の多いこの場所であえて電話をすることは、自ら危険を招くような行為にほかならない。結局、誰もがその電話に手をのばすことはなかった。

時節は晩秋で、十分な衣服が不可欠である。しかしこれからは荷物を背負って歩くことになるので、たくさんは持てない。これには全くどうしようもなかった。私たちが集合場所に着いた頃には、何人かの年配の先生も家族に荷物を自転車で運んでもらって、次々と到着した。ところがキャンパス内の朗潤園に住む鄧広銘先生は、燕東園に住む楊人楩先生や中関園に住む邵循正先生よりもずっと近いにもかかわらず、一人だけなかなか姿を見せなかった。ついに監視学生が怒り出したそのとき、ようやく鄧先生があらわれた。ここ二ヵ月間、私たちの一群は「牛鬼蛇神」とされ、浮かぬ顔をする毎日だったが、鄧先生をみた瞬間、全員が思わず笑いそうになった。鄧先生が持ってきたのは一枚のダウンの掛け布団である。梱包時に空気をきちんと抜かなかったため、布団がふわふわしてしまい、かろうじて担いで来られたようであった。また、ダウンは柔らかいので、自宅から集合場所まで歩いて来る途中で荷物の紐がゆるんでしまい、中の衣類が落ちそうになっていた。寒さすら感じるほどの天気だが、鄧先生は体が太っており、汗だくになっていた。監視学生がその様子をみて、「ブルジョア階級の生活方式だ」と罵声を浴びせつづけた。時間は刻一刻と過ぎていく。鄧先生は荷物を括り直そうとするが、どうしても上手くいかなかった。見かねた私たちが近寄って手を貸そうとしても、学生らがそれを禁止することはなかった。こうしてようやく荷造りが終わって全員が出発した。

私たちは一列縦隊になり、先頭と最後尾には護送の学生がついた。東校門を出てから京包〔北京―包頭〕鉄道の清華園駅まで歩き、この駅で北行の列車に乗った。車内で私たちは互いに顔を見合わせ、不安をつのらせた。果たしてどこへ連れて行かれるのだろうか、まさに「前途未卜《みぼく》」〔前途は予測できぬ〕という言葉の通りであった。列車に乗ってから四〇分、南口駅に着いて下車を命じられた。駅のホームを離れると東へと向かった。これをみて徐天新と呉代封の二人は、「太平荘に行くのだ」と判断した。その声は夜間行軍中の合言葉のごとく、耳の遠い向達、楊人楩、楊済安以外の連行されているすべての人に伝わった。おおよその行き先が分かって、とりあえず心の重しが半分ぐらい軽くなった。

太平荘は、明の十三陵の一つである定陵の南にあり、定陵からは五、六キロ離れている。ここはもともと昌平県の緑化大隊が開拓した営林場で、数十軒の煉瓦造りの家屋と、傾斜地の畑が八、九ヵ所、いくつかの山の上に散在していた。近くには二、三〇戸からなる太平荘村という小さな村があった。緑化大隊がここに進駐した当初、周囲は一面の荒野で地名もなく、村の名に因み太平荘と呼んだ。

図22　今日の太平荘
太平荘という村は北京郊外の昌平県にある。当時2、30戸があった。私たちが暮らしていた「牛棚」からは約半キロの地。「牛鬼蛇神」とされる私たちがここの売店で石鹸などを買うには、外出の許可及び一人の同行者が必要となる。その同行者は管理者に事後の報告をする責任を負っていた。

遡っていえば、一九六六年の春、歴史学部が上からの指示に従い、「半工半読」の実験をここで始めたとき、営林場の家屋と土地が昌平県から北京大学側に引き渡されていたのである。歴史学部の一、二回生は燕園[2]のキャンパスを出てここに来ては、「象牙の塔」のくびきから解放されたと、意気軒昂であった。太平荘で挙行された入学式には、北京市党委員会書記、教育担当の鄧拓[3]が出席して、市はこの実験の結果に高い期待を寄せている云々との祝辞を述べた。ところがそれからわずか数日後に、「馬南邨」のペンネームで『北京晩報』に連載されていた鄧拓の雑文『燕山夜話』が、「反党反社会主義の悪論」であると非難された。批判の文章は日を追って増え、標題に使われる文字のサイズも大きくなる一方であった。これをみて学生たちは落ち着きを失い、「太平荘」は「黒《もぐり》の店」であるという流言がたちまち広まった。歴史学部の若手教員で党支部書記やクラス担任をしていた范達仁、徐天新、呉代封らは、宿舎を回って説明に奔走したが、学生の動揺は収まりそうになかった。当時北京市党委員会の大学科学部に在職していた彭珮雲《ほうはいうん》は、北京大学を拠点に調査研究を行うため北京大学党委員会の副書記を兼任していた。彼女は太平荘と北京市党委員会の間を行き来し、一度太平荘に来ると一週間ないし一〇日間滞在することもよくあった。誰もが、歴史学部の「半工半読」の実験が北京市党委員会の指導を受けていたことを知っていた。それからしばらく経って、一九六六年六月一日の夜、中央人民ラジオ放送局の「各地人民廣播電台聯播節目」[4]で聶元梓らの「最初のマルクス・レーニン主義の大字報」が全国に向けて放送され、その標題には批判対象として彭珮雲の名も挙げられた。それを耳にした学生たちは、すぐさま荷物を片づけて大学へ戻ろうとしたが、すでに真夜中で交通手段がなく、夜明けまで寝ずに論争をしつづけた。翌朝、二〇〇〇人の学生は水門が開かれた激流の如く、「黒の店」太平荘から脱走して、一気に燕園のキャンパスになだれこんだ。これまで口を酸っぱくして学生の説得に当たってきた若手教員たちは、為す術もなくただ呆然としていた。若手教員が燕園に帰って来るや否や、気を取り直す間もなく真っ先に批判を受けたのは彼ら自身であった。

図23 「200号」と呼ばれた北京大学昌平校区
写真は校区の裏門。この門を出て西北へ向かい、石が散乱する河原を通り30分くらい歩くと私たちを収容していた「牛棚」に辿りつく。当時ここに監禁されていた北京大学経済学部の厲以寧教授は、「破陣子」の詞において、その光景を「乱石の灘前の野草、雄関の影の裡の荒灘」と表現した。

さて話を本題に戻そう。私たち「黒幇」一行は東へ向かって約一時間歩いたのち、当時の通称「北京大学二〇〇号」〔以下、「二〇〇号」〕と呼ばれる場所に着いた。現在の名称は「北京大学昌平校区」〔昌平キャンパス〕である。こちらの道路は燕園キャンパスよりずいぶん広く、このキャンパスで授業していた技術物理学部、無線電学部と力学学部の学生と教員は全て「革命」のために大学に戻ったので、あたりは静かであった。混雑して騒々しい燕園とは対照的で、まるで別世界の感があった。ここで私たちはようやく荷物を下ろしトイレに行くことを許可された。たまに人が通りかかるが、私たちにいぶかしげな視線を投げかけるだけで、私たちをとり囲んでくることも批判しにくることもなかった。この二ヵ月余りの間、たとえまったく知らない人でも、私たちを見かけても囲みも批判しにも来ないことは、今回が初めてであった。しかし、ここが目的地ではなかった。少し休憩をとった後、監視役の学生の指示に従い、また荷物を担いでこの校区を通り抜けて、後の門から出た。さらに四〇分ほど歩いて、ようやく太平荘に辿りついた。この間歩いたのは河原である。地面に大小の丸い石が無数に散らばっていた。私たちは手で肩の荷物を支え、目で足元のぐらつかない石を探して一歩一歩慎重に踏んでいき、かろうじて体のバランスを保ち、転倒しないでいられた。太平荘の学生の宿舎に泊まり、第一期六ヵ月間の強制収容所生活がここから始まった。

私たちを太平荘に連行することが誰の発案によるものだったのかはよく分からない。これまでは、昼間は強制労働を強いられ、批判闘争会を受けてきたが、夜は宿舎か自宅に帰って、なんとか一息入れることができた。しかし太平荘に移動させられてからは、昼夜を問わず監視下に置かれることとなった。これが北京大学の最初の「牛棚」である。その後、燕園の民主楼の西側、つまり現在「賽克勒《サックラー》考古与芸術博物館」〔Arthur M. Sackler Museum of Art and Archaeology〕が建っている場所で、全学の「牛鬼蛇神」を収容できる、もう一個の大型「牛棚」が作られた。季羨林先生が『牛棚雑憶』[5]の中で述べた「牛棚」はそれを指している。「校文革」が太平荘からヒントを得てこれを作ったのかどうかは、記録がないので知る由もないが、しかし言えることは、北京大学にこの種の「牛棚」を作ったことは、当時の北京大学の社会的地位も手伝って、のちに各地で同様なものが作られる先例となったことは間違いない、ということである。やがて「牛棚」という収容施設が全国各地に及び、そこで冤罪を被り迫害を受けた人は幾千人、いや幾万人を下らない。その発案者が、今、静かな夜に手を胸に当てて振り返ったとすれば、果たしていかなる心境なのだろうか。数年前に『聶元梓回憶録』が世に出た。聶氏はその書の中で責任をとれないとはっきりと言い切った。理由は、北京大学の局面は彼女一人で制御できるものではなかったからだという[6]。

確かに文革中の中国社会は、乱世に群雄が争うが如く、大きくは国家全体、小さくは個々の部署まで、どこであろうと一人の力で制御できる状態ではなかった。これは事実である。しかし聶氏のこうした論理に照らして考えれば、文革の歴史に対して「責任」というものは、もう追及はできなくなる。しかしあなたはこの一言で、北京大学の当時の出来事との関係から逃げられると思っているのだろう

図24　太平荘の今　警察学院
現在の北京人民警察学院。当時私たちはここに監禁されていた。もともとこの一帯は荒れ山で地名すらなかったが、約半キロほどのところに太平荘という小さな村があった。その名に因んでここも「太平荘」と呼ばれた。

図25　太平荘の今　中日友好植林
北京人民警察学院近くの「中日友好林」。1966～68年、私たちがここに監禁されたとき、桃の木は植えられたばかりで、まだ実がなるまでには至っていなかった。

か。数十年が過ぎた今、責任を論じれば、上から下まで、さまざまな人が関係している。あなたは自分がとるべき責任の分を認めればよい。ただ、聶さんよ、あなたがとるべき責任とは何だったのか、今こそ胸に手を当て自分の良心に尋ねるべき時である。この期に及んでなお反省しなければ、もはや手遅れになってしまうのだから。

まさに、

一波帯動万波湧　　一《いっ》波《ぱ》帯動《どう》して　万波《ばんぱ》湧《わ》く
此罪此孽終須晴　　此《こ》の罪《つみ》此の孽《わざわ》い　終《つい》に須《すべから》く贖《あがな》うべし

注

（1）中華人民共和国の建国記念日、一〇月一日。
（2）北京市海淀区に所在する北京大学キャンパスの通称である。一九五二年北京大学が燕京大学を併合するともない、北京市の中心部から燕京大学の所在地であったこの地にキャンパスを遷した。以来、「燕園」とよばれるようになっている。
（3）鄧拓、共産党幹部、ジャーナリスト。一九三〇年中国共産党に入党、『人民日報』社長、総編集長を歴任後、北京市党委員会書記に任命され、一九六六年五月批判を受けて解職され、その直後自殺した。
（4）全称は「全国各地人民廣播電台聯播節目」、毎晩放送される中国全土のニュース番組である。一九五一年に創始され、一九九五年より「全国新聞聯播」と改称。
（5）季羨林（一九一一―二〇〇九）、北京大学東方語言文学部教授、言語学、歴史学、仏教学など多分野で博学。氏の文革回想録である『牛棚雑憶』は一九九八年、中共中央出版社より出版。
（6）【原注】『聶元梓回憶録』を参照。時代国際出版有限公司、二〇〇五年。

七　閻文儒《えんぶんじゅ》、師に侍《じ》すること親の如し

文革初期、歴史学部の一、二年生は、半工半読基地（太平荘）から大学へ戻り、そこには留守番として二人だけが残された。一人は、昌平県緑化大隊が派遣した果樹技術員の鮑《ほう》さん、もう一人は、北京大学の炊事係の崔さん。人気《ひとけ》のない四ヵ月を経ているが、厨房には食糧がまだたくさん残っているし、食、住などの生活用品と設備は備わっている。「学部文革」の誰が太平荘を思い出したのか知らないが、歴史学部の「牛鬼蛇神」たちはすぐさまここに送られた。ここは、基本的な生活用品が揃っているうえ、交通が不便で閉鎖的であるから、恰好の「労働改造所」だったのである。

私たちの受け入れのため、はやばやと一つの大部屋のカギが開けられた。ちょうど私たち二三人が入居できる部屋である。学生たちの宿舎として、もともと二段ベッドが置かれていたので、私たちの中で若い者は自らの寝場所をベッドの上段にして、下段を向達、楊人楩《ようじんべん》、商鴻逵《しょうこうき》、鄧広銘、邵循正、周一良、閻文儒、宿白、楊済安などの年長者に譲った。

翌日、時間割と管理規則が知らされた。起床は朝六時。一五分後の笛で全員集合して点呼をとる。

それから顔を洗い、身支度を整え、一時間の「天天読《ティエンティエンドウ》」(1)をしてから朝食である。午前午後には各四時間の労働が課され、夕食後は『毛沢東選集』の学習及び自白と告発の書類を書かされる。日曜日の午後だけ労働が免除され、洗濯したり互いに理髪しあったり、付近の村の売店に行って切手を購入し手紙を出したりすることができる。ここでは監視学生は、多い時に三、四人、少ない時は一人だけであった。ほかには、神経衰弱で睡眠障害を起こし、医者の判断に従いここで療養する学生が二人いた。こうして太平荘では、「牛鬼蛇神」は「十万戸」、革命群衆は「二、三軒」(2)という局面になってしまい、幸いにも北京大学校内でのように、毎日追いかけられ取り囲まれて、批判されることから免れた。しかし、監視学生はまた新しいやり方を考え出した。

　私たちは一日三食、毎回食事の前に毛主席の肖像の前で列を作り、頭を下げ、腰を曲げ、その日に指定された一人がまず『毛主席語録』を一段落読み上げてから、全員で一斉に「偉大なる指導者毛主席に罪を詫びる！」と大声で叫ぶ。つづいて、一人ずつ自分の姓名を名乗るが、姓名の前に自分の頭上に被っている「帽子《マオズ》」を加えなければならない。このような罪を認めなければ食堂に入れない決まりは、私たちにとって屈辱的というだけではない。午前四時間の労働を終え、昼食の二つの窩頭《ウォトウ》（トウモロコシの粉で作った蒸しパン）で腹を満たそうとしているときに、まず「罪を詫び」なければならないとなると、気分が一気に沈み、目の前の窩頭ものどを通らなくなってしまう。しかし、人間の胃腸は自ずと適応してくるものである。この感覚は、わずか数日で収まり、最後は完全に感じなくなった。毎日、儀式のように「罪を詫びる」、そのような屈辱的な行為の後でも平気で窩頭《ウォートウ》を食べられるようになったのである。

「帽子」といえば、私が被っていたのは一つだけで「現行反革命分子」というものである。詳細は後述する。向達先生の「帽子」は二つ、「反動的学術権威」と「大右派」である。周一良先生は最初二つであったが、のちに五つまで増えた。商鴻逵先生の「帽子」は三つ、「歴史反革命分子」と「反動的学術権威」のほかに、もう一つ「黄色文人」[3]というものがあった。

「黄色文人」という言い方は、ユニークに聞こえるが実は嫌味たっぷりなものである。それは一九三四年、商鴻逵が北京大学の院生時代に、指導教師の劉半農[4]と共著で『賽金花本事』を出版したことに起因している。賽金花は有名な遊女で、晩年は劉半農の提言を受けいれ、長編の口述自伝を残した。内容は彼女の生い立ちや家庭状況にまで言及している。初めての結婚は状元〔清末の科挙試験のトップ及第者〕の洪鈞に嫁ぎ、大使夫人として欧州に数年駐在してドイツ語が堪能であったとか、北京で上流社会と交際し一世を風靡したとか、その後遊女に転落するが、北京と天津の二大都市で名を馳せたとか、なかでもとくに庚子年〔一九〇〇年〕の八ヵ国連合軍総司令官ヴァルデルゼー〔Alfred von Waldersee（1832-1904）〕との噂が有名であった。彼女のこの口述は、すべて商鴻逵が筆録し整理して完成させたものである。出版直後、世間の反響を呼び、映画化しようとする名優も現れたくらいであった。実は、『賽金花本事』の出版は胡適が「口述歴史」を提唱するよりも早く、歴史資料としての価値も非常に高いもので、多くの歴史研究者に評価されていたのである。

太平荘の話に戻そう。一日三食、食前の「罪を詫びる」時に口にした「罪」とは、すべて政治的なものである。当時の風潮で仕方がないことであった。しかし、商鴻逵先生にこのような「黄色文人」の「帽子」を被せたことは、「政治的」角度から見れば、さまざまな「罪名」のなかでは、「閑罪」、すなわち大した意味のないもので、量刑するならば、それほど重みもないものであろう。ただ、教授の頭上にこのような「帽子」を被せるとなると、大変重い侮辱となってしまうのである。そばにいる誰もがこのように感じていたのであるが、商先生本人はどうだったのであろうか。一日三回受けた辱めは、恐らく私たち以上であったに違いない。

『毛沢東選集』を学習し「認罪」心得を交流させるのも、彼らのやり方の一つで、しばしば行われていた。日差しの暖かいある日の午前中、監視学生の高海林は、突然の思いつきで、労働をさせず、部屋前の風の当たらぬ場所で私たちを円形に座らせ、「認罪」の座談会を開いた。まわりには、何羽かの小鳥が無邪気に飛び回っているが、気持ちを和らげてくれるどころか、逆に私たちのことをからかっているようにも思われた。

だいたいこの場合は、発言しないわけにもいかず、発言をしても災いを招くことが多い。口を開けば「私には罪があり」、「私は必ず人間改造をする」といった自虐的なセリフしか口にすることができない。自ら恥をさらすようなものであるので、このような時は、誰もが先を争わず、人より遅れることを願うのみであった。

ある日、毛沢東の「湖南農民運動の視察報告」を読み終え、つづいて「認罪」会が開かれた。これが初めてではなかった。毛沢東のこの文章の主旨は、一九二〇年代湖南省の農民運動は「極めて良い」、決して「悪くはない」と断定するものであるとみんなが知っている。「牛鬼蛇神」とされていた私たちは、この文章を読む際に決まって次のようなことを言わなければならなかった。つまり、打倒された湖南の郷紳《きょうしん》(5)と自分を結び付け、当時の農民たちが郷紳を「地面に押し倒し、さらに足で踏み付けた」ことと、今の紅衛兵たちが私たちを摘発することとは、二つとも歴史の必然的な成り行きであり、同様に「極めて良い」ことである。紅衛兵の若い連中はこうして私たちを救おうとしているのだと言わねばならないのである。

このように言わなければ、監視学生が気に入ってくれないのであった。この発言のトーンは、すでに決まっており、一人が言ったばかりでも、次の人が同じことを繰り返しても構わない。重複は気にされないのである。向達先生はこの日、発言のはじめにこう言った。「湖南農民運動の最盛期、私は湖南にいた。ちょうど農村にいたので、実際に身を以て体験した」。彼の話は私の好奇心を引き起こし、一体どのようなことを話してくれるのかと、期待していたが、結局、彼は当時の所在地の地名と農村にあった些細なことしか触れず、農民運動にまったく言及しなかったし、「極めて良い」や「極めて悪い」などといった主旨にも結びつけなかった。メリハリのない話し方は普段の彼の講義と変わらなかった。私は失望した。しかし高海林もその話から問題を見付けられず、そのまま通したのである。「牛棚」に入って二ヵ月も過ぎたのに、向先生は未だに変化した環境に自分の立場や話し方を順応させることができていなかった。依然として従来の会議に出席しているかのように、即興で発言をしていたのである。

他の日、向先生はまたもや最初に発言した。彼は、「ここへ来るとき、私は家内に、私にもしものことがあったら、あなたは燕生のところへ引っ越しなさいと、言っておいた。だから、私は何も気に掛けることがなく、安心してみんなと一緒に学習することができた」と言った。向先生がここまで言った途端、高海林が跳び上がり、向先生に向かって、「立て、頭を下げ、腰を曲げろ」と命令し、

図26　向達のレリーフ
向達先生のレリーフ肖像。北京大学図書館南玄関の内壁に歴代館長のレリーフ肖像が嵌められている。李大釗から始まり、最後の一人は向達である。1958年彼は「右派分子」に指定され、よって館長の職も解任された。

「おまえは監督者に抵抗し、反撃を目論んでいるのか」と怒鳴った。

　向先生が言う「燕生」は、長男の向燕生のことである。彼は脅かされている病弱の老妻に万が一の時には息子に頼るようにと、言い聞かせたのである。これは老夫婦の間に交わされた、胸を締め付けるような別れの言葉であった。向先生はなぜこの会議中でこのことに言及したのだろうか。当時三〇過ぎの私は、若いゆえにその話を聞いても深く考えなかったが、その後、次のようなことが起こり、当時の話を思い出して全身に冷や汗をかいたのである。

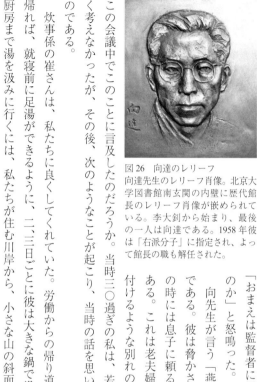

　炊事係の崔さんは、私たちに良くしてくれていた。労働からの帰り道に充分な薪や枯れ枝を持って帰れば、就寝前に足湯ができるように、二、三日ごとに彼は大きな鍋で湯を沸かしてくれた。しかし、厨房まで湯を汲みに行くには、私たちが住む川岸から、小さな山の斜面を登らなければならない。夜は真っ暗で北風も強い。宿舎に戻って来ると、熱い湯が冷めてぬるくなってしまう。私はものぐさで足湯を省いて、そのまま布団に入り自分の体温でゆっくりと温まるのを待つことが多かった。

　この時、閻文儒先生は、まず向達先生の洗面器を持って湯を汲みに行き、汲んできた湯を向達先生の足元に置いてから、もう一度自分用の湯を取りに行く。向先生が足湯を終え、閻文儒先生は今度、黙ってその洗面器を部屋から持ち出し遠い川岸に捨ててくる。監視学生が巡回に来る時は、彼はそれをやめておく。後になると、閻先生は湯汲みや水捨てだけでなく、向先生の靴と靴下を脱がせたり履かせたりまでしていた。向先生は普段からほとんど厳粛な表情を崩さないが、この時も、閻先生の世話を受けながらも平然としていた。傍で見ている私は少し意外に感じたが、鄧広銘先生は私に向かって口を突き出して示した。私が二段ベッドの上段から下を覗いてみると、向先生の両足はひどくむくんでいた。翌日、山の斜面で労働をしている時、左右に人がいないのを確認してから、鄧先生は声をひそめて私に教えた。「これはまずいぞ！　良くない兆候だ！『男の靴履き、女の冠かぶり』(6)と言うから、彼はもしかして『靴履き』になったのだ！」。鄧先生がこの話をした際の顔色は、向先生よりも厳しかった。「靴履き」と「冠かぶり」は、民間における先人の知恵であるが、私は鄧先生の口から初めて聞いたのであった。

二日後の昼食前の整列「罪を詫びる」時間に、向先生の姿が見えなくなった。宿舎に戻ると、彼の荷物や生活用品はそのまま置いてあったが、噂では彼は病気治療のため、市内の大学キャンパスに戻ることを許されたそうであった。

年を越して一九六七年三月、大学キャンパスでの労働復帰が許され、私を含めて最後の五人が帰校することとなった。夏応元と孫機の二人だけは、「帽子」を脱げていない「右派」として太平荘に残った。太平荘から離れることは許されなかったが、彼らを監視する学生がもういなくなった。それで帰校する五人で話し合ったうえ、向先生の荷物も一緒に運び「学部文革」の事務室に預けた。しばらくして、向先生は尿毒症と診断され、入院時はすでに手遅れの状態で医者も手を施しようがなかったという噂が耳に入った。彼は一九六六年一一月二四日にこの騒々しい世界を後にした。聞くところによると、葬式も粗末に済まされたそうだ——あの時代には「黒幇」の死に、声を出して泣くこともできなかったのである！

　そもそも、閻文儒はなぜ、まるで肉親のように、ここまで向達先生の世話していたのか、それは師弟の絆によるものであった。

図 27　閻文儒
北京大学歴史学部副教授、故宮博物院研究員。「牛棚」に入れられたのは、彼が 54 歳の時である。監視学生がいないとき、彼は 66 歳の恩師向達先生の足湯の世話をしていた。また、殴られて傷を負った学生楊紹明の世話をしたとき、1 回の食事に 1 時間もかけて食べさせたほど、彼の介護は丁寧であった。

　一九三九年、西南聯合大学の北京大学文科研究所は初めて単独で院生募集を行った。史学科は三名の院生を採り、閻文儒はその一人であった。向達は当時、西南聯合大学の教授で、文科研究所史学科に三名いる指導教官の一人であった。閻文儒は向達の指導をうけた院生であった。一九四二―一九四四年、向先生は二回にわたって中央研究院西北考察団に参加し、歴史考古チームのリーダーを担当した。彼は閻文儒の誠実さと向学心を高く評価し、考察団への入団を推薦した。閻文儒は考察団に在籍した一年半の間に、民勤、武威、張掖の古墓発掘に参加できた。しかし前述した閻文儒が向先生の足湯用にお湯汲みをした時は、それからすでに二〇数年も歳月が経っていた。向先生は六六歳、閻文儒は五四歳、ともに五〇を超えた老人となっていたのだ。筆者は浅学非才で、「牛棚」に入れられて初めて「一日《いちじつ》師と為せば、終生父と為る」（一日師として仰げば、一生父として慕う）というのを学ぶことができたのである。

　私の知る向達先生は、普段の言行があまり面白くなく講義も無味乾燥であった。卒業した翌年、三二系統（現在の三三二系統）のバスの車内で遠くから彼を見かけ、私は急いでもう一枚切符を購入しておいた。下車する前、やっと満員の車内で彼の前までたどり着き、手にした二枚の乗車券を挙げて見せた。予想外に彼は表情も変えずに「定期を持っている」と言った。バスを降りてから、私は慌てて別れを告げた。面白くないと感じただけでなく、心底、あの〇・一五元がもったいなかったと思っていた。私は向先生とは二世代も隔っていたので、自ずと距離があって近づくことができず、彼もいつも淡々としているように見えていた。しかし思いのほか、ここ「牛棚」での閻文儒先生の振る舞いを通して、間接的にではあるが疑う余地がなく、向達先生の人格的魅力が思い知らされたのであった。

まさに、

此来不図回　求正覚心　生死等閑些許事

　此こに来て回《かえ》るを図《はか》らず　正覚《しょうがく》の心を求む　生死も等閑《とうかん》なり　些許《ささい》な事

脱鞋還穿襪　了報師恩　愧煞幾多高海林

　鞋《くつ》を脱がしめまた襪《くつした》を穿《は》かしめ　了《つい》に師恩に報う　愧《は》じ煞《ころ》すこと幾多《いくた》なるや　高海林

注

（1）「天天」とは、毎日。「天天読」は、毎日毛主席の著作を読み、学習することを意味する。

（2）原文は「十万戸」と「両三家」、唐代詩人杜甫の「水檻遣心」詩を引用している。詩の最後の二句「城中十万戸、此地両三家」は、成都城内の人口が密集する賑やかさと、郊外の住居が二、三軒散在する環境とを対比している。ここでは、太平荘に収容されていた「牛鬼蛇神」の多さと監視学生の少なさを対比している。

（3）「黄色」は、現代中国語においてポルノの意を有する。

（4）劉半農（一八九一―一九三四年）は、詩人、言語学者、北京大学教授。一九二〇年代にヨーロッパに留学していた。

（5）郷紳とは、中国の近世における社会階層の一つで、明・清時代の農村における地主で豊かな財力を持ち、文化的な地位も高く、郷里で政治・社会的に発言権が強く力を持っていた人を指す。多くは科挙試験の合格者として官途につき、引退後は故郷に隠棲した人である。清末以後、共産党が農村で革命を推進する際に、農民を搾取して社会の進歩を阻止するものとされ、革命の目標の一つとなった。

（6）民間の諺。男性の場合は足のむくみ、女性の場合は頭のむくみが、人間の健康と命を脅かす危険信号として捉えられていた。

八　楊人梗《ようじんべん》、夜の断崖で糾弾される

私たちが太平荘に連行された翌日に、収容施設入口のレンガ壁に「対聯」が貼られた。「横掃一切牛鬼蛇神（上句）、坦白従寛抗拒従厳（下句）、何去何従」（横書き）」（すべての牛鬼蛇神を一掃する、自白すれば寛大に扱い、反抗する者は厳重に処分する、どうするかはあなた次第である）とある。落書きのような悪筆であるだけでなく、対句の体も成さず、それぞれ八文字を揃えたからか、横書きまで作って、本来別々に叫ばれていた二つのスローガンを、無理やりろくでもない対句にしてしまったのである。これは前述した三号院に貼られたあの「池深く池浅く」云々の対聯の影響で、あの対聯は校内で広く流布し、それによって対聯を作ることが革命への熱意を表現する形式と手段として大流行したのであった。

例えば、学長陸平の家の前には、「奮起千鈞棒（上句）、澄清万里埃（下句）」というものが貼られた。意味は、「（孫悟空は）千鈞の棒をふるい、万里の埃を一掃する」である。これは毛沢東の律詩(1)から引用したもので、きちんと対句のルールを守っていたし、読み上げても力強く感じるものであった。私と同じ一九号楼に入居していた中国語言文学部に所属する若手教員の門前に貼られた対聯もきちんと対応関係を成していたが、今は冒頭の部分、「説你臭、你就臭……（上句前半）。要多蠢、有多蠢……（下句前半）。一頭蠢驢（横書き）」しか覚えていない。その意味は、「臭いと言えばお前は疑いなく臭い……、愚かと言えば、お前はこの上なく愚か……、一頭の愚かなロバ」であった。さすが中国語言文学部の学生であるだけに、対句が体裁に則っていたのみならず、彼らの自分の先生に対する侮辱のレベルも非常に高かった。比較してみれば、太平荘のこの対聯はいい加減ではあるが、今風に言えば、非常に「政治的」なものであった。

対聯形式の流行は、風が吹きつけるように勢いがよく、流行のもとである三号院の対聯「廟は小《しょう》にして神霊は大《だい》なり、池は深くして王八は多し」もしばしば大字報や批判会での発言に引用されるようになっていた。聶元梓が主任を務める「校文革」の機関紙『新北大』は、一九六七年一一月九日に「旧北大をぶち壊し、新北大を創り出す」と題する社説を発表した。そのなかで「旧北大は『池は深くして王八は多い』ところであり、『王八』思想が非常に強固で、帝資封修（即ち帝国主義、資本主義、封建主義、修正主義――著者）といった品物がすべて揃っている悪質な拠点である」と、この句を援用した。「王八」という語も三号院の対聯から始まり、詩や文に広く引用され一種の「雅詠」となった。二年後の一九六八年に、軍宣隊(2)責任者の一人――本来某軍政治部宣伝処長で、北京大学に配属され「指導部副部長」となった楊某は、全校教職員大会で「闘、批、改(3)」の重要性を説明する時、さらに俗っぽく精彩に富む形で引用した。楊処長はこう言った。「北京大学に来てはじめて、足を取られ歩けないほど『王八』が多いことが分かった」。そのなまりから察するに、彼は河北省中部の人であろう。というのは、最後の「腿」という語を言うときに、なまりでその音を「tèi-ěi」と長くのばしていたことが強く印象に残ったからである。「芳草　萋萋《せいせい》として　行路を碍《さまた》ぎ(4)」、「闘、批、改」の路にはいたるところに「牛鬼蛇神」の連中が転がっていて、革命を進める人の足を阻んでいるのだ。この「文化大革命」は、まことに「任重くして道遠し(5)」なのである！

私たちの到着によって太平荘の「牛気(6)」が一気に増した。翌日、監視学生の笛で集合し、果樹技術員の鮑さんから任務を受けた。各人一日に一つずつ、植樹の穴を掘ること、掘り出した土は風や太陽に晒して、来春の植樹の際に埋めなおすことであった。穴の規格は一メートル四方で深さも一メートル、つまり一日に一立方メートルを掘らなければならない。太平荘という場所は、土が少なく石が多い。もし大きな石にぶつかると無駄な労働になってしまい、場所を変えてやり直さなければならない。「燕山雪花大如席(7)」〔燕山の雪花　大なること席の如し〕というのは李白の誇張した表現であるが、しかし燕山の北風はまことに厳しいものであった。風は骨の髄にまで入り込み痛くてたまらない。一二月に入ったばかりなのに、地表はすでに凍りはじめ、つるはしで掘っても地面には白い点がつくだけで全く下まで掘れない。丸一日掘っても、二〇センチしか進まず、進度が日に日に遅れ、監視学生の罵声も日に日に大きくなっていったが、これは後の話である。

一〇月のある日の午前、私たちが「認罪」会を開いている最中に「二〇〇号(8)」の方向から人がやってきた。どうやら地元の農民ではないようである。ここは広い河原で、やって来た人が私たちの視野に入ってから近づいてくるまでは、一五分くらいかかる。近くに来てからは、その人が度の強い眼鏡をかけた細身の中年女性であると分かった。彼女は私たちの反省会場を通り抜けまっすぐ後ろの建物の方へ行こうとした。しかし監視学生の高海林は、まさにここでは自身が王のごとくふるまっている

図28　晩年の黄晞
文革前、彼女は北京市委員会大学科学部の幹部であった。1966年秋、彼女は一人で太平荘にやってきて、「絶対的な権力」を持っていた監視学生と丸一日対峙して、北京市委の書類を断固として渡さなかったのである。30数年後、西南聯大校友会の活動に参加した際に、私は彼女と期せずに再会した。（写真は李徳文提供）

ところであったので、勝手に入って通り抜けようとする彼女を許すはずがなかった。その場で彼女を大声で止め、「何の用だ」と聞いた。彼女は、自分は北京市党委員会の幹部であり、彭珮雲がここに残した書類を取りに来たと言った。高海林は書類を取りにきたと聞き、許可しないどころか、逆に彼女に「カギを寄こせ」と命じた。彼女は、北京市党委員会の書類なので、カギを渡せないと断った。穏和な語気ながら従わないという意志は伝わった。高海林は声を荒らげて言った、「頑固な『保皇派』だ！　未だに『黒市委』のために働くのか！　カギを出さなければここに拘束するぞ！　名前はなんだ！」と。

私たちの「労働改造隊」の徐天新と范達仁は、以前この太平荘で「半工半読」に参加したことがあり、彼女と面識があった。のちに教えてくれたところによると、この人は黄晞《こうき》といい、彭珮雲《ほうはいうん》の部下であった。黄晞は高海林に従わず、カギは差し出さないと固く拒否した。彼女は、見た目は弱々しい感じで、高海林と一時間も睨みあうことになろうとは、みんな予想だにしていなかった。もし彼女ではなく男性であれば、高海林はとっくに手を出していたに違いない。この時、私たちは為すすべもなくただ茫然と立っていた。高海林は、この場面を私たちに見せては、自分の威厳を損なうことになると気付き、私たちにここを離れて山上で労働するように命令を出した。

遠く離れてからも、高海林が「黒市委の頑固な保皇分子」黄晞と一対一で対峙している声が聞こえていた。私たちは、案の定、昼食も夕食も黄晞が食堂の一角で食事をしているのを見た。彼女は留められ、夜は道具部屋に泊まらせられた。道具部屋は人が寝泊まりできるところではない。壁の隙間から風が吹き抜け、ベッドも寝具もない。寝ることも立っていることもできず、秋が終わろうとする一〇月の夜を、彼女はどのように過ごしたのであろうか。

それから三〇年余り経た二〇〇三年、私は再び黄晞に会った。それは西南聯合大学六五周年記念パーティーの会場で、旧学友たちが壇上で大学時代の歌を唄っていた時である。黄晞もその中にいた。彼女の髪は白くなり、腰も少し曲がって動きも鈍くなったようであるが、私の脳裏には、あの時の太平荘で見た「頑固な保皇派」というイメージは依然として鮮明に残っていたのである。

一九六六年の国慶節の後、さらに二〇数名の歴史学部教員が太平荘にやってきた。

秋も過ぎようという頃で、畑に唐胡麻など、収穫を待っている作物がいくつかあった。骨の折れる力仕事ではないが、時期を逃してはいけないものである。収穫が遅れると、熟れた実が落ちてしまい、それを草むらの中から再び探し出すのが、大変手間のかかることになる。この収穫の仕事は「小秋収」〔小規模の秋の取入れ〕と呼ばれるが、新たに太平荘に人々がやってきたのは、この「小秋収」に参加するためであった。私たちは国慶節を機に一息つこうとしていたが、期待外れとなった。

新たに太平荘に来た人たちも、多かれ少なかれ、身上的に「欠陥」を抱えていて、今日は「人民」の一員と見なされても、明日には私たちの「牛棚」に転落するかもしれない人たちであった。そのような背景から、批判会場や発言する場から離れるチャンスさえあれば、彼らは必ず先を争ってそのチャンスを摑み取るのであった。この「小秋収」に参加することは、多少体力を使うが、是か非かの場面から逃れることもできるのだ。彼らは「瑕疵《かし》」を持つ身であるがゆえに、革命を敬遠することもできず、つねに一挙手一投足に気を配らなければならない立場にいた。文革終息後、その中の一人が、「当時は、摘発されることに備え、常に着替えと常備薬をカバンに詰めて用意していた。年中、戦々兢々とした日々を送っていた」と教えてくれた。「まだあなたたちのほうがましだと思う。いっそ『牛棚』に入ってドン底まで落ちれば、どうでもいいようになる」と彼は言った。文革中、このような状況にいる人は、どの職場でも数人はいた。

「小秋収」の仕事はもともと多くなく、労働と引き換えにしばしの安全を手に入れようと、太平荘にやって来た人たちは、二、三日働くともうやることがなくなり、大学へ返された。ただ、一人が残されたのは楊人梗の妻の張蓉初である。

張蓉初は歴史学部の副教授で、常州生まれ蘇州育ちで家柄もよく、普段は上品で大声で話すことさえない人である。彼女が担当するソ連史の講義は、教壇のすぐ前に座った学生にしか聞こえないほどであった。今回彼女が太平荘に来たのは、もちろんいざこざを避けるためでもあったが、夫の楊人梗が気がかりで、彼のために睡眠薬を持ってきて、面会できるチャンスを探るのが一番の目的であった。しかし、「小秋収」に参加する人たちは、私たち「黒幇」と分かれて労働に従事しなければならない。なぜなら、彼らと私たちとは二つに分類されていたのである。――「小秋収」の参加者は「人民内部の矛盾」として扱われ、私たち「黒幇」は、「敵味方の矛盾」とされており、「二種の矛盾を混同させてはなら」からであった(9)。労働に別々に従事するのは、「学部文革」が意図的に段取りしたもので彼らの政策水準を示そうとしていたのである。とは言っても、出発や解散の時にみんなが納屋ですれ違うことは避けられない。そして高海林は張先生にそこで楊先生に薬を渡させた。二つの隊列がすれ違う際に、薬はこの手からあの手へと渡り、老夫婦は一言も交わすことがなかった。それからの二日間、納屋を通るたびに、張蓉初は目線で私たちの中からいち早く楊人梗を探し出しながらも、いっぽうでは極力私たちを避けるようにしていた。結局、夫の様子を確かめることはできたが、自分も引き留められてしまったのである。一緒に来た何人かの女性は全員戻ったが、彼女だけ残された。黄晞のように納屋で寝泊まりはさせられなかったが、一人でガランとした大部屋に泊まり、夜は吹きすさぶ山風の音を聞いて、どのように感じたのであろうか。しかし、夜を待たずに、彼女が残された理由が分かった。楊人梗の批判会に参加させるためであったのだ。

楊人梗先生は、湖南省醴陵の人である。国民党が北伐[10]の際に、国民革命軍第二路軍が東南五省連合軍総司令官孫伝芳の部隊を標的に広東を出発して江西に入った。当時二二、三歳の楊先生は第二路軍司令部秘書として軍と共に行動していた。その後、国内情勢が変化したので、彼は中学校教員を数年勤めたのち、イギリスへ渡りオックスフォード大学に留学した。抗日戦争が始まってすぐに帰国し抗日救国運動に身を投じた。その後は大学で教鞭をとってきたので、職業を言えば当然大学教授である。一九四九年一月、解放軍が北平を包囲したとき、蒋介石は傅作義[11]に火中の栗を拾わせようとし

図29　楊人梗
北京大学歴史学部教授。清末に生まれ、父親は辛亥革命の「新軍」で反清運動に参加した。文革中、私たちは批判闘争されるときに一人ずつ出身と「罪名」を自白しなければならなかった。楊先生は出身を「軍人」と言ったことがあり、そしてすぐさま台下から詰問と罵声を受けた。その後、楊先生は「旧官僚」と言うようになった。

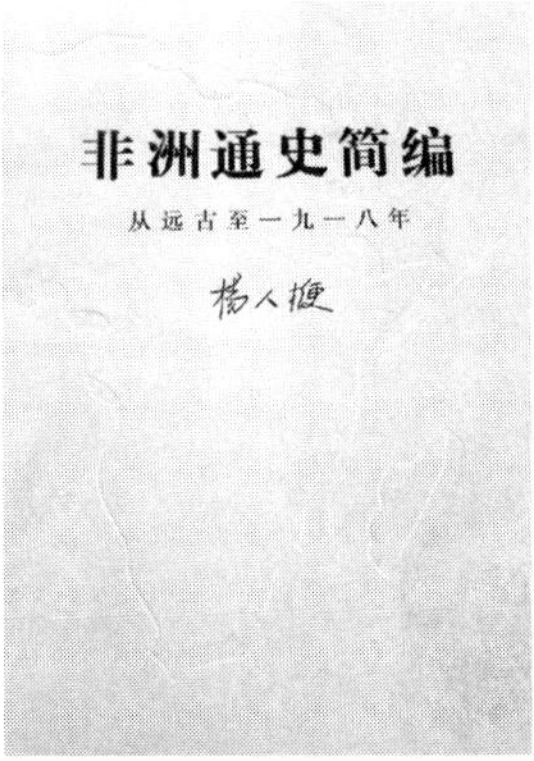

図30　楊人楩の著書『アフリカ通史簡編』
楊人楩はアフリカ史研究の先駆けであった。フランス史を専攻していたが、後にフランス史で蓄えた見識で新天地を開拓し、フランス領植民地のアフリカ諸国の歴史に転向。数年後に大学院生を指導し、『アフリカ通史簡編』を上梓した。先代の歴史学者たちは考察鋭く、一隅にとらわれずにまさに縦横自在であった。

たが、この時の傅作義はすでに実力の大半を失い武力を放棄しようとした。一月一六日、傅作義は中南海で北平各大学の教授や名士を招いて会合を開き、「情勢について各位の意見を聞きたい」と言った。実はこの時、彼はすでに無血開城を決心していたが、会合を開いたのは、噂を拡散させるためであった。ただこれは彼の腹中の策であり、側近でなければ知りようがないことであった。招かれた楊先生は「内戦はすでに人民に多大な被害を与えたので、戦争はもう止めなければならない。『イタリア建国の三傑』[12]を手本に後世に名を残そうではないか。民意に従って平和的解決方法を取って頂くならば、私は一人の歴史学者として、必ずこの義挙を歴史に特筆する」と進言したのである。[13]

楊先生は国内の世界史研究者の中では屈指の人物であり、著作や翻訳の業績も数多くあった。彼の講義も精彩に富み、ことにフランス革命の部分はもっとも得意としていたのである。これらが原因で文革到来後、楊先生は「ブルジョア階級の反動的学術権威」の「罪名」で「牛棚」に入れられる非運から逃れることができなかったのである。しかし、当時太平荘の監督権を握る高海林が、あの夜に楊先生に自白を求めたのは、なぜか「歴史問題」であった。しかも高海林は範囲も示さず、それが例えば党派の問題なのか、それとも軍事警察や特務〔スパイ〕の問題なのかも明示しなかった。その場にいる私たちは、聞くだけで、質問する資格すらなかった。

その日、夜の点呼時間が早められ、批判会が宿舎で開かれた。高海林は一人で批判会を仕切り、私たち「黒帮」の一群もその場に居させられた。このような場で私たちはどのような立場に立つべきか、批判する側に付くのか、それとも批判を受ける側の仲間とされるのか、二ヵ月余り批判会の経験を重ねてきたベテラン「選手」の私たちもこの新しい問題に出くわして非常に気まずかったのである。だがこの時の張蓉初は、夫である楊先生と向き合わなければならず、私たちよりもはるかに気まずかったに違いない。

図 32　張蓉初
北京大学歴史学部副教授。楊人楩の妻。上品で温和な性格であった。ロシア語に長けて、学部の中で唯一ソ連史を講義できる教員であった。文革後半江西省鯉魚州の幹部学校で労働したとき、張先生手作りの漬物が私たちにとって得難いご馳走であった。

張蓉初と楊人楩の結婚が遅かったことは、私たち全員みんなが知っていた。その場に居合わせた人たちが知人ばかりとみて、彼女はいち早く楊先生に向かって、今まで聞いたことのない大声で、「このことも私に隠していたのね！　今日あなたが徹底的に自白しなければ、人民の許しが得られないよ！」と楊先生を指さして言った。その本意は、自分が高海林に何の情報も与えていないことを、楊先生に伝えることであった。楊先生もそれを完全に理解して自分の潔白を主張した。批判会は一時間以上も続いたが、高海林には戦果がなかった。彼はついに怒り出し、「出ろ！　外へ出ろ！」と、楊先生夫婦と私たちを宿舎から連れ出し、山を登り断崖

図32　太平荘の崖
これは北京人民警察学院のそばにある崖である。写真は2008年に撮ったもので、すでに40年余りの歳月が流れていた。このような崖は今でも多数残っているが、これが当時楊先生が「夜闘」された場所かどうかは、もう分からない。

の縁まで連れて行った。

高海林は楊先生を断崖の縁に立たせ、崖を背にして顔を私たちに向けさせた。私たちは彼を半円状に囲んで立っていた。「今日は白状したら宿舎へ帰らしてやるが、口が堅ければ崖の下へつき落としてやる」と高海林は言った。土の崖でそれほど高くはないがそれでも十数メートルはあった。そこから落とされたら楊先生の体は果たして堪えられるだろうか。彼は喘息を患っており、山を登ってきただけで息が上がり、両肩を持ち上げながらハーハーしていた。一言を言うだけでも途切れ途切れとなって言葉が繋がらないほどであったが、楊先生はここで、手を胸に当て、心の潔白を月光に照らして「絶対、そのようなことはない」と一貫して否定し、誓ったのである。楊先生が高海林に抗弁する時の表情は、まるで教壇に立って私たち学生にフランス革命のジャコバン派[14]の壮烈な事跡を講義しているようであった。

高海林の監視下に置かれてすでに一ヵ月ほど経っていた。彼からの罵声や殴打は日常茶飯事であることは言うまでもないが、ほかの監視者と違って、彼は事の軽重をわきまえず、北京方言で言えば「二五〇——半瘋[15]（半封）」である。考えてみよう、この辺鄙な荒野で、「牛鬼蛇神」が大勢いる中、ただ一人で、よく批判会を敢行したことを！　ましてや「黒帮」の全員を一堂に集めて付き合わせるのがなおさらで、このやり方は、常識のある人には考えられないことであろう。「小秋収」のために太平荘にやってきた人のなかに趙という歴史学部共青団〔共産主義青年団〕総支部副書記がいた。この趙副書記は卒業してまだ一年ほどで、常に先輩後輩の感覚で学生と接していた。なぜか高海林には彼が「革命群衆」に見えず、二日目から彼を荷物ごと私たち「黒幇」の「黒い巣窟」に引越させた。「小秋収」の引率者である教員は高海林の乱暴なやり方に賛成しなかったが、逆らえなかった。その副書記は私たち「牛鬼蛇神」と一緒にさせられて当然堪え難かったが、怒りをこらえて毎日私たちと寝食を共にし、ともに「罪を詫びる」儀式に参列した。半月後、「学部文革」から電話があり、ようやく高海林は不本意ながら彼を解放せざるを得なかったのである。

話をあの夜の崖に戻そう。攻める側は「有る」と言い、弁明する側は「無い」と言い続けた。双方は睨みあったまま譲歩せず、結末をつけられない状況に陥った。

高海林の「お前が認めなければ崖の下へ落としてやる」という言葉は、ただの威嚇とも受け取れるが、しかし彼のことだから、本当に手を伸ばしてしまい、この燕山のふもとで文字通りの「粉骨砕身」の惨劇が上演され、太平荘が楊人梗先生の終焉の地にならないとは、誰も保障できなかったのである。

「狼が多ければ人を食い、人が多ければ狼を食う」という言葉があるように、この時はちょうど「牛鬼蛇神十万戸、革命小将⑯一家のみ」の局面になっていた。高海林が叫び疲れて口がカラカラになったのを見計らって、私たちの中から一人が切り出し、続いてみんなも一斉にガヤガヤと口を出した。「楊人梗、紅衛兵小将の話はあなたを救うためだ。態度を正してきちんと白状しろ」と、このようなセリフを複数回繰り返してから最後は一斉に「坦白従寛、抗拒従厳〔自白すれば寛大に扱い、反抗する者は厳重に処分するぞ〕」とスローガンを叫んだ。それを三回繰り返し、こだまは山の奥から響いて舞台上のクライマックスシーンのように、事態が収拾できる局面に変わった。これをきっかけに、憤懣やるかたないながらも、高海林は窮地を逃れ、批判会の終了を黙認して楊先生と張蓉初を放免した。この時、批判するものも批判されるものも、私たち一群も、ただ足元に気を付けながら宿舎へ帰るのみであった。山の小道には人影が混じりあい、それぞれの境界線も曖昧になってしまった。終始黙って誰も口を開かなかったし、なにも話せることがなかったのである。高海林も幾分気まずい様子であった。頭を上げると山の稜線に三日月がかかり、ふと、寒さが骨身に沁みるように感じた。宿舎に戻った時はすでに日付が変わっていた。

翌年の一九六七年、北京大学の学生と教員は各自グループを結成して「戦闘隊」を作った。いわゆる「戦闘隊」は、互いに見解が近く、話が合う人たちで三人や五人、或いは七人か八人でグループを作り、共同で文革活動に参加し、校内や国内の政治情勢に対して共通の見解を表明するという組織である。一九六六年夏に出現した「紅衛兵」に比べると、もっと広範でほとんどの人に普及したものであった。ただ「牛鬼蛇神」にはこの権利がない。出身の良くない学生、或いは親が批判され打倒された「黒幇子女」も、建前では参加の権利はないとは言わないが、実際には冷遇されていた。班や組といった名称を廃止して一律に「戦闘隊」と改称したことは、自らの革命性――毛主席が自ら発動し統率するプロレタリア文化大革命のために戦い、自分はこの戦闘に参加したメンバーの一員であると、標榜するためである。当初、彼らは私たち「牛鬼蛇神」を標的に戦っていたが、そのうち互いに対立し始め、武器を装備して攻防を繰り広げ思う存分戦った「戦闘隊」も少なくない。名実ともに「戦闘隊」となったのである。この三文字は、当初からみんなに認められ、みんなが使用するもので、一種の総称となっていた。互いを区別するためにさらにその頭に「姓」を別途付けていたのである。「姓」の大半は『毛主席詩詞』から取ったもので、読み上げやすくて聞こえもよく、また雅趣に富んだものである。「姓」と「名」をつなげて読むと、特別な味わいが感じられる。例えば「漫天雪戦闘隊」、「不争春戦闘隊」など、大字報を貼り出す際には、このように署名をするのである。ほかには例えば「看今朝」、「慨而慷」、「縛蒼龍」、「橘子洲」、「従来急」、「同心幹」、「槍林逼」、「衝宵漢」、「砲声隆」、「従頭越」、「虎踞龍盤」、「浪遏飛舟」、「長纓在手」、「中流撃水」などなど。名前には当然それぞれ意味合いを持たせ、いずれも革命的なロマンに満ちているものであった。ただ一人違っていたのは高海林で、ほかの人が彼と一緒になりたくないのか、彼自身が他人と共にやるのが嫌いだったのかは分からないが、彼は一人だけで戦闘隊を作り、名前を「砲兵営」と付けた。この時期は、彼は手当たり次第に砲弾を乱射するような乱暴を数多く働いていた。周一良先生も高海林に殴られたことがある。文革終結後、ある人が周一良先生の前で高海林の事に言及したとき、周先生はこの名前を聞くや否や次のように言った。

この紅衛兵があの運動の中で私に加えた迫害や虐めは酷いもので、その態度の凶悪さといい、その手段の乱暴さといい、すべてがいまだに忘れられない記憶となっている。もっとも理解に苦しんだのは、一九六八年の下半期に、砲兵営営長の彼が軍師――歴史学部のある教員を連れて「労改大院」（即ち季羡林先生が『牛棚雑憶』の中で書いた「牛棚」のこと――著者）にやってきて、再三にわたり「乞活考《きつかつこう》」の隠れた「反革命的意図」を私に認めさせようとしたことである。私が国民党のために計略を立てたと言うが、もちろん私は断固として否定した。どうか伝えてください、今も彼のことを許せないと。[17]

周先生が言う「乞活考」とは、いったいどういうことか、ここで少し詳しく説明しよう。周先生は博学な人で、魏晋南北朝史の領域において優れた業績を挙げていた。「乞活考」は一九四八年に『燕京学報』で発表された考証を内容とする論文である。西晋末東晋初めの間に、北方の人民は戦乱を避けるため長江を渡り、一時期大量の流民が増えた。その中には、山西省から出てきた約二万戸規模の武装集団が、黄河流域に留まり、遠く晋の王室を奉じて胡族の侵入に抵抗して、自ら一勢力を成していた。西暦三〇六年から四一九年まで、一一三年間の長きにわたったこの武装勢力は「乞活軍」と称されていた。「乞活軍」に関する僅かな記述は、断片的に各種の史料に散在しており、詳細は不明であった。周一良先生はそれらの史料を掘り出して整理し、「乞活軍」の全貌を明らかにした。この論文は両晋流民史研究の空白を埋めたものである。周先生は論文のなかで「乞活軍」に対して、「流民の中で最も団結し、活動域が最も広く、歴史が最も長いものである[18]」と評価した。このような考証を内容とする論文は、魏晋南北朝史を専攻としない人間の目を引くことは少ないだろうが、私のある後輩は、現代史を専攻しているにも関わらず、普段から幅広く読書をし、周先生のこの論文を読んでいたのである。読んだだけでなく真剣に研究したのである。この論文が発表されたのは一九四八年で、ちょうど国民党が敗退して南方へ撤退する時期に重なっていた。「夕陽無語、最可惜一片江山[19]」（夕陽語無く最も惜しむべし　一片の江山を）。このタイミングで周某がこのような文章を発表したことは、あの後輩

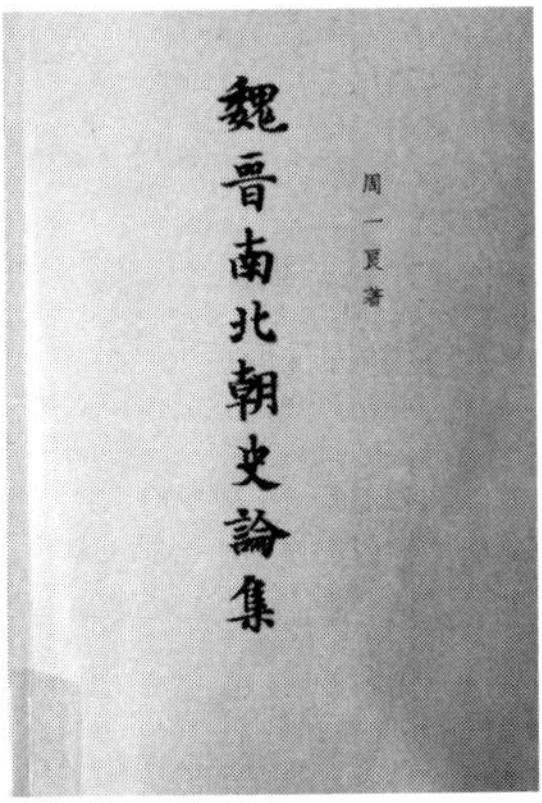

図 33　周一良の『魏晋南北朝史論集』
「乞活考」もこの論集に収められている。

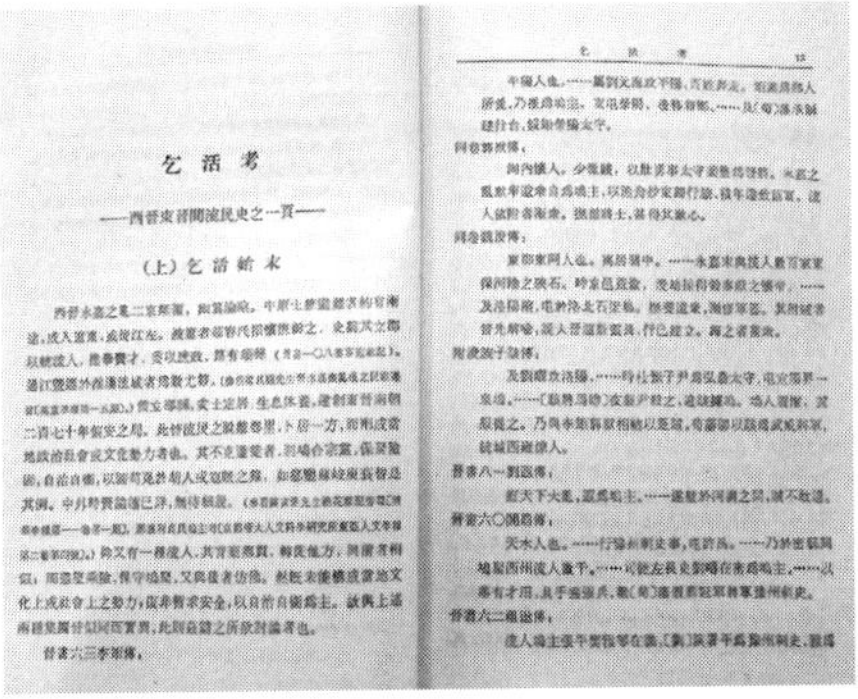

図 34　論文「乞活考」
この論文は、魏晋期に戦乱を避けるため流民が南遷し、なかでも一つの集団は途中で留まり、北方異民族に対抗していたと考証した。ただ論文の発表は 1948 年という国民党が南方へ敗退する時期と重なったため、文革初期にはこの論文が国民党に駐屯地を選び、兵を擁して再起を図るという進言をしたものとして、大字報に取り上げられた。作者の周一良はこのために大いに迫害を受けた。

の目には、きっと「反革命的な意図」を隠し持つものと見えた。つまり国民党のために計略を献上している——南方へ撤退する国民党軍に場所を見つけて「自ら集団を成し」、「険しい地形を拠点にして力を蓄え」、転機が訪れる日を待つという進言をしているというのである。そうでなければ、国民党のために計略を献上するという言い方は成り立たないからである。一九六六年八月初旬、三号院の壁に数十枚の長さもある大字報が貼られた。その時にはまだ「戦闘隊」が現れていないので、後輩は直接「丁則勤」と実名を署名した。大字報のテーマはズバリ、「『乞活考』は毒薬草である——周一良は国民党に計略を献上」であった。歴史学部教員のなかには考証学の訓練を受けた人は少なくはないので、丁則勤の大字報を読むとまことに「微言大義[20]」であり、納得しにくいと感じられたのである。——以上が「乞活考」という案件の顛末である。

話を周一良先生に戻そう。上述のような高海林を許せないという発言をした二ヵ月後、周先生は考えを変えた。周先生が普段から自らを厳しく律しているからか、それともいつも自身を反省している習慣からか、今度は一八〇度変わって「文革という災難が始まってからは、殆どの人は被害者である。私は『神』を信じてしまい騙されたが、若者たちも同様に『神』を信じて騙されたのだ」と言った。続いて周先生は、

私と紅衛兵との違いは、騙される程度の違いだけであるので、許せないと言い続ける理由がどうしてあろうか。だから私はここで元「新北大公社・砲兵営戦闘隊」の高海林営長に、魯迅が言う「相逢一笑泯恩讐[21]」に倣い、過去を忘れようと呼びかけたい。

と言ったのである[22]。これは八六歳の老人からの、一人の寛容な年長者からの、理性的な呼びかけである。しかし高海林とその「軍師」の二人は、一人は河南省に、もう一人は北京大学にいたが、周先生がこの世を去るまで、どちらもその呼びかけに応じることはなかった。

高海林は本当に「心が岩石の如き」人であったのだろうか。聞くところによれば、文革後の高海林は、教鞭をとる学校では学生に人気があり、評判がよかったようである。私が高海林の教え子と出会った時にも、上のような伝聞が事実であると確認できた。ここまで書いたとき、突然高海林は心臓発作で急死したと、私の同僚でかつて高海林を教えていた教員から聞いた。この同僚はまた、高海林が文革中の自分の行為を少し後悔しているが、ただ当時は「本心から彼らが『反革命』だと信じてい

た」と打ち明けたことがあると言った。高海林がこの話をした時は、すでに耳順(23)の年になっていたのである。この言葉を聞いて私は、「君子の過ちや日月の蝕するが如し(24)」という孔子の言葉を思い出した。彼が自分の先生にこのような態度を示せたのであれば、なぜ周一良先生に正々堂々と同様の意思を伝えられなかったのであろうか。

謝ることとは、言うのは容易いが、実際の行動に移すのはなかなか難しいものである。このことは文革後に残っている一大課題であり、一種の社会問題でもある。決して高海林という一個人の問題ではない。よく考えれば、このことから有益な示唆が得られるかもしれない。

なぜ謝ることとは簡単ではないのか。後悔して謝りたいというのは、当事者がなすべきことの第一歩に過ぎない。さらにこれに一定の条件がそろわなければ完成できないのである。例えば社会の輿論《よろん》や環境と雰囲気は欠くことのできないステップである。このステップがあってこそ、当事者が第一歩をスムーズに踏み出すことができ、もう一方の側の当事者もそれを自然に受け入れることができる。双方の歩調が揃ってはじめて調和のとれた局面が生まれるのである。ただ、このステップは誰が建設すべきであろうか。誰がこの歴史的負債を返済するドラマの総監督になるべきであろうか。私は責任の帰すところは、輿論を導く各機関、例えば新聞、テレビ、出版社、学校およびその上級部門であると思う。これらの機関は、輿論を導き調和のとれた雰囲気を作り出す社会的責任があると思われる。四〇年以上が過ぎた今、このステップはいまだに完成されていない。それどころか、すでに建設された階段の何段かも逆に撤去されつつある。これは輿論を担う機関が職責を果たさなかったからではないだろうか。高海林は、もとより勇気が足りず、後悔の念を明かして心の重荷をおろせず、思いを残したまま世を去った。しかし彼が暴力を振るったのは、文革当時の社会情勢に煽られ、その後押しがあったからであることは、紛れもない事実である。文革終結後、彼は心中で悔やんでいたにも関わらず、社会情勢や輿論から支援と後押しを得られなかった。結果的に彼は悔やんだまま世を去ったのである。今、私たちが特に考えなければならないのは、このように重くのしかかる歴史的負債の記録に対して、たとえ高海林が勇気を振り絞ったとしても、一個人がその一頁をめくったに過ぎず、歴史に対する答えにはならないことである。文革の災難はわが民族が教訓を得るために支払った「学費」であるとよく言われるが、では学習の成果は何処にあるのか。このように物音を立てずに文革の歴史にひっそりと別れを告げることは、真摯に歴史と向き合っているとは言えず、歴史を抹消することに等しい。

まさに、

山月幾随楊公墜　　山月　幾《ほとん》ど楊公に随《したが》いて墜《お》ちんとす
頑石而今難点頭　　頑石《がんせき》　而今《じこん》　点頭し難《がた》し

注

（1）【原注】毛沢東「七律・和郭沫若同志」詩（一九六一年）に「金猴奮起千鈞棒、玉宇澄清万里埃」の二句がある。

（2）【原注】全称は「人民解放軍毛沢東思想宣伝隊」。文革中、毛沢東の指示により、解放軍から人員を調達して大、中、小学校及び党政機関に派遣し、リーダーにあてていた。その存在期間は一九六八―一九七八年の間であった。

（3）「闘、批、改」は、闘争、批判、改革の略称。毛沢東が文革早期に掲げた目標である。つまり、文革の目的は「資本主義の道を歩む実権派と闘争し、ブルジョア階級の反動的学術権威を批判し、教育と文芸を改革すること」である。

（4）著者はここで清代詩人黄景仁（一七四九―一七八三）『短歌別華峰』詩を引用して、牛鬼蛇神である自身たちは革命の道における障害物であると自嘲している。原詩のこのくだりは「垂楊密密拂行装、芳草萋萋碍行路」〔垂楊　密密として　行装を拂い、芳草　萋萋として　行路を碍《さまた》ぐ〕となっている。

（5）孔子『論語』「泰伯」第八「曾子曰、士不可以不弘毅、任重而道遠……」〔曾子曰く、士は以て弘毅ならざる可からず、任重くして道遠し、……〕からの引用である。

（6）「牛気」という語は、一般では「傲慢だ、偉そう」という意で用いるが、ここでは批判対象となった「牛鬼蛇神」たちの「牛」という字を踏まえて自嘲している。

（7）唐代詩人李白の詩『北風行』に、「燕山雪花大如席、片片吹落軒轅台」〔燕山の雪花　大なること席の如し、片片吹き落つ　軒轅台〕という描写がある。

（8）すなわち北京大学昌平分校のこと。第六章「太平荘へ強制連行」を参照されたい。二〇〇という数字は、当該キャンパスの設計を担当した北京市建築設計院がつけたプロジェクト番号に由来する。

（9）毛沢東は一九五七年に「人民内部の矛盾を正確に処理する問題について」と題する発言を最高国務会議第一一回（拡大）会議で行い、さらにその発言を整理、補充して同年六月一九日の『人民日報』で発表した。文中では、社会主義社会においては、敵味方の矛盾と、人民の内部における矛盾との二種類の矛盾があり、それを如何に正確に区別し、処理するかが重要な課題であると説いた。

（10）北伐とは、一九二六―二八年、蒋介石指揮下の国民革命軍による北京軍閥政府打倒の軍事行動を指す。

（11）傅作義（一八九五―一九七四）は、中華民国、中華人民共和国の軍人、政治家。民国時代は北京政府、国民政府（国民革命軍）、山西派に属した。中華人民共和国では、長年にわたり水利部長を務めた。

（12）イタリア建国の三傑は、イタリア統一に功績が大きかったカブール、ガリバルディ、マッツィーニを指す。

（13）【原注】董世桂・張彦之著『北平和談紀実』二四〇頁、文化芸術出版社、一九九一年、また、王宗仁・史慶冉著『傅作義将軍與北平和談』一四五頁、華芸出版社、一九九一年参照。

（14）ジャコバン派（Jacobin Club）は、フランス革命期の政治結社である。

(15) 昔、通貨として使われる銀は、「一封」が五〇〇両で、その半分の二五〇両は「半封」である。「半封」は「半瘋（発音は同じく bànfēng で、意味は半分気がおかしい）」と発音が通じることで、「まぬけ」の意味に使われていた。

(16) 「小将」は、若い将軍の意、文革時の紅衛兵を指す。

(17) 【原注】周一良著『郊叟曝言』（周一良自選集）、九二頁、新世界出版社、二〇〇一年。

(18) 【原注】周一良著『魏晋南北朝史論集』一四頁、中華書局、一九六三年。

(19) 梁啓超が宋詞の名句を用いて創作した対聯の一つ。ここでは国民党の衰退を表現するものとして著者に引用されている。

(20) 微言大義とは、簡潔な言葉の中に深い意味や道理が含まれていること。本来は孔子の史書編纂の言葉を評したものだが、ここでの引用は大字報の書き方は無理やりであることを皮肉っている。

(21) 魯迅『題三義塔』詩に「度尽劫波兄弟在、相逢一笑泯恩讐」（劫波を度《わた》り尽くせば兄弟あり、相逢《お》うて一笑すれば恩讐泯《ほろ》ぶ）の句がある。

(22) 【原注】周一良著『郊叟曝言』九三頁、新世界出版社、二〇〇一年。

(23) 耳順は、六〇歳。『論語』為政第二による。

(24) 『論語』子張第一九に「君子之過也、如日月之蝕焉。過也人皆見之、更也人皆仰之。」とある。

九　縛りが緩む

一九六七年四月から同年九月の間、聶元梓《じょうげんし》は一時的に勢力が衰え、私たちに対する監視・管理も緩んだ。毎日、誰かがやって来て、その日の仕事を指示する程度で、四六時中そばで監視するようなことはしなくなった。最後の二ヵ月間は、仕事を指示する人も現れなくなり、「牛棚」は事実上解散となった。鄧広銘先生はこの六ヵ月間のことを、「鬆綁《しょうほう》（縛りが緩む）」と名付けた。

向達先生の死は無駄ではなかった。重病を患って太平荘で治療を受けられず死去したことは、歴史学部の造反派の内部にも一定の衝撃を与えたようである。その後「学部文革」は、行動を起こす際、また革命的措置を発表する際に、多少は気兼ねをするようになった。向達先生がなくなった後のことであるが、「学部文革」は「牛鬼蛇神」中の年長者である楊人楩《ようじんべん》、鄧広銘、邵循正、商鴻逵《しょうこうき》らを北京大学に呼び戻し、キャンパスで労働改造を続けさせることにした。彼らは一九六六年の暮れまでに、二回に分けて帰っていったのである。

最後に太平荘に残ったのは七人で、范達仁、徐天新、呉代封、張勝宏、私と、「右派分子」の帽子を被されたままの夏応元と孫機であった。私たち五人は河原に建てられた場所に、夏と孫の二人は山上の別の箇所に寝泊まりした。別々に分けて住まわせたのは留守番をさせるという意味が込められていた。一九六七年三月にかけての三ヵ月余りの間は、監視役の学生は基本的に一名のみで、たまには二名、しかも頻繁に交代していた。後で分かったことだが、この時期の北京大学キャンパスもがらんとしていた。学生の大半は、はじめは「串聯《ツウアンレン》」に出かけていき、そのあと、各地で起こる「権力奪取」に没頭して、政府部門の公印を奪いあっていた。最後には、造反派の内部に亀裂が生じ、各々が派閥の樹立に全力を挙げていた。それに対して、辺鄙な地にある太平荘はあまりにも静かで、監視役のような「閑職」につこうとする学生はいなかった。そのような情勢下、私たちは名目上では監視下におかれての労働であるが、実際には労働があるのみで、監視はいたって弱まっていた。

「串聯」では、学生が汽車、長距離バスまたは公共の船舶を無償で利用しあらゆる所へ行って、行く先々で文革の宣伝をし、彼らの食住も安全もことごとく現地の政府部門が面倒を見るということになっていた。しかし、いきなり一〇〇万人を超える学生の大移動は、各地に重い負担をもたらした。地方に来た北京の学生たちは、「皇帝でも馬から引き下ろす」という気概を各地に伝え、地方の人々は先を争ってそのまねをし、各地の政府部門はあっという間にマヒ状態に陥った。——これもまた毛主席の偉大な戦略の一部分であり、「天界」〔毛主席の所在地である首都のことをさす〕から遣わされた学生たちが火付け役を担った。「権力奪取」とは、あらゆる「戦闘隊」が当然の任務として、「ブルジョア階級分子に乗っ取られた」党と行政機構の権力を、「資本主義の道を歩む権力者」の手から奪い返すことである。具体的には、権力を象徴する党や行政機関の公印を奪い取ることであった。教育部[1]の公印は、いくつかの大学の「戦闘隊」が同時に奪取を行ったので、教育部の所在地である北京市西城区大木倉胡同三七号で、奪権者同士の殴り合いまで起きてしまった。その結果、教育部は、即機能マヒに陥った。「串聯」と「奪権」のようなことは、本来青年である学生にとって刺激性に富み、ましてや上からの呼びかけや奨励があるので、願ってもない幸運に恵まれたかのように、誰もが先を争いあった。二〇歳そこそこの若者が、「串聯」と「奪権」のチャンスを前にして、誰が太平荘に居残って、批判闘争ですでに新鮮味がなくなったわずか数人の「牛鬼蛇神」の見張り番をやりたいだろうか。

圧力が低下するのにつれて、私たちもじっとしていられなくなり、外の世界がどうなっているのかを知りたくなっていた。新聞は、炊事係の崔さんが買いつけに南口か昌平鎮に行ったついでに、「二〇〇号」に立ち寄って持ってきてくれる以外に方法はない。たとえ持ってきても私たちに読ませて良いか否かは、監視学生のご機嫌しだいであった。范達仁は自分で組み立てた二極管ラジオを一台もっており、私たち五人はもっぱらそれに頼って外部の消息をつかもうとしていた。最も注意を払っていたのは、いわゆる三大ジャーナルと呼ばれていた『人民日報』、『紅旗』と『解放軍報』に掲載される社説と長い論説であった。その行間から少しでも情報を得ようと懸命に探った。范達仁の二極管ラジオにはスピーカーがないため、一人がイヤホンを付けて聞くしかないが、聞けない四人はそばで気をもむばかりであった。聞く人は重要と思われた箇所を口で復唱する。しかしそうすれば次の内容を聞き逃がしてしまう。聞き終わったあと、みんなで、放送された文章の概要を噛みしめるとき、十個の耳が聞くとどうしても食い違ってしまうため、いつも意見を戦わせなければならなかった。その後、私たちは、イヤホンを琺瑯の茶わんに入れて全員がその茶わんに耳を寄せ、茶わんの共鳴効果を

図35 「権力奪取」に立ち上がった学生たち
「造反有理」の叫びはそのとき、全国の隅々まで響き渡っていた。鼓舞された若い学生らは、「資本主義の道を歩む奴らから権力を奪還せよ」として、各レベルの党や行政機関に攻め込もうとしている。

利用するという方法を思いついた。なんとだいたいの内容が聞こえるようになったのである。ただ、聞こえた内容によってそのつど私たちの気持ちは揺れ動き、ときには希望を感じ、ときには意気消沈して、外の情勢はやはり見通せないのであった。

春がやってきた。果樹技術員の鮑さんに遠くへ出かける様子はないか、私たちはかげから窺っていた。三月末になっても彼は木の苗を運んで来なかったし、耕作の準備をする気配もなかった。これは果たして何を意味するのだろうか、いろいろ推測しているうちに私たち五人に指示が来た。北京大学に戻って労働改造を続けるようにとのことであった。夏応元と孫機は太平荘に残留し、彼らとともに残ったのは鮑さんと炊事係の崔さんの二人のみで、正真正銘留守番ということになったのである。

歴史学部の「牛鬼蛇神」たちは再び北京大学キャンパスの三号院に集まってきた。しかし三号院における仕事内容には変化があった。前と同様にトイレや廊下の掃除をするが、さほど長い時間を要さず、時間のかかる仕事は他に二つあった。一つは「学部文革」から渡された原稿を毛筆で書き写して大字報に仕上げることである。原稿の字数は一定ではなく、原稿を渡されるタイミングも不規則であったが、いずれにせよ、私たちの手に届けば、間違いなく所定の期限内に完成させていた。大字報を写すのに使うトレーシング・ペーパーは薄い紙で、その色はピンク、青、黄色などいろいろあった。およそ、午前だけの時間で二日間ごとに一〇〇枚を使い果たしていた。商鴻逵、周一良、鄧広銘、閻《えん》文儒《ぶんじゅ》など年配の先生たちは、みな書に長けていて、この仕事を遂行するのに余裕があった。彼らの手を経た大字報は、内容はさておき、書の形からは、じつに見映えがよくて、かの「若い闘士」らの大字報と比べるべくもない。もう一つの仕事は、鉄筆や原紙などでガリ版の印刷物を作ることであった。「学部文革」は紅衛兵が出版したガリ版新聞を持ってきて、赤線で囲んだ部分を私たちにレイアウトさせ、版下を作るようにしていた。私たちは新しいバージョンになった印刷物を「学部文革」所定の部数に、すばやく仕上げた。

図36　范達仁
当時は北京大学歴史学部の共産主義青年団総支部書記。文革早々、学生の前で聶元梓の大字報に反対する態度を表明していたため、その大字報が『人民日報』に称賛されると、彼はたちまち「黒幇の手先」とされた。聶の大字報に対する評価が上がるにしたがい、「牛棚」における彼の境遇は厳しくなる一方であった。

魏晋・隋唐考古学と石窟考古学を専攻とする宿白先生は、眼鏡をはずし机に身体を屈《かが》めて、鉄筆でヤスリ板の上に置いた蝋紙に字を書き込み、午前中だけで一面を完成させる。しかも筆跡がきれいでバランスがよくとれていて活字のようにみえる。張注洪の字の形はやや長く、すっきりして美しい。周一良先生の字は楷書になるが、書家柳公権の書体であり、ヤスリ板の上でもその書体特有の力強さを表していた。ほかの楊人《ようじん》楩《べん》、商鴻逵、鄧広銘、邵循正ら数人は、視力が衰えていたり、ヤスリ板に字を書くことが不得意であった

図 37　宿白

写真は文革の災難を生き抜いた後の宿白。文革前は北京大学歴史学部考古学専攻の副教授、文革後は北京大学考古学部の初代学部長。石窟の研究に長じており、その書は魏碑の書体に似て、一画一画が丁寧であった。彼の手によるガリ版の仕上がりは非常にきれいで、すべての字が一様の大きさで、まるで活字印刷物のごとくであった。

り、手の動きが敏捷でなかったりしたため、補助に回り、紙を数えたり、畳んだり、装丁するなどの仕事をしていた。比較的年齢の若い私たちは、力仕事であるローラーを押して印刷する役または紙の運搬を担当していた。校正の作業に一番の適任者だったのは楊済安で、誤字、脱字を漏らさずに検出していた。彼は何年も翦伯賛《せんはくさん》のそばで仕事をし、翦伯賛の原稿の大半が彼によって謄写、校正されていたので、この仕事に長けていた。では誤字・脱字を見つけてどのようにして訂正していたのかというと、タバコの火を蝋紙に近づけ、蝋を溶かし、蝋が冷めて固まったあとに書き直す、という方法であった。その作業でもっとも腕が試されるのはタバコの火と蝋紙の間の距離を把握することであった。誤った箇所だけを溶かして痕跡を残さないようにしなければならないので、うっかりして周囲の字を溶かさないように細心の注意が必要であった。その作業でもっとも腕がいいのは宿白先生であった。先生は長年の愛煙家で、作業時には片手にタバコをもち、片手に筆

図 38　邵循正

かつて清華大学歴史学部長、文革前は北京大学歴史学部教授。英語、フランス語、古代ペルシャ語、古代モンゴル語、満州語など多様な言語に通じ、卓越した研究業績を挙げた。もとより病弱の身であり、「牛棚」監禁中にはたびたび喘息の発作を起こし、のどにスプレーを当てながら肉体労働をしていた。（写真は邵瑜提供）

を構える格好は、「牛棚」の中とはいえ、独特で洒落たものであった。聞くところによると、この類の文革中の「小報」[2]は、国内外の多くの図書館に収集され、特別蔵書に分類されて、貴重書なみの扱いを受けているという。もしどなたかが趣味で集めておられたら、そのコレクションに私たちの手による印刷物が含まれている可能性がある。もし含まれていたら、それこそが多くの有名歴史家の手により、一つまた一つの手作業を重ねて世に出されたものである。だからぜひとも注意を払っていただきたい。そのような作品がほんとうに手元にあるのであれば、オークションにかけた場合、思いもよらぬ高値で落札され、持ち主にとってけっこうな儲けになるかもしれない。

「学部文革」に命じられて小報を作るが、転載する文章の出どころはたいてい二つ、一つは『北斗星』、もう一つは『火車頭』〔機関車〕と名付けられたガリ版新聞であった。およそ「中央文革小組」や中央上層部の会議の内容を知らせる場合、午前に開かれたものは午後に、夜に開かれたものは翌日の午前中に上記の紙面で報道されるほど速かった。しかも誰が何を質問し、誰がどのように回答したのかが、すべて生々しく書かれており、あたかも現場にいた者のスケッチのようであった。もし転写を命じられていなかったら、そのような内容が私たちの目に触れることは絶対にあり得なかった。宿白先生はよく謄写をしながらそれを読み上げてくれ、私たちは手を動かし各々の仕事を続けながら耳を傾けていた。時にうなずいたり、舌を鳴らしたりして、報道の速さと細かさ、臨場感に富んだ描写に感心を禁じえなかった。むろんこれらのニュースは公のルートによるものではないが、ついつい関心をもって聞き、信じ込むようになっていった。聞きながら、心ではやはりそれを自分のことと関連づけて考える。中央上層部の大物でさえこれだけ多く打倒されてしまったのだから、私たち下層の人

北斗星
毛主席语录
中央首长批判首都516红卫兵团
前进吧，新北大！前进吧，井冈山兵团战士！

図39 『北斗星』
文革中に作られた「小報」の1つ。紅衛兵の印刷物だが、上層部の動向に関する情報をよく報じていた。速さだけでなく内容が詳細に及ぶものもあった。1967年に私たちが歴史学部の「小報」を製版・印刷するよう命じられたときには、よくこの『北斗星』の内容を転載するように指示された。

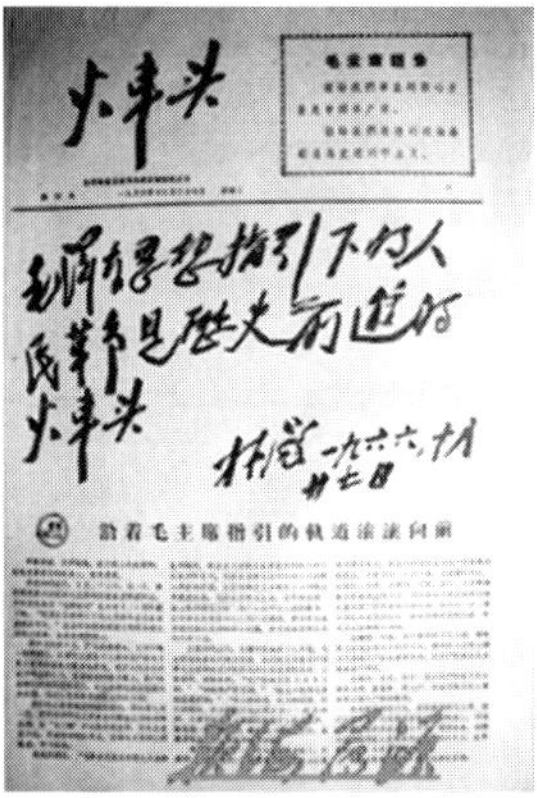
火车头
毛主席语录

図40 『火車頭』
『火車頭』は機関車の意、文革中に作られた「小報」の1つ。数ある紅衛兵の印刷物の中でも突出した一種である。「中央文革小組」が夜に会議した場合、翌朝にもそのニュースが掲載されていた。しかも会議中の対話まで生き生きと書かれていたので、その場にいた者の手によると思われる。

間が糾弾を受けたとしても、驚くにはあたらないだろうと自分を慰めたのだが、しかしまた考え直せば、今の社会の何もかもが元の軌道からはずれ、脱線転覆してしまった。私たちは果たして活路がどこにあるのかを見出すことができるのであろうか。

一九六六年、聶元梓を長とする「校文革」は、誕生したばかりの「紅色政権」そのものであり、すさまじい勢いであった。聶元梓が外出する際も、かつての地方長官の巡察を彷彿とさせるほど大いに威光を放っていた。各地の紅衛兵組織もまた彼らのことを「中央文革小組」の代弁者とみなし、彼らの細かい言動から、「プロレタリア司令部の偉大な戦略の展開」を窺い探ろうとしていた。しかし一九六七年春になると、北京大学に対する聶元梓の統率力と地方に対する彼女の影響力はともに後退し、甚だしい場合は収拾不能な苦境に陥ったりしていた。私たちが太平荘から大学のキャンパスに戻ることができたのもこうした情勢の変化が背景に

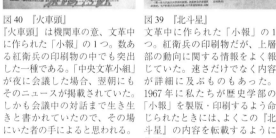

あった。大学に戻ってから、学内における聶元梓への非難、糾弾の声が日を追って高まり、夏になってそのどよめきの中でいくつかの反対派組織が結成された。これらの紅衛兵は組織的に分かれているが、どれも明らかに聶元梓および「校文革」と真っ向から対立していた。そのような動きのなかで、北京大学の全学の学生と教職員は、「牛鬼蛇神」にされた者を除いて、すべての人が上記二つの陣営のいずれかに属する状況となった。さらに一九六八年、二大陣営の対立は、武力による闘争の方向に向かった。

これ〔武力闘争など〕は後の話である。私たちが小報の作製を命じられたのは一九六七年の春から夏のことであったが、このとき、「学部文革」の指示のもと原稿を届けに来たり、完成品を持ち帰る人たちの厳しい表情は幾分やわらぎ、私たちの周りを巡回するような人の姿も見えなくなっていた。このような気配の変化から、私たちも情勢が変化していることを察知していた。ここにきて既に一〇ヵ月以上屈辱的な生活を強いられていた私たちは、不平不満がつのり、反抗する勇気も少し強まっていた。

高望之は、「牛鬼蛇神」の中で誰よりも慎み深い人であった。思いがけないことに、この時、彼が話をもちかけてきた。彼は、聶元梓の行いは「大多数に打撃を与える反動的路線」にあたり、私たちはその悪行を大字報によって摘発すべきであるとして、自ら原稿を起こした〔第一八章「付録――貼り出せなかった一枚の大字報」を参照〕。その標題は「見よ、聶・孫[3]のたぐいはこうして歴史学部の大勢の幹部と教員に非道な仕打ちを加えたのだ！」で、サブタイトルは「太平荘における歴史学部『労働改造隊』の一連の出来事を記す」であった。彼はその原稿をまず私のところに持ってきて、添削してサインするよう求めた。私は、ふだんは彼ほど用心深くはないが、ただ頭上に被せられている「罪名」

の由来に特殊な事情がある[4]ため、その点を危惧し、なかなか応じられなかった。しかし誰が予想していたであろうか、それから数日後、北京大学の情勢はなんと前のとおりに戻り、ふたたび聶氏の天下となったのである。それゆえ高の大字報の原稿は十日の菊のごとく、貼り出すタイミングを失った。ここで後々の話を挟もう。最近になって私が旧い物を整理していて、不意にその原稿を見つけ出した。そこに書かれた高さんのきれいな筆跡は、私にとってなんとも懐かしいものであった。いつも温厚で優雅な高さん、あのときの怒髪天を衝く勇み振りは実に立派であった。しかし、高さんよ、さいわいにも私が用心深く躊躇していたので、あなたの行為が「保皇派」による情勢の攪乱とみなされることなく、仕返しを受けることから免れることができたのですよ。歴史学部の羅栄渠《らえいきょ》、周一良、呂遵諤《りょじゅんがく》、謝有実らはみな、そのときに聶元梓を非難したので、後でつらい目に遭ったのである。私自身も、もしサインをしていたなら、大字報を貼り出した後にもう一個の「罪名」を追加されたであろうし、ダブルパンチによる結末の怖しさは容易に想像できた。

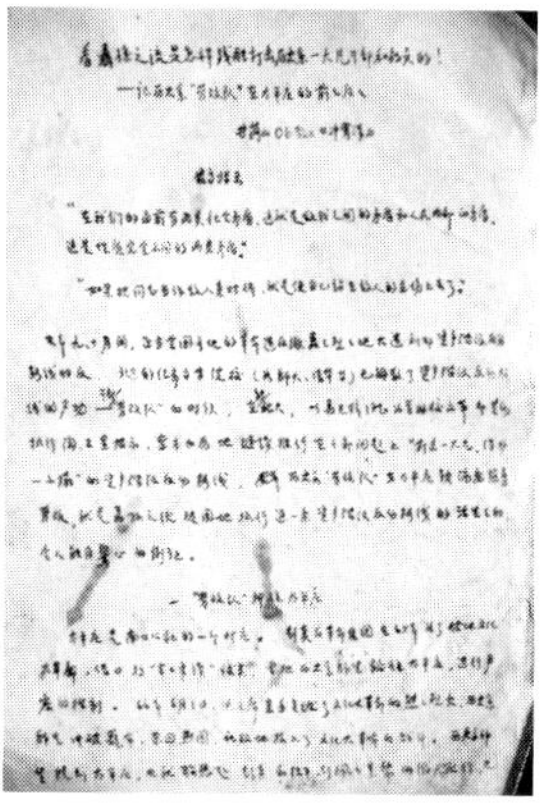

図 41　高望之の大字報
高望之が起草した大字報の下書きの1つ。1967年、聶元梓の「紅色政権」の勢力が一時期衰え、私たちを監視する学生も自発的に退散した。その間、私たちは心中のうっ積を晴らそうとしたが、まもなく聶氏が復権し、この大字報は貼り出せなかった。今それを読み返すと、歴史の真実を如実に書き残しただけではなく、当時の言語、雰囲気もそのまま伝わってくる。

　高望之は、才能がありながらそれを発揮するチャンスに生涯恵まれなかった。私が本書を書くとき、彼はすでに亡くなって四年が経っており、没後、彼の弟が彼の旧稿を集めて、一冊の文集を出版していた。残念なことに、そのときには、私はまさか自分が高さんの直筆の原稿を持っていたとは思いもよらなかった。知っていたならばこれを文集に入れて、彼に対する特別な記念とすることもできたはずであるが。

一九六七年五月二五日は、「最初のマルクス・レーニン主義大字報」が世に出て一周年の日にあたり、何かの記念行事があることは予想されていた。ただ、どのような形で記念されたのだろうか。これについては当時、「戦地に咲く黄色い花はことのほか香る」[5]という流行りの言葉があった。この言葉は『毛主席詩詞』から取られた一節で、その意味から察すると、「黒幇分子」の陸平、彭珮雲《ほうはいうん》たちに加えてほかに何人かを引っ張り出して批判闘争会を開くことが、この節目にもっとも適した記念方式であるとされるに違いないと思われた。なぜここまで細かく見通せたのかといえば、理由は、〔私たちが大学のキャンパスに戻ってから〕こうした形式の記念行事がすでに二度も行われていたからである。去る三月二五日と四月二五日にそれぞれ、「最初のマルクス・レーニン主義大字報」誕生の「一〇ヵ月目」と「一一ヵ月目」として記念会が開かれ、月ごとの開催がどうやら定番になっているようであった。ましてや今度の五月二五日はちょうど一周年の節目にあたり、大々的にやることは目にみえている。「一周年記念」となれば、より厄介なことが起こるのは確実なので、災いを避ける方法を考えなくてはならないと、私と范達仁はひそかに話し合っていた。

当日の早朝、あたかも神の加護があったかのように、私たち二人に、北京大学付設の印刷所から〔作業用の〕紙を受け取って来いという指示が出た。印刷所は東校門の外の離れた場所にあるので、この機会に乗じて私たちは堂々と東校門をくぐり、その後さらに足を延ばして中関村[6]のある小さな料理屋に入った。ここで二人はそれぞれ一杯のビールを頼み、チビチビ飲みながら四方八方に気を配っていた。料理屋に来たのは、時間稼ぎのためであった。しばらくすると、有線放送のスピーカーから大音量で「陸平打倒！」「彭珮雲打倒！」といった叫び声が聞こえて、批判闘争大会がすでに始まったと分かった。さいわいにも午前の早い時間帯であり、料理屋には私たち以外に客がほとんど来ていなかったので、人に知られる心配もなかった。こうして批判闘争大会から逃れることができ、阿Q[7]的とはいえ、一抹の喜びをかみしめた。正午を待って私たちは紙束を担いで〔三号院の〕「学部文革」に届けた。監視役の人が「どこに行っていたのだ、お前らを半時間も探していたぞ！」と問い詰めてきたことに対し、私たちは従順に頭を下げて、内心感じていた反抗に成功した好い気分を表に出さないようにした。さらに、今日の批判闘争大会で范達仁に掛けようとしていた「黒幫分子范達仁」というプレートを、仕方なく彭珮雲に持たせたという話もあった。これを耳にした范達仁は、三号院の入り口を出たとたん、思わず笑い声を漏らしたのである。

まさに、
聶元梓的大字報　月々要作寿
油印坊裡衆鴻儒　個々有奇能

聶元梓《じょうげんし》の大字報　月々に寿《じゅ》を作《な》すを要《もと》め
油印坊裡《ゆいんぼうり》の　衆鴻儒《こうじゅ》　個々《ここ》奇能有り

注
（1）日本の文部科学省にあたる中国の教育および言語・文字の諸事業を管轄する行政部門である。文革後の一九八五年に国家教育委員会になり、一九九八年に再び教育部として設置されている。
（2）文革時代に簡易に作られた非公式の情報誌を指す言葉。
（3）聶は聶元梓のこと、孫は孫蓬一、聶と同じ哲学部の教員。一九六六年聶氏が北京大学の文革委員会主任となったとき、孫が副主任となり聶氏の片腕であった。
（4）江青から名指しで批判され、「毛主席反対」の罪名を被せられていることを指す。
（5）毛沢東の詞「采桑子・重陽」（一九二七年一〇月作）の一句である。この詞は、当時福建省・江西省で遊撃戦を繰り広げていた毛沢東が戦地で重陽節を迎え自らの心情を詠った一首であり、黄色い花は重陽節にそなえる菊の花のこと。ここでいう「戦地」とは文革中の批判闘争会を指す。
（6）北京大学キャンパスの東南側に隣接している地区である。
（7）魯迅の小説『阿Q正伝』に由来する。主人公の阿Qは清末浙江省の日雇い農民で、失敗を成功に思い込む「精神勝利法」と、卑屈と傲慢の二面性をもつ性格から、封建植民地社会内の奴隷性格の典型とされている。ここでは「精神勝利法」の代名詞として用いている。

一〇　太平荘での再拘束

一九六九年七月になって、私たちを監視する人も居なくなり、仕事をさせる人も居なくなった。そのため、歴史学部の「黒幫」チームは散らばってしまった。八月に、私は革命群衆のなかに混じって、北京大学鏡春園の紅湖プールにスイミングを習いに行った。プールで声をかけたり、泳ぎ方を教えてくれたりする人がいた。彼らは、私の境遇を知っているかもしれないが、私を「接触してはならない」人とはしていなかった。その一人はロシア語学部教員の李渚清だと覚えているが、もう一人の所属は知らない。

しかし、情勢はめまぐるしく変化した。九月になり、キャンパスの雰囲気は次第に緊張感が高まった。私はその頃、まだ頤和園南の運河でしばらく泳いでいた。一〇月になると、聶元梓らが巻き返した。そもそも「黒幫の手先」とされた徐天新、呉代封、范達仁および大した「罪」のない田余慶、宿白、李開物ら数人が「恩赦」されたが、それ以外は悉く「牛棚」に再度押し込まれ、第二期の二〇ヵ月間の非人道的な生活を強いられた。

図 42　周・田・郝の三氏
右から：周一良、田余慶、郝斌。田余慶は周一良と同様、魏晋南北朝史を専攻とし、優れた業績がある。両氏は同学部の上、専攻も同じであり、互いに尊敬しあっていた。田先生は周先生の『魏晋南北朝史論集』と晩年作の『魏晋南北朝劄記』を高く評価し、この 2 書は師の陳寅恪氏の学問の真髄に触れている、という。

徐天新と呉代封は若い助教であり、その後の学内の両派、つまり聶元梓が率いるグループとそれに反対するグループの対立がますます鮮明になるなか、彼らは次第に周囲の人たちと打ち解けるようになり、彼らへの見方も徐々に変わっていった。田余慶、宿白およびもともと「逍遥」[1]していた張芝聯ら数人の教員は、年齢的な要因もあるのか、「牛棚」に入れられることはなかったが、いわゆる「戦闘隊」を活動単位とする日々のなかで次第に周縁化されてしまった。主流に入ることができなくても、毎日何もしないままではいられない。大革命の盛んな勢いから遊離してしまえば、それも問題になる。それで、彼らは数人で一つの戦闘隊を結成して、『毛沢東選集』を勉強したり、情報を交換したりしていた。他人からは、何とか形を整えているように見られていた。この戦闘隊の名称は、学生のものと同じように、毛沢東が書いた詩詞のなかからヒントをとり、「躍上葱蘢《やくじょうそうろう》」[2]と名付けられた。のちに田余慶先生は私にこう説明した。この名称は彼の提案であり、当該戦闘隊に参加した者は皆、思想改造とは艱難かつ遙遠な道のりであり、何百回かの紆余曲折を経てようやく効果が現れてくるものだと自覚したことに由来する。私たちが再度、太平荘に入ったとたん、情況が一変した。監視管理の厳しさは、前回のそれをはるかに上回った。一つは労働の量が大幅に増え、毎日のように力仕事とつらい仕事ばかりであった。二つ目は監督管理を担当する学生の人数が増え、「一対一」の形で私たちを監視したことであった。三つ目は『毛沢東語録』を暗誦する量は従来の一、二のフレーズから一ページ分に増え、甚だしい場合は一・五ページ分になることもあった。以前には、一週間に半日程度の休みがあったが、今回は二週間に一度に減らされた。隣の太平荘の売店に行って、日用品を買ったり、郵便物を出したりするのは完全に禁止されてしまった。

休みを取り病院に診察に行く場合を例にとれば、以前は、次のようであった。休みを取りに行く時には、気をつけの姿勢をし、頭を下げ、訊問を受けることはあったが、「二〇〇号」の医務室に行けば、まったく様子が違った。ここは軍の医務室であったが、その時には、軍が「二〇〇号」の全キャンパスを借りていたため、留守をしている北京大学の教職員に医療サービスを提供していた。軍人たちは民間人を見ると、魚と水との関係のように格別に親切なサービスを提供してくれた。そこの医者と看護士は医療技術はともかく、非常に親切であった。とにかく、彼らは私たちを患者としていつもこまやかに気づかってくれた。こちらも自らの「牛鬼蛇神」の身分を明かさず、もっと診察してくれることを楽しんでいた。このような時は、しばしば病気であることさえ忘れ、ただただ医者と看護士が与えてくれた暖かい人情を享受し、やはり「人間」であることを幸せに感

図 43　北京大学昌平校区医務室
200 号と呼ばれていたこのキャンパスは文革中、軍に貸し出されたが、その医務室は北京大学留守人員の使用も兼ねていた。私たち「牛鬼蛇神」が診察してもらう際は、「黒幇」と明記された紹介状を持参せねばならなかった。

じていた。彼らの一言一句、一挙一動が傷つけられ血が滴《したた》っている心をどれだけ癒してくれたことか。診察のときにはいつも、長い間得られていなかった「人間」としての扱いがすぐに終わってしまうのを恐れていた。今回、太平荘で明らかに変わったのは病気診療であった。監視学生に休みを取りに行っても、まず訊問され、認めてくれるケースが少なくなった。また診療許可が出た場合であっても、紹介状〔許可証〕を持って行かなければ、医務室が診察してくれないことになった。そのうえ、紹介状には、以下のように書かれている。

ただいま、黒幇人物の×××がそちらに行って病気を診療してもらう。×時×分に太平荘を離れ、診療ののち、医務室を離れる時間を明記してください。

敬具

北京大学太平荘黒幇監督改造チーム

×月×日

医務室に入ると、医者と看護士の態度は変わらないが、紹介状を見たとたん、顔色が変わった。彼らはこのようなものを見たことがないからであった。その時、軍のなかにも「牛鬼蛇神」はいたが、しかし、それらのほとんどは上部組織に存在した。この小さい医務室は、こうした紹介状で驚かされてしまったのだろう。彼らは、詳細を聞かず、笑顔もなく、適当に診療を行い鎮痛剤のようなものを処方して、紹介状に医務室を離れる時間を書いて私たちを帰らせてしまう。私たちはその紹介状を受け取って、すぐ戻らなければならない。医者が退室の時間を記入すれば、その紙は早く戻れという命令符になってしまった。太平荘に戻ると、まず、用事が終わって出勤することを届け出なければならない。私たちを監視する学生が山にいれば、私たちは走って山のほうに行かなければならない。この紹介状を戻す際には何が待っているのか、誰もが分からない。このような診療は、行かないほうがいいのかもしれない。

栄天琳は一九一八年に生まれ、文化大革命の前に北京大学歴史学部中国近現代史教研室副主任を務め、私の恩師であった。太平荘にいたある日、彼は突然腹痛になったが、我慢して誰にも言わなかった。我慢しきれなくなった時には、病状はすでに悪化しており、立つことさえできなかった。医務室までは、少なくとも三〇分かかるため、監視学生は土砂運び用の二輪車を使って彼を医務室に送っていく、ということを許した。このタイプの二輪車の車体は、一メートル四方の鉄製であり、乗る人はあぐらをかいて座ることしかできず、横になることができない。さらに言えば、医務室までの道は川岸にあり、石塊の多い道であった。ゆっくり通っても上下左右に激しく揺れる。彼がどうして我慢することができるだろうか。二輪車は使用することができないので、みんなは焦っていた。栄天琳は苦痛を強く我慢して、声をあげなかったが、顔色は真っ白になっていた。結局、我慢しきれなくなって、彼は突然大声をあげた。私たちが驚き焦っているなか

図44　栄天琳
1957年北京大学歴史学部講師に在任中、人材を集めて中華民国史の編纂を始めること、陳独秀に客観的な評価を与えることを提言した。この提案が50年も早すぎたせいで、彼に半生の災いをもたらした。（写真は栄欣提供）

で、私は一つの案を考えついた。監視学生の許可をとり、戸板の上に布団を敷いて、四人で担いで栄天琳を医務室に送っていった。医者は診察するやいなや、ただちに「急いで転院しろ」と言った。私たちは躊躇せず、彼を医務室から学内の病院に直接送っていった。後になって、それは急性膵炎の発作であり、手術をしたと聞いた。診療に間に合ったので、彼は向達先生のように命を落とすことはなかった。私がその時、どうして戸板で担架を作る方法を考えついたかというと、幼い頃、隣人が亡くなり、納棺するまでのあいだ、遺体を安置する際戸板を使ったからである。ただ、地面に置いた戸板と肩に担いだ戸板とは異なる。戸板の四つの角には取っ手がないため、肩に担いだ際にはすべりやすい。戸板を頭でおさえつけなければならない。このような担ぎ方はとても辛かった。その時、戸板を交代で担いで栄天琳先生を病院に送って行った六人は、夏応元、謝有実、高望之、呂遵諤《りょじゅんがく》、孫機と私であったと覚えている。

栄天琳先生はどうして「牛棚」に入れられたのか。ストーリーはあるが、時代色があまりにも濃いため、現在、五〇代以下の人にはなかなか理解できないだろう。出身を言えば、彼は貧しい家庭に生まれ、父は遼寧省本渓市の鉄鋼企業の労働者であった。中国にはかつて産業労働者が非常に少なく、歴史学部には彼の同輩の教員が七、八〇名いたが、産業労働者の家庭に生まれた人は彼しかいなかった。「家庭成分」(3)が重んじられる時代においては、労働者階級はそもそも新中国の指導階級であり、栄天琳先生は同僚のなかで自ずと優越しており、この出身であることだけで様々な優遇措置を受けていた。「搾取階級」の出身者のように毎日「思想改造」をする必要はなかった。本人の経歴からすれば、問題がなく、幾分か光栄でさえあった。彼はいわゆる満州国の支配下で小学校と中学校の教育を受け、一九四〇年、二二歳の時に北平に来て、輔仁大学歴史学部に進学した。輔仁大学はそもそもローマ法王庁に属するアメリカベネディクト会（Benedictine Order）が創設した教育機関であり[4]、のちにドイツの神言会[5]（Dirine Word Missionaris）がその経営管理を行っていた。戦時中、ドイツと日本が同盟国であり、中国駐在のローマ法王の代表だったドイツ人の蔡寧 Mario Zanin[6] も輔仁大学を支援した。このようなことから、日本人が占領している北平においても、輔仁大学は教育研究をかろうじて維持させることができた。栄天琳は輔仁大学で学部教育を受け、日本敗戦の一年前、すなわち一九四四年に卒業した。学校は彼の才能を認め、歴史学部の助教として採用した。これは、かなりいい仕事であった。彼は努力して、助教を務めながら院生の課程を履修していた。一九四八年、院生課程がまもなく修了する際に、社会変革の一大潮流が巻き起こり、彼は静かに勉強することができなくなった。猛烈な勢いで「飢餓と内戦に反対する[7]」運動は彼をひきつけた。学生運動に参加してから、彼は秘密裏に共産党に入党した。そのため、同じ年に彼は大学から除籍された。幸い、数ヵ月も経たないうち、北平が解放され、彼はある中学校の歴史教員になった。一九五二年、「院系調整[8]」の後、彼は北京大学歴史学部に入り、中国近現代史教研室の講師となった。邵循正先生はこの教研室の主任であり、栄天琳先生は副主任として一九一九年以降の中国現代史を専攻とした。私が歴史学部に進学した一九五三年頃、学制が四年制から五年制に改められたため、私たちは「中国通史」科目を二年間履修しなければならなくなった。現代史の勉強は、二年次の第二学期になってからであった。その時の担当者が栄天琳先生であった。彼は私の授業担当教員であり、卒業論文の指導教員でもあった。私は栄天琳先生の北京大学での最初の学生の一人であった。

一九五七年の春、大勢の知識人が共産党に進言した際[9]、栄天琳も同じように誠心誠意自分の意見を文章にした。それは『光明日報』に掲載された「教条主義を克服し、中国現代史の研究を増強せよ」という論文であった。その論文の主要な論点は二つあった。一つは〔中華〕民国史の編纂である。中国では二〇〇〇年にわたって、新政権が創立してから、前の王朝の歴史を編纂するという伝統があるため、いわゆる「二十四史」が誕生したのである[10]。それゆえ、中国の学者は歴史を研究する際に、外国の学者に比べて非常に便利であった。中華民国は一つの歴史時代としてすでに終結していたため、国が研究者を組織して民国史を編纂させ、それをもって歴史の事実を保存して伝統を継承させることができるからである。もう一つの論点は、陳独秀に関するものであった。その時の栄天琳は、自分の専攻に基づいて陳独秀への既存の評価が客観性と公平性に欠けていると感じていた。陳独秀は中国現代史上の重要人物であり、彼に対する既存の評価を改めることは、数人の学者で決められるものではないため、栄天琳は関係者に対し、この問題を重視し、陳独秀に相応しい地位を与え歴史の真実に帰すべしと自らの意見を表明した。この論文は『光明日報』の「史学」欄に公表され、当初は、それほど反響はなかった。しかし数ヵ月後、状況は一変した。「助党整風」すなわち共産党による党内の綱紀粛正に協力するための進言は、たちまち「党を攻撃するための砲弾」になってしまったのである。言った者は罪になり、聞いた者も調査の対象となった。栄天琳のこの文章も、不運を逃れることができず、摘発批判の対象となった。彼は歴史学部で開かれた小規模の会議において批判された。当時の政治的雰囲気のもと、会議の俎上に載せられれば、参加者全員が同じ論調で批判を行うため、司会者はその会議をコントロールすることも、収拾することもできなくなった。民国史編纂という提言は結局、共産党員が堅持すべきマルクス主義の歴史観と異なる「封建史観」というレッテルを貼られてしまったのである。陳独秀に相応しい歴史評価を与えるという提言は、陳独秀をもって李大釗《りたいしょう》を否定するという嫌疑が持たれたのである。話がここまでくると、問題はかなり深刻になってしまった。結局、罪が二つあると認定され、栄天琳に対し「党内役職停止」という処分が下され、彼は務めていた歴史学部党総支部書記を解任された。このポストは、いまの共産党のそれとは異なる。当時党総支部書記は、財務も人事も教育内容も管理せず、ただ思想教育を担当しただけであった。そもそものポストに就いてもいかなる権力もないにもかかわらず、解任されれば、人事上の処分となってしまった。そのあとの栄天琳はまるで別人になってしまったのである。

　栄天琳の批判会についてはとりあえずここまでにしよう。「陳（陳独秀）をもって李（李大釗）を否定する」という話は、地下に静かに眠っているその二人の老人が聞くことがあれば、彼らの安寧が乱されるであろう。彼ら二人はそもそも友人・知人・同志であり、世間からも二人は一体と見なされ、「南陳北李」と呼ばれている。[11] 彼らが亡くなってから四〇年も経たないうちに、強引にその二人が分離させられようとしていた。共産党創立者のなかに、陳独秀がいることは、好ましくないようである。李大釗だけなら、党の正当性と栄光がはじめて見えるようになる。違う人がこの話をすれば、大したことではないが、歴史学部からこういう話が出てくるのは自ずからより深い原因があると考えられる。陳独秀がふさわしい評価を得なくなってからすでに久しい。しかし、喜ばしいことには、陳独秀を客観的に評価しようと歴史研究者たちが絶え間なく努力し続けた結果、いまではそれを研究する機構が創設され、研究誌も出版された。彼らの呼びかけはすでに効果があらわれている。四〇年前の一九五〇年代中期にあった栄天琳の努力を受け継ぐ人がいる。栄天琳が地下でこれを知ったなら、喜び、安心することであろう。

栄天琳の論文は当初、『光明日報』に投稿された。その時、編集者から一部削除という意見が出され、栄天琳はそれを受け入れて論文を公刊させた。しかし、彼を批判するときには、すでに削除したその部分も取り出して、彼の罪に加算した。誅伐は務めて徹底を求む、というのが当時のやり方であったが、道理に合っていない。しかし、結果は比較的よかった。批判発言のまとめとして、「栄天琳は右派になるギリギリのところまで滑った」という一言があった。これは、当時よく使用された政治術語で、その意味は、批判対象と一般群衆に次のメッセージを伝えることにあった。つまり、批判対象が犯した過ちは非常に重いものではあるが、「右派分子」として処分されることはもうない、ということであった。このようなメッセージは通常、最後の批判会で出される。その後、戦場が移され、次の誰かが批判されることになる。栄天琳はこの話を聞くと、取り乱した心をようやく落ち着けて、額の冷や汗をふき取った。それ以後の数年間、彼は論文を執筆することはなかった。

論文は書かなくてすむが、授業はしなければならず、会議の席で発言もしなければならない。会議で発言しなければ、「消極的に抵抗している」と見做され、結局はつぎのような状況に陥ってしまった。簡単に説明できることでも、彼は話に「序文」や「跋文」を付けて、余分な言葉が多かった。本人は難解になることを承知の上でやっているが、私のような新米の者は世間の艱難さを知らずに、聞いていても理解することができなかった。当初、清新な鋭気をもって教条主義にぶつかった人だったが、いまは授業も会議での発言も、決まり文句や教条を頼りに保身するようになった。これは、本当に不幸なことであろう。しかし、栄天琳一人だけならば、それは個人的なことで仕方がないと言えようが、もし十人ないし百人の栄天琳がいたとするならば、それは中国知識人全体の悲哀でもある。さらに言えば、千人も万人もがこのようになり、大学教員、新聞雑誌の編集者、公務員、世論をリードするような各部門の人々がすべてこのような病に感染していたとすれば、わが民族の民族性になにか問題があるのではないだろうか。この観点から反省する必要があるのではないだろうか。私のこうした話は、故意に人を驚かそうとしている部分があるかもしれないが、私はこうした行為がわが民族のＤＮＡのなかに染み込んでいって、わが民族の基盤を動揺させていくことを心配している。かなり長期間、かなりの人々はみな、社説のような調子で話していた。言う者は何気なく言い、聞く者も何気なく聞いた。それによって、お互いにいざこざはなかった。状況がここまでくると、警醒と反省を必要とするのではないだろうか。「天下の興亡については、一人一人に責任がある」、「少しでも国家に貢献することができれば、生死をもってそれを為す」、というのがわが民族のＤＮＡであり、本来の伝統である。帰り来たれ、わが本性、帰り来たれ、わが伝統。

まさに、

鋒鋩壮歳銷何処　　鋒鋩《ほうぼう》の壮歳《そうさい》　何処《いずく》にか銷《き》ゆ
蟬到呑声尚有声　　蟬　声を呑《の》むに到るも　尚《なお》声有り

注

(1) 文革中、対立しあうどちらの組織にも加わらない人々を指す用語。

(2) 【原注】毛沢東の七言律詩「登廬山」(一九五九)に「一山飛峙大江邊、躍上葱蘢四百旋」〔一山飛ぶがごとく大江の辺に峙え、躍りて上る葱蘢四百の旋〕とある。

(3) 親の一九四九年以前の履歴・職歴などに由来する階級区分であった。たとえば、親が労働者であった場合は「工人」、学生であった場合「学生」、などのようなものであった

(4) ベネディクト会は五二九年にイタリアで創設されたカトリック教会最古の修道会である。当修道会が一九二五年に北京で「北京公教大学附属輔仁社」を創設した。一九二七年に、中華民国北洋政府の認可を得、「輔仁大学」に改称された。中華人民共和国建国後、一九五二年の「院系調整」で北京師範大学などの五校と統合された。台湾においては、一九六〇年に、宗教界の支援で再建された。

(5) 正式名称は神言修道会という。一八七五年にドイツで創設されたカトリック教会の修道会である。

(6) Mario Zanin、イタリア人、中国名は蔡寧、一八九〇—一九五八。一九三三—一九四六年、中国駐在ローマ法王庁代表を務めていた。

(7) 日本敗戦後の一九四六年六月、中国の内戦が勃発した。国民政府は経済政策の失敗によりインフレーションを招き、農民や知識階層を中心とした民衆の支持を失う。一九四七年五月以後、「反飢餓、反内戦」をスローガンとする一連の民衆運動が発生した。

(8) 一九五二年に行った大学教育機関の改編を指す。その際、旧来の北京大学を中心に、燕京大学および清華大学の文系学部などを加えて、北京大学を新しく構成した。

(9) 一九五七年、中国共産党が「整風」、つまり党の綱紀粛正を行うために、民間に対し広く意見を求めていた。その呼びかけに応じ、後文にあった「助党整風」のために、共産党に対し意見を具申した人々が大勢いた。のちに、共産党はいわゆる「反右派運動」を展開した。「党を攻撃する」行為として批判され、意見を具申した人の一部は「右派」と見なされ、一九八〇年代の名誉回復までの二〇年間以上にわたり辛い日々を強いられていた。

(10) 「二十四史」とは、『史記』、『漢書』、『後漢書』、『三国志』などといった唐代以降の歴代王朝が「正史」として公式に認定した二四の歴史書である。

（11）陳独秀と李大釗はともに中国共産党創立時の指導者。陳独秀は一八七九年に生まれ、一九四二年に病没した。李大釗は一八八九年に生まれ、一九二七年に奉天派軍閥の張作霖に殺害された。

一一　夜の点呼

一九六八年三月、北京大学キャンパス内で大規模な武力闘争が発生したあと、歴史学部から新たに数人が太平荘に連行されてきた。太平荘では、春になると山の斜面にサツマイモを植えなければならない。まず畑に鋤《すき》を入れ、苗を植えつけたら水を掛ける。斜面の畑は少なくとも一一〇畝〔一畝は約七ヘクタール〕の広さがあるが、揚水ポンプは山の麓にあり、山の上に汲み上げることはできるが、それぞれの畑に水を運ぶには、肩に担ぐか手で提げるしかない。私たちは年配者を含めても二十数人である。鋤で土をおこしながら、この仕事をやり遂げることができるのだろうかと、互いに不安であった。

四月下旬あるいは五月上旬のある日、山の上で畑仕事をしている最中に、私たちは、いきなり山の下に呼び戻された。集合場所に向かう途中、以前、半工半読のときに学生たちが使用していた全ての部屋が開けられて、彼らが使っていた二段ベッドがそのまま室内に残っているのがみえた。監視学生は、私たちに二、三人ひと組で各部屋をチェックして、ベッドの壊れた箇所をただちに修理せよと命じた。そして、翌日の昼ごろ、二〇〇名を超える大勢の人がやってきた。全員北京大学各学部の「牛鬼蛇神」であり、全身埃と汗にまみれていた。彼らは、肩から荷物や洗面器を下ろしたときには、まるで大赦をうけた〔刑罰を免除された〕人々のようであった。一人の太った中年男性は荷物を下ろしたとたん地面に倒れ込んで、いくら監視学生に大声で叱責されてもすぐに立ち上がることはできなかった。彼の名は呉柱存、西方言語文学部の副教授であると、他の人が教えてくれた。今回やってきた大勢のなかには、私と面識のある人が何人もおり、著名な教授も多かった。たとえば王力、季羨林《きせんりん》、侯仁之、楼邦彦《ろうほうげん》など多くの人が連行されてきたし、他にも経済学部の厲以寧《れいいねい》、地質地理学部の銭祥麟、王北辰、哲学部の王雨田、ロシア言語文学部の張珥《ちょうじ》、中国言語文学部の王理嘉などを挙げることができる。その後、彼らは私たちとともに労働し、しだいに親しくなっていった。これほどの顔ぶれが揃っていればすぐにも一つの大学が出来上がると言っても過言ではなく、しかも学科のそろい具合といい、学術水準の高さといい、今日の多くの大学が及ぶものではなかった。体育〔スポーツ〕の授業を例にとれば、教授二人、趙占元と林啓武、副教授も二人、管玉珊《かんぎょくさん》と閻華棠《えんかとう》がいるほどであった。一般には、六〇年代に至っても全国の大学では体育の講義は講師が行い、実技は助教が担うのが基本であり、体育に教授、副教授クラスの教員はきわめて稀であった。

大勢の「牛鬼蛇神」が太平荘に集められた後、監視・管理は度をこえた厳しさになった。監視学生は各学部から来ており、多い時では二〇人ほどであったが、そのやり方も日々更新され、虐待する方法は「プロ」レベルに達していたのである。

この時から、整列集合の回数は一日七回に増えた。早朝、午前の労働開始前、昼食前、午後の労働開始前と終了時、夕飯前、そして夜の点呼であった。集合の合図である笛が鳴ると、急いで駆けつけて整列した。遅刻すれば列に入れられず、叱責や殴打をされることになる。集合場所であるグラウンドは山あいにあり、宿舎からそこまでの道は狭い上デコボコしていた。私は足が速いので、グラウンドに駆けつけたあと、いつもすばやく眼鏡をはずして手に握り、「解散」の命令が出てからはじめて掛け直すようにしていた。なぜなら、監視学生からビンタを喰らうことは日常茶飯事だったので、用心して自分の眼鏡を守らなくてはならなかったからである。眼鏡が壊されると行動が鈍くなる。歩くときでも、労働中でも、いたるところでミスが起こりやすくなり、毎日殴られる羽目になるからである。周一良先生は殴られて眼鏡を壊されたが、幸いもう一本を予備にもっていた。高望之も眼鏡を壊されたが、それでも亀裂の入った眼鏡をかけ続けていた。当時のレンズはガラスだったので、壊れたままかけていると、細かい破片が飛び散って目に入るおそれがあった。だからといってかけなければ、それ以上の災いが降りかかるかもしれない。眼鏡を必要とする「牛鬼蛇神」にとって、眼鏡がどれほど重要かは痛いほど知っていた。羅栄渠《らえいきょ》はひどい近眼であった。早めに眼鏡を外すと足元が見えなくなるが、遅くなれば外すタイミングを逃してしまう。この難関をやりくりする彼のつらさは私よりはるかに大きかったに違いない。

　集合して、まずやることは全員で『毛主席語録』を暗誦することであった。最もよく指定されるのは、『毛沢東選集』第四巻の「南京政府は何処へゆくか」と「杜聿明《といつめい》らに投降を促す書」から選び出された一節であった。また私たちには、毎週一通の「認罪書」を提出することも課せられていた。その認罪書の冒頭にも上記二篇の文章の一節を抄録することが決まりとなっていた。私が未だに理解できないのは、「語録」を読ませることで、私たちに「罪状」への反省を深めさせる効果が得られるものだったのだろうかということである。紅衛兵や監視学生らがそれを強要したとき、彼らは本心でそう思っていたのだろうか。もし本当にそう思っていたのであれば、いちおう思考と言動が一致していたことになる。たとえば前述した向達先生に跪くことを強要したあの二人の学生は、ある種の信念の下で行動していたので、「紅衛兵文化」の一現象として捉えることができる。しかし、もし、内心ではそう思わず、口頭でそのような指令を出していたのなら、つまり人間としての表裏が一致していなかったということなら、どう理解すればよいのだろうか。それは、誰かによって作られたある方式が固定され、それを変えようとは思わない、あるいは既存のルールに逆らうことができなかったからだろうか。もし後者であれば、紅衛兵も私たち「牛鬼蛇神」も共に一種の強制力に操られていたのだと、私は言いたい。ただ、紅衛兵と私たちの異なる点は、彼らはその中で進行する役を演じ、私たちはお辞儀をする役をやらされた、つまりポジションの違いはあったが、本質の面では違いはなかったのである。いや、本質的な違いは一つあったかもしれない。すなわち、「牛鬼蛇神」は外部の力に強制されてやむなく行動したが、内心では納得していない、それどころか反抗意識をもっていた。だが進行役の方は、「紅衛兵文化」のくびきに引きずられ、マインドコントロールされて盲従または屈従し、ある種のイデオロギーの奴隷に堕ちていたのに自覚がなかったことである。

たいていの場合、「語録」を読み終わると、監視学生は、仕事を命じたり、注意事項を申し渡したり、ときには誰かを呼び出し殴打を加えたりした。私たちにとって、夜の点呼はもっとも恐ろしいものであった。点呼は四〇分から一時間にわたり、かならず数人を列から呼び出した。罵倒するのはまだ軽い方で、酷いときには、拳と足だけでなく、棒で殴ることさえあった。師とはなにか、人格とはなにかということは一切無視された。さらにある時には、武力闘争に使う竹槍を私たちの前に持ち出してきた。私たちはみな頭を低く下げ腰を曲げているので、槍が動いているのはわかるが、目線を上に向けてその凶器を握っている者を見る勇気はなかった。私たちはすでに抵抗能力を失っており、棒を数本でも持っていれば威嚇効果は十分なのに、このような凶器を持ち出す必要はどこにあったのだろうか。竹槍のほか、もう一つ恐ろしい凶器があった。水道用のパイプを加工したものである。長さは一メートルほどで、片方の先端は磨かれて尖っていて凶器として十分な威力を持っているうえ、反対側の先端にはゴムが付けられ、握りやすくしてあり、鈍器として使用することも可能であった。ある日、商鴻逵《しょうこうき》先生が「語録」を流暢に暗誦できず、言い直せば言い直すほどミスが増え、それについて少し自己弁護をしたため、このハイプで頭を殴られた。私は列の反対側に立っていて七、八メートル離れていたが、「ガーン」という音が聞こえ、鉄のパイプが人間の頭に振り下ろされたときの音だとすぐにわかった。

ある日の集合時に、聶玉海《じょうぎょくかい》という名前の監視学生が声を長く引いて、「周～一～良～！」と叫んだ。周一良はすぐさま「はい」と返事した。すると聶は、「列を出て、前へ三歩、歩け！」と命じ、周一良は直ちに列を出て行った。つづいて聶は、「今日は何の日か」と質問した。――後日私たちが「牛鬼蛇神」の間で感想を交わしたとき、そ

撕破反共老手周一良的画皮

図 45　『新北大』（周一良批判）
この文章は 1967 年 11 月 2 日、「校文革」の機関紙『新北大』に掲載された。「ベテラン反共分子」云々は、周一良が再び「牛棚」に監禁された後につけられた「罪名」の 1 つ。

図46　晩年の周一良
パーキンソン病を患った晩年の周一良。文革初め、彼の頭上にあった「帽子」は2つで、「反動的学術権威」と「走資派」であった。1967年に一度「牛棚」から出されたが、聶元梓に対する批判をしたため再び「牛棚」で監禁、新たに3つの「帽子」を被せられた。

の場にいた人の大半はその質問に唖然としたという。時は一九六八年六月であることはわかっていたが、今日は何の日なのかと聞かれても答えは出てこないものである。「山中無暦日、寒尽不知年」[1]（山中にいると暦日は関係がない、季節は感じるが何年であるかは知らない）のである。しかし、「何曜日か」については関心があり、隔週の日曜日を心から待っていた。なぜならこの日には半日の休暇を得られるからである。しかし何月何日ということは、ほとんど関係のないものであった。意外にも、周先生は「六月×日」と答えた。そこで聶玉海は、「去年の今日、お前は『五四』運動場で紅衛兵を罵っていたではないか」。言葉とともに彼は周先生の顔を平手打ちし、周先生の口もとからは血が流れた。聶は平手打ちを何発も繰り返し、周先生の顔は血まみれになった。聶の言葉に出た「五四」運動場で紅衛兵を罵ったとは、おそらく一九六七年夏、ある反聶元梓の紅衛兵組織の成立大会で、周一良先生が登壇して発言したことを指している。私も現場にいたが、陰に隠れてラウドスピーカーからその発言を聞いていた。先生は聶元梓に対して「反動的路線」を推し進めていると辛口で批判したが、学生すなわち紅衛兵に対して異論を唱える言葉はなかった。

「牛棚」の監視・管理者であれば、「牛鬼蛇神」の誰に対しても自分の思い通りに処罰することができる。これが当時の慣例であったが、さらに、ある監視学生がある特定の「黒幇」を虐げることも、もう一つの慣行になっていたようであった。

一九六八年夏、太平荘に監禁されていた「牛鬼蛇神」は一人また一人と北京大学に連れ戻され、単独に批判闘争を受けるようになった。監視学生はこのやり方を軍事用語にあやかって「単兵教練(2)」と呼んだ。周先生は早い段階で連れ戻された一人であった。太平荘を出れば、河原を歩むことになる。護送担当の宋姓の学生は河原の石を次々と拾い、周先生の背嚢に目いっぱい詰め込み、北京大学まで背負わせた。このとき北京大学の校内では対立する二派の武力闘争が白熱状態に達しており、石を自転車のチューブで作った強力なパチンコの弾丸として使うと、恰好の武器になるからである。太平荘から北京大学まで、徒歩と列車で約三時間かかり、歩く距離は一〇キロほどもある。石を背負った五五歳の周先生にとっては耐え難い苦痛であったが、宋姓の学生はその苦痛を楽しんでいた。

数学部の副教授盛沛霖《せいはいりん》も周先生のように、目の敵にされることを経験した。彼がどのような罪名で「牛棚」に入れられたかは今では思い出せない。彼は一九六〇年代初めに留学先から帰国した。おそらく、給料がほかよりやや高めで授業時間がやや少なかったので、監視学生に「寄生虫」と罵倒され、理由もなく虐待を受けていたのであろう。夕飯前の集合は、だいたい三、四分間の訓戒を受けたあと解散になり、食事に行くのであったが、彼だけが度々残され、バーベルを担いでグラウンドを回るよう命じられていた。グラウンドを一〇周しなければ食事には行けない。動けなくなってバーベルを地面に下ろすと、一からやり直しである。彼は太った人でもともと体力がないうえ、夕飯前の空腹で、どれほどつらかったかは想像に難くない。私も、食事が終わって宿舎に戻るところで、彼がバーベルを担いでグラウンドを回っているのを何回かみた。

そしてもう一人、目の敵にされたのが、同じく数学部教員の李同孚《りどうふ》である。彼は湖南省の出身で少し癖のある性格であった。真夏に過酷な仕事をさせられ、昼の休みはたったの三〇分、誰もがその時間を利用して一息入れる。宿舎はいつも静かであった。しかしある日の昼間、いきなり甲高い鳴き声が同部屋の人たちを起こした。よくみると一匹のセミではないか。李同孚は慌てて引き出しからセミを取り出し、手で押しつぶした。同部屋の「牛鬼蛇神」たちはみな彼を睨みつけたが、告発する人はいなかった。ただ私たちにとっては、彼の行動に不可解なところが多いのは確かであった。監視学生の目があるのに、彼は何時そのセミを捕え、どのようにして宿舎まで持ち帰ったのだろうか。監視学生は、彼に対して変わったやり方で苦痛を与えていた。たとえば彼を一本の樹に近づかせ、あと一歩のところで足を止め頭を樹の幹につけて腰をまっすぐ伸ばすように命じる。すると彼の体と樹の幹と地面は三角形のようになり、その姿勢を保つのは非常につらく、数分で限界になる。それを見て私たちは皆、同病相憐れむの気持ちで彼に同情していた。

列から呼び出されることなく、待望の解散命令が出たあと、どのように行動するか、ここでもまた用心が必要であった。足取りが早いと怪しげに見えて呼び戻されて問い詰められるかもしれない。一方、ゆっくりして監視学生の視野に長く残れば、何かを思い出させてやられる危険性も増大する。グラウンドを離れ宿舎に入ってはじめて一息つき、なんとか一日を過ごせたと胸をなでおろしていた。夜の集合でつらいことはもう一つあった。それは蚊の無差別攻撃である。手足などの露出部位はまんべんなく刺された。刺されていてもひたすら堪えて、体を揺すらないように直立し、手でたたくことは禁物であった。蚊を叩くことは自分が叩かれる結果を招くので、宿舎に帰ってから急いで軟膏を塗って痒みを抑えるしかなかった。あちこちに塗ると、軟膏はすぐに使い果たしてしまう。ではほかに方法はあるのだろうか、ある人が石鹸を溶かして痒み止めや痛み止めに使う方法を開発した。彼のアイディアのおかげで軟膏を買うお金も節約できるようになった。

ときは酷暑、労働の量は大幅に増え、新規のルールも次々と作られた。消灯後と起床前、監視者は夜間パトロールをする。トイレに行く際にパトロール中の監視者と鉢合わせになった場合は、ただちに立ち止まって、「報告、私は反革命分子〇〇〇、トイレに行きたいです」と名乗ること、そして許可が出るまでその場を離れてはならないというルールが発表された。監視学生は手にしている長い槍を高く持ち上げて「さもないと、俺の手にあるこいつは容赦しないぞ！」と言った。この新規ルールは年配の方に大きなプレッシャーをかけた。年を取るとトイレが近くなるが、視力は低下している。そのため年配者は夕飯後なるべく水を飲まないようにしていた。ある夜、ある年長の先生が宿舎を出て戦々恐々としてトイレに向かう途中、前方二〇～三〇メートルほどのところに人がいるように見え、すぐさま「報告、私は反動権威である……」と声を上げた。しかし予想外に、相手からも、「報告、私は……」との声が返ってきた。報告をしあったあと、二人のどちらも怖くて身の動きがとれず、ひたすら待っていた、と言う。

あの時代はすでに過ぎ去った。しかし上に述べたようなハプニングは、単なる笑い話として受け止めてはならない。後になってその出来事を周囲に話したとき、聞く人はお腹をかかえて大笑いしたが、私の目じりには涙が滲んだ。それを見て彼らの笑みが消え、私に謝って話題を切り替えた。その状況に立たされた人々を想像してみよう、誰がその「容赦しないやつ」を恐れず勝手に進むことができようか。私の衷心よりの望みは、若い世代にもっと多くを知ってほしい。四〇余年前の中国の大地で、大学のキャンパスの中で、今では涙をこぼしながら語る「笑い話」が、じつにたくさん起きていたことを。これらは、わが民族の歴史の一部であり、もっと勇気を出してストレートに表現するならば、「歴史　恥辱篇」と名付けてもいけないことはなかろう。そうすることにより、後世の人たちにこの歴史が看過されることなく、教訓として記憶されるであろう。

まさに、

司儀的行禮的　一様受奴役　少有身心之別
　儀を司《つかさど》るも禮《れい》を行うも　一様に奴役《どえき》を受け　少《わず》かに身心の別有り
要屙屎要遺尿　佛曰不可忍　竟需冒死相求
　屎《し》を屙《な》すを要《もと》め尿を遺《や》るを要むるも　佛曰く忍ぶべからずと　竟《つい》に死を冒《おか》して相求む

注

（1）唐代、太上隠者（姓名、事蹟ともに不詳）の詩『答人』の一節である。本来は俗世間を離れ暦にとらわれない自由な隠遁生活を詠うものであったが、ここでは世間と隔離された強制収容所の生活を比喩している。

（2）「単兵」は兵士一人の意で、本来は軍隊で行う兵士ひとりひとりに対する単独訓練を指す用語だったが、ここでは批判対象となる人々を一人ずつ単独に批判することを意味している。詳細は第一四章「単兵教練」を参照。

一二　「牛鬼蛇神《ニュウグイシェシン》」の間で

私たちは、太平荘に連行されて以来、あらゆることを監視学生の命令や指示に従って行動しなければならなかった。受け身でつねに制圧される立場に置かれていたにもかかわらず、中にはなんと、あえて能動的になろうとして奇策を講じた人物がいた。

ある日の夜、就寝時刻になり、全員がベッドに入り眠りについた。朝目覚めた時から一日中堪え忍んで、ようやく自分だけの時間を迎えられたわけである。しかし約三〇分後、上述の人物が起きてトイレへ行った。三〇分後に戻ってきたが、その行き来による物音で私たちも起こされてしまった。だがみんなは黙っていた。次の日もその次の日も、彼は同じ行動を繰り返し、しかも外に出た時間が次第に長くなった。それでもみんなは辛抱してあえて何も言わなかった。だが日が経つにつれ辛抱もついに限界に達し、誰かが彼に対して、就寝の前に用を済ませておくようにと密かに勧めた。するとその夜の点呼時間に、監視学生が整列した私たちの前で、某氏は消灯後もトイレの光を借りて「宝書」を読み、自己の改造を急いでいたと、称賛気味で発言した。それで私たちにも彼の行動が明らかになっ

図47　太平荘を囲む山々
写真は数年前この地を再訪した際に撮ったもの。

た。なるほど彼は監視学生の目に入るようにわざわざトイレで『毛沢東選集』を読むようにしていたのであった。彼はすでに何日も夜のトイレに行っていたが、今日でようやく念願が叶い、監視学生に取り上げてもらったのである。この時から、私たちは外部からの監視・管理の目をつねに警戒するだけでなく、自分たちの内部においてもより慎重に行動しなければならなくなった。

「宝書」、「紅宝書」とは、その時代の『毛沢東選集』〔略して『毛選』〕と『毛主席語録』に対する敬称であった。軍や民を問わず、一律にこの敬称を用いていた。軍隊や学校の中で集団生活を送っている人々が勤務外の時間を利用して、さらに自らの睡眠時間を削って、深夜でもどこかの灯りを借りて「宝書」を学習する行為は、決して珍しいことではなく、むしろ一種の流行になっていた。このことが管理者の耳に届けば間違いなく表彰の対象になり、周囲の人々からも手本とされ、称賛を受けるようになっていた。このような事を噂では聞いていたが、しかしそれが今、自分のすぐ傍らで起きたのである。トイレへ行って灯りを借りることは、少し想像外であったが、よく考えれば、そここそが監視学生と期せずして会える場所であり、またその対面を偶然起きたかのように装っても、とくに不自然ではなかったのである。

監視者は、自らの目を使うだけではなく、私たちの中に自分に代わる「耳」を見つけることの重要性もよく心得ていたのである。このことは、たとえ教える者がいなくても身につけることができるようであった。彼らは、「相互掲発」〔互いに告発しあうこと〕を促し、なお「立功者受奨」〔手柄を立てた者に報奨がある〕としていたのである。この手段はさすがに恐ろしい。私たちは互いに警戒心を高め、四六時中、たとえ宿舎に帰った後も、また食事中や睡眠中ですら神経を使わねばならなくなり、一時の息抜きもできなくなった。

一例をあげれば、監視学生は毎日、『毛選』から一節を選んでその暗唱を命じ、夜にこれをチェックしていた。では暗唱を練習する時間はどこにあるのだろうか。午前と午後の労働にそれぞれ一五分間の休憩タイムがあるので、このわずかな時間を利用して、水をひと口飲むや否やすぐさま『毛選』を取り出してひたすら丸暗記をしていた。しかし総数二〇〇人あまりを対象にチェックするには、これまでの抜きとり検査法は通用しなくなる。そこで監視者はやり方を改め、全員を一斉にチェックする方法をとった。すなわち就寝の前に二人一組として互いにチェックさせるというやり方である。暗唱できなかった者に対しては、チェックする方が報告の責任を負う。報告しなければ意図的に隠蔽したとされ、厳しく罰せられる。暗唱に指定される内容は、ときに丸一ページあるいは一ページ半にもわたる「語録」であった。私は若かったので、そのまま暗唱できたが、私がチェックする相手は名も知らない年配の先生で、短い段落の暗唱でも間違えがちであった。私がありのまま報告すれば、その先生が苦しまれることになるが、かといって報告しなければ、相手に自首される可能性もある、これが当時の真実であった。なぜなら自首も監視者の機嫌を取る方法の一つであったからである。万やむを得ず、毎回監視役の学生が部屋に入って暗唱の状況を確認するときには、私は全神経を集中させ、年配の先生が暗唱で少しでも口ごもれば、私はただちに起立して「ご報告です」と声を上げる。これは先手を取って相手に自分を告発する機会を与えないためであった。この対策は当時の状況下では自分の身を守るためにはなくてはならない手段であり、決して余計な心配というものではなかった。裏を返せば当時の人間関係はすでにこれほど険しい状態に陥っていたのである。

「牛棚」に囚われながら「小報告」(密告)を通じて自分の境遇の改善を図ろうとする者は数人いた。ちょっとした不注意でその罠にはめられてしまうのである。夏応元はこの「小報告」によってひどい目にあった一人である。

夏応元は一九四九年に清華大学歴史学部に入学し、一九五二年に北京大学歴史学部に転入した。一九五三年に私が北京大学に入学した際、卒業したばかりの彼は私たちのクラスを担当していた。彼は生活と勉学の両面において指導してくれ、不慣れな環境に来たばかりの私たちも彼を大いに頼っていた。彼は東北地方の瀋陽の出身で、立派な風貌と多様な才能を兼ね備えていた。グラウンドにいればバスケットの名手、京劇サークルでは若い男役に扮して登壇するほど活躍していた。私は彼の扮した周瑜[1]を見たことがある。実に風流洒脱で、本人の普段の気風と変わらぬものであった。学部を卒業後、夏応元は周一良先生について新しい学問のジャンルとなるアジア史を開設し、周先生が講義を行い、彼はアシスタントを務めて、有望な人材として重んじられていた。しかし一九五七年、彼のひと言が人に聞き違えられて誤解されたまま拡散されてしまい、その結果、事実無根にもかかわらず「右派」と判定された。この災いにより、当時二八歳だった彼は、五〇歳まで冤罪を晴らせないままであった。はじめは学部内の若手教員らで数回の批判会を開いたが、次第に事態はエスカレートし、他のいくつかの些細なことまでが寄せ集められて、ガリ版刷りの『夏応元反党反社会主義言行録』が作られた。その後の批判会では、師の周一良先生も呼び出された。彼の罪状とされる『言行録』を見せられた周先生は驚愕したが、事態が深刻化して挽回の余地がなくなっていることを察した。

周先生は発言の冒頭に、「君は、党の君に対する育成と私の期待を裏切ったのだ」[2]と話を切り出した。言葉が口から出た瞬間、先生は涙をこぼした。フロアに座っている夏応元はいっそうすすり泣いた。向き合っている師弟二人の様子はまさに「楚囚相対」[3]の故事のごとくであった。夏応元にとって周先生の言葉は大変重かったが、周先生自身もその言葉で心を痛められている。いくら愛弟子を助けようと思っていてもこの場ではなす術がなかったからである。周先生の涙は、弟子への哀惜とやりきれない心情のあらわれにほかならなかった。しかし誰が予想できたであろうか、周先生の情を込めたこの発言が後々になって、「右派」に同情する右傾的立場であり、闘争の意識が薄いといった罪状の根拠とされ、先生自身が学部の全体会議で批判を受ける羽目となろうとは。しかしこれは後の話である。一方夏応元はその後、教師としての資格を失い教壇に立てなくなった。彼は歴史学部の資料室で資料整理の仕事を数年間やっていたので、学部で何かの力仕事があると、短時間で済むことであろうと日数を要することであろうと、まず彼に当てていた。文革が始まると、すべての「牛鬼蛇神」が同じ大釜に放り込まれてごった煮にされる状況となり、夏応元と周先生はそこで再会することになった。九年ぶりの師弟の再会はまたもや「楚囚相対」の苦しさを味わわねばならなかったのである。

一九六七年春、「黒幫」の中の年長者はほとんど燕園のキャンパスに戻って労働するようになったが、私たち七人だけが太平荘に残された。当時、食をとるには糧票[4]〔食糧切符〕が不可欠であった。主食となる窩頭や饅頭〔小麦粉で作った蒸しパン〕は、いずれも一個が二両〔＝一〇〇グラム〕の食料に相当するよう標準化され、厨房で型を使って作る方法が全国に普及していた。ところが太平荘で炊事担当の崔さんは子供が多いため、子を思いやる気持ちから自分の糧票を子供に回していた。

昔から「どこのコックも大鍋の飯を食う」といわれている。私たち七人の一食分の量はたった一四個の窩頭〔または饅頭〕であり、調理に型を使うほどの必要性は確かに感じない。しかし崔さんの手づくりとなると、鍋に「七人分＋一人分」の個数が現れるとともに、窩頭も饅頭も明らかに細身になった。ただこれで一日の労働の量が前より減るわけではなかった。夏応元はそのことに感想を寄せ、次のような詩を作った。(5)

鋤禾日当午、汗滴禾下土　禾《か》を鋤《す》いて日午《ひご》に当たる　汗は滴《したた》る禾下《かか》の土

誰知盤中餐、個個一両五　誰か知らん　盤中の餐《さん》　個個《ここ》一両半なるを

この詩を聞いて私たちはみんな笑った。たとえ苦難の中にいても、機会があれば気晴らしをすることはしていた。日々暗い雰囲気の中に沈んでいては、人間は耐えられない。夏応元のおかげで頬が緩む一瞬がもたらされ、生活の苦しさが少し和らいだ。その場にいた人たちはそれを聞いて笑い、それ以上は気に留めることはなかった。しかしそれから一年後、北京大学全校二〇〇余名の「牛鬼蛇神」が太平荘に送られてきて、監視の目はいっそう厳しくなった。今日を耐えることができても明日は何があるか予想がつかないという日々がつづいた。その中で、一年前のあの詩のことが、誰かによって密告された。炊事係の崔さんは労働者階級扱いなので、夏応元の罪名は「労働者階級を侮辱した」と

いうものであった。監視学生はこの密告に大いに関心を持ち、いつものやり方で夏応元を呼び出して罵る殴るのではなく、違った処罰方法をとった。

彼らは夏応元を私たちの中に立たせて、いわゆる大勢の「黒幫」対一人の「黒幫」の批判会を開かせた。日頃いつも批判や監視を受けてきた「黒幫」たちが、突如として批判する側に立つことを許されたときは、どのような光景になるであろうか。文革の一〇年間、至るところに批判会があったが、ここでの光景は最も奇怪なものであろう。夏応元を批判する者の声は、その瞬間、大きさといいトーンの高さといい、人の心のもっとも醜悪な部分をあまさず露呈した。ある監視学生が藤の鞭を持って夏応元を数回殴ったのち、それを密告者に渡した。その場面はいかにも京劇『趙氏孤児』(6)の中の、屠《と》岸賈《がんこ》が程嬰《ていえい》に公孫杵臼《しょきゅう》を鞭で打たせる一場面を彷彿させるものであった。密告者が扮した「老程嬰」は、腕を高く挙げて容赦なく鞭を振り下ろし、一発また一発と夏応元の体に打ちつけていた。その力の強さは、監視学生がみても及ばないと恥じたであろう。真夏の日で、夏応元は袖なしのシャツ一枚しか着ていなかった。鞭が体に打ち付けられた瞬間には、すぐには目立つような跡はできなかったが、一分ほど経てば、鞭の跡がくっきりと腫れ上がってきた。それにもかかわらず、密告者は手を緩めずに鞭を振りつづけた。彼には程嬰に匹敵する体力はあっただろうが、程嬰のような義の心はなかった。

この事件にはさらなる展開があった。このとき、大学のキャンパスでは武力闘争が起こり、「井岡山兵団」と「新北大公社」の両組織の「中核」とよばれる人たちが真っ向から対立し、目を血走らせて戦っていた。情勢は「紙縒《こよ》りがあれば爆竹になる」というほど、一触即発の状態であった。私たち「牛鬼蛇神」の中に、法学部の教授で当時は六〇歳近くになる年配の先生がいた。一九五二年大学間の学部調整〔学部・学科の合併と再構成〕が行われる以前、著名な法学教育家である銭端昇先生が北京大学法学院の院長をしていた。先生には三人の高弟がおり、人に「龍、虎、犬」と呼ばれていた。その順位の根拠はなにか、年齢や学識あるいはその他の理由があったのかということは知らないが、「牛棚」に入れられたのは三番目の弟子であった。夏応元批判会の真っ最中に、銭先生のこの弟子は突如、「ご報告申し上げます。夏応元の詩は反動性が極まっています。第一、これは労働者階級に対する侮辱です。第二、詩にはさらに深い意味が隠されていたと思われます。つまり隠語のことです。詩中の『個々』は、一つは『井岡山〔兵団〕』、もう一つは『新北大〔公社〕』のことを暗に指しており、『個々一両半』の句は、両組織がともに革命組織であり、対等な立場であるとの意味でした」と、発言した。

実際のところ、夏応元がその詩を作ったのは一九六七年春のことで、その頃の北京大学には武力闘争はまだ起きておらず、両派に分かれる状況すら存在していなかった。「暗にさしている」云々とは果たしてどこから来たものだろうか。この教授の「高名」は以前から耳にしていたが、今回のお手並みはまさかのことであった。しかし彼のそうした発言で監視学生の一人が激高し、鞭を「程嬰」の手から奪い返し、自ら夏応元を拷問して鬱憤を晴らそうとした。ほか二名の監視学生は法学部教授のその発言にとくに興味を示さず、「労働者階級に対する侮辱」の追及に終始した。拷問を受ける夏応元の惨状は目を覆うばかりであった。批判会終了後、彼の全身はアザだらけで、青アザや赤アザなど五色のアザが入り交じる状態になっていた。

それから二ヵ月後、夏応元は再び拷問を受けた。彼は今回の拷問で一度意識を失い、水をかけられ意識が戻ってから、バスケットのスタンドに吊るされ拷問を受けつづけた。ひどい殴打で彼は大小便を漏らしてしまい、拷問者は汚れを嫌ってやっと手を止めた。夏応元が拷問を受けるとき、見せしめに私たち「牛鬼蛇神」の一群も見学を命じられた。拷問を受ける夏応元の痛々しい悲鳴は遠くまで響いたが、青天のもと、周りは広々とした広野で、近くには太平荘の村民が通ったりしていた。拷問者はなぜこれほどやりたい放題で暴力を振いつづけられたのであろうか。経済学部の厲以寧教授も当時ここに監禁された一人である。彼の詩「破陣子・昌平北太平荘　一九六八年」に、「千嶂沉雲昏白日、百里狂沙隠碧山」[7]〔千嶂の沈雲白日を昏《くら》くし、百里の狂沙碧山を隠す〕という句があり、これは太平荘一帯の景色を描写したものであるとともに、当時の暗黒無道な生活の活写でもあった。今では、ともに太平荘の「牛棚」に監禁された仲間たちは大半がこの世を去った。存命中の人もみな七〇歳を過ぎている。四〇数年前、私たちは訴えたくても声を出すことが許されなかった。しかし、今や話すことが可能になったにもかかわらず、なぜか波の立たない枯れた古井戸のように意欲がわいてこなくなった。過去の出来事が、もしただ一個人または一家庭の恨みや怨念だったのであれば忘れ去ってもよいであろう。しかしそれはわが民族に関わるものである。わが民族の将来のためにも、あのときは果たして何者の天下になっていたのだろうかと、問い質《ただ》さなければならないだろう。夏応元の足に一本の深い傷跡が残っている。今でも風雨の日や寒くて湿度の高い日には、強烈な痛みが起こり夜明けまで眠れないとのことである。では、夏応元への二度目の拷問は誰によるものであったか。それには三人が関係しているが、主犯は前で述べた周一良先生を痛烈に殴った聶姓の学生こと聶玉海であった。

　監視・管理に使用される手段が多ければ多いほど、圧力が強くなり、密告者も増える。ある夜の点呼時間に、五、六人の学生が長い槍を持って隊列の前に立ちはだかり、異様な緊張が走った。

一人の学生がいきなり、「聞け、昨夜誰が寝言を言ったのか、そいつは前に出ろ！」と、一喝した。その怒鳴る声に、私たち全員が動揺した。前に出なかったら、誰が自分は夜に寝言をしなかったと保証してくれるか、前に出れば、どんな寝言を言ったのか自分で説明できるはずがない。説明できなかったら、どのような罪に問われるのだろうか。みんなは心臓が口から飛び出しそうで、グラウンドは一時静まり返った。しばらくすると一人が名指しされて列から引き出された。残った人々は少しほっとした。監視学生は名指しした人を拳や棒で殴りながら、「寝言でも反動的言論を吐くことは、これはまさしく骨の髄まで反動になったからだ」と罵った。しかし殴られた方は学生の言葉の意味を終始理解できなかった様子で、何かを認めたわけでもなければ否定もしなかった。このような荒唐無稽な場面は、古代中国のあらゆる公案小説[8]を繙《ひもと》いても、これと類似したあるいはわずかでも似た筋書きは存在しないだろう。人の寝言を摘発の根拠とするとは、よくも考えついたものである。いったい誰がこのようなことを思いつき、密告までしたのであろうか。とりまく環境がその人をここまで追い詰めたのか、それとも密告者自身の本性が悪かったからか、あるいは両方が併存していたのであろうか。

さて、話は夏応元を密告した「程嬰」の方に戻そう。客観的に言えば、彼も当時、いろいろと冤罪を被り、多くの年月を空しく過ごしてきたので、同情できる一面はある。彼の密告行為に関しては、あまりにも歪んだ当時の社会状態が最大の責任を負うべきである。その時代に起きたこの類のことに対して、現在の人も後世の人もこのような観点に立ってみるのが公平かつ歴史の事実に沿っているといえよう。このような見方を持っていれば、頭痛なのに足を治すという問題を防ぐことでき、個人の責任を過剰に追及して、誤った歴史の教訓の総括で後世を間違った方向に導いてしまうことを免れることができるのである。話がここまで及んだので、もう少し展開して考えよう。あの「程嬰」が、もし正常な社会環境下にいたら、何をしていたのであろうか。大胆な推測をすれば、今日のような時代であれば、教育においても研究においても、彼のように聡明で才能ある人は、もし理科や工科を専攻するなら、おそらく学科の最先端に立つ創造性に富んだ発明者となっていたであろうし、もし文系を専攻していたなら、たとえ大家にまでならなくても名教授であったに違いない。さもなければ、死罪を犯した者でも刑から免れることができ、無実の人に死罪を着せるほどの雄弁ぶりを発揮した敏腕弁護士になっていたかもしれない。

「牛棚」の中では、甘言を弄したり、人の危急につけ込むようなことがさまざまな局面で起きていたが、一方、善なる人間性の美しい部分も、こうした環境の中で粘り強く生きていたのである。たとえば石を積んだカゴを二人ひと組で担ぐとき、小柄の法学部副教授の沈宗霊は、いつも自ら後ろを選び、前を年長で病弱な楼邦彦《ろうほうげん》に譲っていたし、坂を下るときは、カゴが前へ滑らないように手で紐をしっかり引いて止めていた。こうした天秤棒や石を積んだカゴの扱い方から、彼が年長者の楼邦彦をいたわる情の厚さが見えてくる。しかもこのような心遣いは、監視学生の目を盗んでやらなければならなかったのである。周一良に対する高望之の行動も同様であった。周一良が一九九〇年代に著した自らの回想録『つまりは書生』において、「私が忘れられないのは、彼〔高望之〕がいつも私の面倒を見てくれ、汚い仕事や重い仕事のときには先にやってくれていたことだ」(9)と述べている。

また、ある日、労働から帰ってきて、カゴ・鍬・鋤などの農具を納屋に入れた後、いつものように整列した。すると、ある監視学生が列の前で、山の畑から拾ってきた小さな鋤を持ち上げてみんなに見せた。当時、鋤を山に忘れることは、「生産妨害」という「罪名」に当たるものであった。根拠もないのになぜかこの学生は夏応元が忘れたと断言し、前へ出てこいと命じた。夏応元は「私の使った鋤はさきほど納屋に戻しました」と弁解するが、学生は聞く耳をもたず、手を挙げて殴ろうとした。この時、列の中から、「ご報告します。その鋤は私が山に忘れたものです」と一人が声を上げた。後でその人の名前が分かったが、技術物理学部の教員劉元方であった。

劉元方が「牛棚」に入れられた罪状は「修正主義の黒い苗」というものであった。文革前、彼は三〇歳の若さで副教授、党総支部副書記、副学部長の職についた。略して「三副」とも呼ばれていた。見かけは文弱の書生だが、勇気ある「報告！」との一言で、その誠実な人柄は明らかで、拷問を前にしても捨てがたい誠実さであった。監視学生が夏応元に手をふり挙げ、劉元方が「報告」との一声を口から出したその瞬間は、彼はまさに瀬戸際に立っていたといえる。誠実をとれば殴られるのは必至であり、黙っていればその災いからは逃れられる、どちらを取るのかは自分の心ひとつにかかっていた。もしその取捨に少しの迷いがあったならばタイミングが遅れ、事態は反対の方向に向い、他人に罪を負わせることになっていたであろう。だがそのとき劉元方はなんの躊躇もなく、ただちに前者の方、すなわち誠実をとったのである。古人が作った対聯に「与人相見以誠、造物所忌者巧」（人には誠意をもって接するべし、造物が忌むのは巧者である）という句がある。本来は日頃の修練の折に用いる指針であるが、緊迫したその瞬間に劉元方は完璧に実践したのである。このような実践ができる人であったからこそ、やがて正常な時代を迎えて過去を思い出すときに、自らの過ちによる不安や後悔がなく、安らかな日々を送ることができたのであろう。文革終息後の八〇、九〇年代に入って、劉元方はエネ

図 48　夏応元
1953 年北京大学卒業、歴史学部の教員に就任。28 歳で「右派」とされ、50 歳のときに初めて冤罪が晴れた。その間の 20 数年、本来なら研究に精を出す時期であったが、強制労働と批判闘争に明け暮れるしかなかった。幸いにも晩年は中日関係史の研究に専念することができ、著書と訳書を多数出した。

図 49　崔さん
当時一人で太平荘の食堂を担当した崔さん。炊事するほか食材の仕入れも彼の仕事であった。現在は定年退職して家庭も円満であり、穏やかな老後生活を送っている。

図 50　劉元方
文革開始時に 35 歳、技術物理学部の副教授で副学部長と党総支部副書記も兼ねていた。「修正主義の黒い苗」という罪名で「牛棚」に監禁された。文革後、北京大学のエネルギー化学分野の創設に尽力し、1991 年中国科学院の院士に選ばれた。

ルギー化学専攻の研究に従事し、多くの業績を挙げ、中国科学院の院士[10]にも選ばれた。思えば、もし彼がつねに平常心を保っていなかったならば、これほどの成果を挙げることはあり得なかったであろう。

次は私たちに足湯を提供してくれた崔さんのことに触れよう。私も個人的に彼の世話になっていた。ある日、私が厨房から白湯を担いで畑の方へ運ぼうとしたとき、ちょうど蒸し器の窩頭が出来上がっていた。私はふだんから低血糖症を抱えており、あのときも症状が起きていた。崔さんに言い出せないでいると、彼は私の様子を察して「とりあえず一個を食べなさい」と言ってくれた。私はガツガツと食べてしまい、糧票と銭票（現金の代わりに用いる金券）を取り出して払おうとしたとき、外から人が入ってきた。すると崔さんは、「バケツの白湯はもういっぱいだろう、さあ、早く行きなさい」と私を促した。私もその意味が理解できたので、昼食の時間に改めて食堂の窓口に並んで、人の目を盗んでこっそりと糧票と銭票を渡した。その後、厨房に私と崔さんしかいないときには、私はたいてい先に窩頭を食べて、後から糧票や銭票を払っていた。

「牛棚」の中でも、似たような心温まる出来事はあった。ある日、私が一人で坂を下っていたときに、向こうから楊済安がやってきた。すれ違う時に彼は少し足を緩めて、表情を変えずに小さい声で私にあることを言ってくれたことが、一生忘れられない。彼は、「あなたは大勢の前で江青に名指しされたが、言われたことは彼女の家庭に関するものばかりなので、むしろ彼女自身が品格を落としたことになっている。あなたに対する処分は後回しされるので、大したことは起きないはずだ。心配しすぎなさんな」と言って、私の反応を見ることなく、そのまま山に向かって去っていった。私も彼のように、前と同じペースで坂を下りていった。というのは、当時監視学生はよく山の上に立って周囲を見張っており、私たちの一挙手一投足は常に彼らの視線に入っていたからである。

「牛棚」に入れられてから、私は口頭による「反省」でも、書面による「自白」でも、江青の名前に触れることを極力さけてきた。そもそも彼女の呼び方が一つの難題であった。「江青同志」と呼べば、監視学生に「お前にその呼び方を使用する資格はない」と叱責される。相手が〔文革の〕「旗手」であり、自分は「反革命」であるため、同志という関係は成り立たない。ストレートに「江青」の名を口にすれば、「心に不満を抱いている」、「〔江青を〕憎んでいる」などと非難され、問題はいっそう大きくなる。そのようなことを再三考えた末、私はこの嫌らしい名前を避け、書面の場合は「偉大な指導者毛主席に対して罪を犯した」と書くことにしていた。とにかくこれは監視学生が使うセリフであったからである。しかしこのような訳の分からない書き方は、いかにも強引に押し付けられたものであり、到底納得できるものではない。すれ違いに楊済安がかけてくれた言葉は、私がタブーとせねばならない部分を的確に突いており、私の思いと合致するものであった。ただその場では、私は納得した表情もしなければ、感謝の意を示すこともなかった。顔ではまったくの無表情だったが、心中では、「楊さんよ、あなたは本当に腹が据わっている。先の言葉がもし人に聞かれたら、私だけでなくあなたまでただでは済まないことを重々承知の上で」と礼を言った。

後の労働で、私は楊済安に少し親切な態度をとり、感謝の意を伝えた。婉曲な伝え方だったが彼はよく理解してくれた。しばらく経って私たちも大学のキャンパスに戻って労働するようになった。情勢が多少緩和され、互いに声をかける機会が増えたので、この楊兄が実に異様な履歴の持ち主であることを知ることができた。彼が「牛棚」で被せられた「帽子」は「裏切者」であり、その由来には次のような事情があった。

楊氏は陝西省銅川県の出身で、抗日戦争が始まったころは、まだ一六、七歳であった。強烈な愛国心により、共産党の政治・軍事幹部を養成する陝北抗日大学[11]分校に入学した。ある日、父親から手紙が届き、家に不慮の事故が起きたというので、休暇を請い急いで家に帰った。しかし、家に着くや否や、父親に自宅監禁された。父親はまた地元の新聞紙に彼の名で「抗日大学脱退」という声明を発表し、彼の抗日大学へ戻る道を断ったのである。当時は第二次国共合作[12]が成立して間もないころで、国民党と共産党双方の亀裂はまだそれほど表面化していなかった。思い悩む楊氏は、地元の三青団[13]が抗日活動を活発に展開しているのをみて、これに加入した。高校を卒業後、家を離れて南下し、重慶で

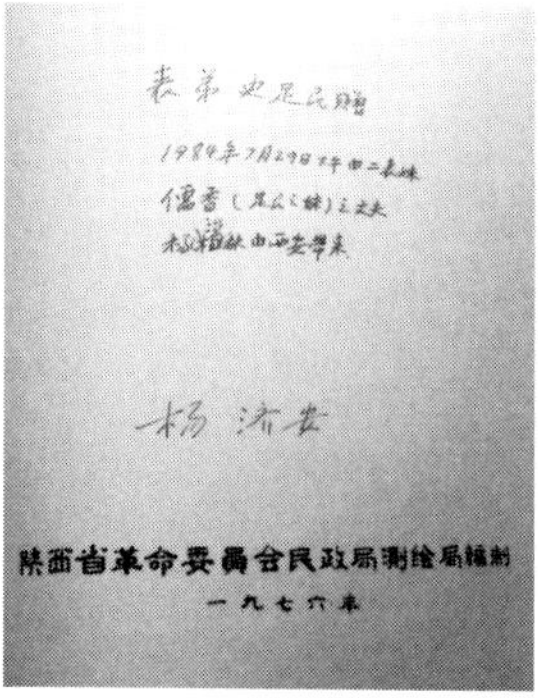

図 51　楊済安所蔵の地図
楊済安が集めた地図集の写真。彼は 20 年近く翦伯賛の助手をしており、翦伯賛の著書にある歴史地図は大半彼の手によっている。ご本人の写真を入手することができなかったので、この写真を以て記念の意を表したい。

民盟⑭のメンバーと接触したのち三青団を脱退した。その後重慶から香港へ移り、達徳書院⑮で翦《せん》伯《はく》賛《さん》の助手を務めた。その間に彼は救国会⑯の関係者に接触することとなり、これをきっかけに民盟と疎遠になった。しばらく翦伯賛の傍にいた時、その気配から、翦伯賛が共産党員であることに確信をもった。そこで彼は翦伯賛に共産党と連絡を取りたい旨を依頼した。するとそれに応え、ある人が彼と話をするべくやってきた。要するにこの十数年の間、彼はできるうる限り前進し、立ち止まることはなかったのである。そればかりか、その間に彼はもう一つの組織⑰—青幇にも参加していた。陝西を出て南方に向かう道中、一銭もなかった彼は、記憶にあった青幇の隠語や暗号を手がかりに茶屋にいた青幇の関係者に頼んで助けてもらい、引きつづき南下することができたのである。

楊氏は陝西省人ならではの長身をもち、足長で歩くことに長けているし、よく苦労に耐えていた。達徳書院で翦伯賛の助手をしていたとき、その仕事だけでは生計を支えるには足りず、別に仕事することが必要だったので、毎日三〇回、厨房へ水を運ぶ仕事をしていた。たとえ雨天で道が滑りやすくなっていても、山の中腹から山頂まで水を三〇回運ぶことを、欠かしたことはなかった。私たちが太平荘に監禁されたころ、二週間に一度だけ半日の休みがあり、互いに理髪したり、洗濯物を洗ったりするだけでこの貴重な時間が過ぎてしまう。このとき、彼はいつも手っ取り早く服を洗い終わり、何らかの理由で休暇をとって外出していた。その理由は、薬を買うとか、郵便物を書留で差し出すなどであり、いずれも南口鎮に行かなくてはできないものであった。彼は休暇を求めるときに恐れる様子はなく、なんとか数回は許可されていた。機会さえあれば、彼は韋駄天のごとく疾走して、南口鎮よりさらに二〇里遠い昌平県城まで往復して、夕飯時間の前には帰ってきていた。彼は昌平県城で壁新聞やスローガンなどを目にし、そのおかげで私たちにも外部の情報が少し伝わってきた。「楊、余、傅」[18]が打倒されたことも、こうして彼によってもたらされた重大なニュースであった。打倒された経緯は知る由もないが、上層部でさえもこのようにいわくありげな事情がおこり、目まぐるしく変化しているので、私たちの場合では、解放される日はもっと遠いに違いないと思い、ひたすら耐えるしかなかったのである。

ずいぶん話が脱線したが、楊済安の方に戻そう。考えてみてください。「誰肯艱難際、豁達露心肝」[19]〔誰か肯《あえ》て艱難《かんなん》の際、豁達《かったつ》心肝《しんかん》を露《あら》わさん〕。楊さんが山の斜面で私とすれ違ったときに言ってくれたあの言葉を、私は心の底から感謝し、涙がこぼれそうになるほどであった。その後も楊さんを思い出すたびに、決まって山の斜面で出会った彼の姿が脳裏をよぎった。あれからすでに四〇数年が経ち、彼は異国で逝去されて、音信を交わすことはもうできない。楊さんよ、黄泉のあなたに私の声は聴こえるだろうか。私はあなたへの深い感謝をずっと心の底に秘めている。なぜもっと早くあなたに打ち明けていなかったのか、いま、たいへん後悔している。

まさに、

夜来隣床囈語　原創小報告　　夜来　隣床の囈語《たわごと》は　原《もと》より創《つく》る小報告《つげぐち》
白日肝胆向人　我心懐故人　　白日　肝胆もて人に向く　我が心は故人を懐《おも》う

注

（1）周瑜、中国・三国時代の呉の武将。孫権を助け呉の建国の基礎を築いた。二〇八年赤壁の戦いで曹操を破ったことで知られる。
（2）【原注】『周一良集』第五巻『雑論與雑記』、三七一頁、遼寧教育出版社、一九九八年。
（3）「楚囚相対」は本来、春秋時代に楚の鐘儀が晋に捕らわれて、仲間と向き合って悲しむという故事であり、派生して人々が異変や災難を前になす術なく悲しむことを指す。
（4）一九四九年以降、中国では国家が物と財のバランスに基づいて計画的に配分する計画経済体制をとっていたため、「糧票」とよばれる食糧配給切符を長く使用したが、一九九三年に廃止した。
（5）唐代、李紳（七七二―八四六）の詩『憫農』の一節にあやかって作られた諧謔詩。原作は、食糧は農民の苦労の結実であると訴えるが、夏応元はこの詩で苦労して労働する自分の食事の分量不足を嘆いた。
（6）京劇『趙氏孤児』は、春秋時代に一族を皆殺しにされ孤児となった晋の趙武による復讐と趙氏再興の戯曲である。あらすじは、武将の屠岸賈が不仲の大臣趙盾を罪に陥れ、趙氏一族は一人の赤ん坊以外全員殺された。趙氏の遺児を救おうとする程嬰と公孫杵臼は一計を案じ、屠岸賈の程嬰に対する疑惑を消すために、程嬰が屠岸賈の前で公孫杵臼を鞭打った。公孫杵臼は殺されたが、程嬰は万難を排して孤児を育て上げた。監視学生の前で夏応元を殴る密告者を程嬰にたとえるのは、辛辣な皮肉である。
（7）【原注】『厲以寧詞一百首』四三頁、民主建設出版社、一九九八年。なお、詞の題名は「北太平荘」とされたが、これは「太平荘」の誤りである。北京市に「北太平荘」という地名は別にあり、海淀区に所在する。
（8）文中の「公案」は、裁判や犯罪にかかわる公文書のことである。古い時代の中国では、犯罪事件を解決する過程を描く推理・探偵小説を公案小説と呼んでいた。
（9）【原注】「雑論与雑記」『周一良集』第五巻、三八四頁、遼寧教育出版社、一九九八年。

(10) 中国科学院が研究者に授与する最高の栄誉称号である。いわゆる中国アカデミー会員のこと。
(11) 全称は中国人民抗日軍事政治大学、略して「抗大」ともよばれる。一九三六年延安に設立。
(12) 抗日戦争中の一九三七年、共産党と国民党の両党が抗日民族戦線の成立について合意したことを指す。これに対して、一九二四年、軍閥政権と戦うために孫文の主導下で成立した国民党と共産党の協力関係を第一次国共合作と呼ぶ。
(13) 三民主義青年団の略称。一九三八年武漢で発足、中国国民党指導下の青年組織。
(14) 中国民主同盟の略称。一九三九年一〇月、国民党の一党独裁体制に反対する都市知識人を中心に重慶で発足した。発足当初の名称は「統一建国同志会」、その後一九四一年には「中国民主政団同盟」、一九四四年より「中国民主同盟」となった。中国共産党に近い立場をとり、現在、中華人民共和国の民主党派の一つ。
(15) 一九四〇年代末期中国共産党が香港で設立した教育機構。周恩来、董必武が創設に関わったとされる。
(16) 全称は中国人民救国会。一九三六年、沈鈞儒、宋慶齢の呼びかけで、中国各地で誕生していた抗日救国会を連合させて成立した。
(17) 清・民国期の秘密結社の一つで、下層労働者・遊民層を吸収して上海を拠点に勢力拡大した。のち国民党と結び、大きな政治的・経済的勢力をもっていた。
(18) 【原注】ここの楊は楊成武、当時は人民解放軍代理参謀総長。余は余立金、当時は人民解放軍空軍政治委員。傅は傅崇碧、当時は北京衛戍区司令員であった。三人は軍中の元老たちに対して尊重する態度を示し、国家や人民に災いをもたらす江青の行為に度々反対したため、ねつ造された罪状で職を剝奪され打倒された。これがいわゆる「楊、余、傅事件」である。彼ら三人は、一九七二年に無実を認められ名誉回復された。
(19) 唐代詩人杜甫の詩『彭衙行』の一節である。安史の乱に遭った詩人が一家を連れ、必死で避難する様子が詠われている。

一三　人道的な拷問？　拷問における人道？

一九六八年の春、北京大学校内で武力闘争が起こった。その直後、また歴史学部から太平荘に人が送られてきた。本来、この人たちは、武力闘争の「戦利品」〔敗者〕に過ぎなかったが、「牛棚」に入った以上、今度は各人に「牛棚」独自の政治的な「帽子」も与えられたのである。

送られてきた一人目は考古学教研室の講師呂遵諤《りょじゅんがく》であった。一九五三年、私が北京大学歴史学部に入学した際に、彼はちょうど卒業したばかりであった。裴文中《はいぶんちゅう》先生と夏鼐《かだい》先生が共同で開講していた「考古学通論」という授業で、彼は助手を担当していた。林耀華《りんようか》先生の「古人類学」も、彼が助手を務めていた。彼は私の先生であった。その時から現在まで、彼はずっと旧石器時代の考古研究に従事していた。一九八四年、彼が率いる考古隊が遼寧省で発見した「金牛山人化石」は、わが国人類考古学史上の一大発見として評価されている。

文革初期、呂遵諤は聶元梓《じょうげんし》がやっていることに反感を持ち、大字報を貼り出して彼女に反対し、また彼女のことを「老佛爺《ラオフォイエ》」(1)と呼んで揶揄した。しかし、その後、聶元梓がうまく時勢に乗り、自分を批判した人に対して報復を行う「総決算」をした際、彼は不用心に「老佛爺」の手下に捕まり、思い切り殴られた。彼が太平荘に送られてから、たまに、殴られたことに言及すると、私たちはみんな心して聞いていた――このようなことは、明日にもわが身に降りかかるかもしれないので、知っておかなければならないからである。ただ、聞いてはいたが、その経験は活かせるものではなさそうだった。例えば、呂遵謂がいうには、殴打を受ける際に頭は〔布などで〕覆われるか否かで大きく異なり、素手にせよ木や鉄の棒にせよ、落ちてくるのが見えれば、たとえ少し向きを変えただけでも受ける打撃の強度が弱まる。頭が覆われると、左から殴られて、自分も左へ向こうとしてぶつかると、列車の衝突事故と同じで相反する二つの力が重なり、まったく違う結果になるという。その話を聞いて、彼は頭を覆われて殴られたことがあると分かった。しかし彼が伝授した「拷問比較論」は理論上その通りだが、如何せん、頭を覆うか覆わないかは自分の意思によらないものである。この話を聞いて、私たちはかえって不安が一つ増えたのであった。

季節が酷暑に入ってから、私たちは労働の時にはもろ肌脱ぎになっていた。鄧広銘、楊人楩、商鴻逵など年配の先生たちは、まだ薄着一枚を着ていたが、宿舎に戻れば、鄧広銘先生と周一良先生も、私たちと同様に裸で向き合っていた。呂遵謂が服を脱ぐと、なんとその肌は鮮やかに紅白の二色が混じりあっていた。胸部にはまだ白い部分が多かったが、背中は一本の赤い傷跡の上にさらにもう一本が重なり、紅白がはっきりと映し出されていた。彼によれば、春に拷問された時は幸いにもまだ綿入れを着ていた時季であった。さもなければ自転車のチェーンと棍棒が交互に振り下ろされたのだから、内臓までやられてしまったかもしれない。太平荘に送られた当初は、まだ傷が癒えていない状態であり、後になって彼は次のように明かしてくれた。炎症と感染症を恐れて傷口に触れないように注意し、夜は寝がえりを打つのも難儀だった。今はようやくそれを乗り越えたのだ、と。

聶元梓の手下は彼を拷問したうえで太平荘に送ってきて、次のような口実を付けていたのである――「中統特務[2]」であると。文革後期、軍宣隊が大学に進駐し、両派の対立を解消させるために「大連合[3]」を展開した際に、人々に反省を促して、よく「アリを象とみてしまい、蚊を飛行機と言ってしまった」という言い方をしていた。つまり当初は事情を無限に拡大し、誇張しすぎたのであった。しかし、文革終了後の一九七八年、呂遵謂の名誉を回復する際に、当初、彼の頭上に被せられた罪名にあたるあの「蚊」或いは「アリ」は、いったいどういうものだったかについては、誰も説明できず、結局、「濡れ衣や事実に反する罪名を一掃する」という、内容のない文言でことを片付けざるをえなかったのである。

続いて送られてきたのは羅栄渠《らえいきょ》と謝有実である。羅栄渠は近代世界史教研室の教員で、私より七歳年上で、学年でいうと八年上であった。しかし、学生時代は、私は彼の授業を受けたことがなく、卒業して同じ職場となってからも接することが少なく、彼のことについてはあまり知ることができなかったのである。「牛棚」に入れられ彼の頭上には、二つの「帽子」があると聞いた。一つは「歴史反革命分子」と

図 52　文革前の呂遵謂
当時は北京大学歴史学部講師、生涯、旧石器時代の考古研究と発掘調査に従事した。彼は聶元梓の振る舞いを見かねて反対意見を言っただけで、「特務〔スパイ〕」の罪名を与えられ、「牛棚」に追い落とされた。批判闘争会の際、彼に対する体罰は他人以上過酷だった。

いうもので、どういうわけでもらったのか、私には分からない。同じ部屋で寝泊まりする囚人同士とはいえ、そのようなことはやはり聞きづらく、監視学生でさえこの「帽子」については、あまり触れなかったようであった。もう一方の「帽子」は、よく口に出されていたもので、「老保翻天急先鋒」〔詳細は後述〕というものであった。この「帽子」は、今では、聞いてもその意味がよく分からないものだろうが、当時では、その重さは千鈞〔一鈞は三〇斤〕にも匹敵するものであった。むしろ「歴史反革命」や「現行反革命」よりも重い罪であり、その重さで人は圧死させられるほどであった。

話は少し遠回りする必要がある。

一九六六年に文革が始まった時、それは突然の出来事で、しかもそれが「毛主席自ら始めた」運動であることにより、勢いが余りにも猛烈であったことも加わり、党内と軍内の長老級人物も一時呆然となった。毛主席が腹の中でどんなことを計画しているのかは見当が付かず、仕方なく「ベテラン革命家が新しい問題に遭遇した」とか、「毛主席の偉大な戦略配置については理解できていない」などのセリフでお茶を濁しながら、動向を観察したり、様子見の流れについたりしていたのである。しかし、一九六七年の春になると、政権内における奸佞《かんねい》邪智の横行や国内の混乱状態が明らかになり、長老たちもみな喉に魚の骨がつかえたような溜まっていた意見を吐き出さずにはいられなくなったのである。ちょうどこの時期、中央政治局常務委員の打合せ会議などが召集されていたため、彼らの力を一本化することができた。いくつかの会議で、各委員の意見が一致し、声が揃うようになったのである。葉剣英、李富春、聶栄臻《じょうえいしん》、徐向前、譚震林《たんしんりん》、陳毅、李先念、余秋里、谷牧などが一斉に声を上げ、「中央文革小組」の行為が党を乱し、軍を乱し、社会秩序を乱したと指摘した。譚震林は発言中に激昂して机を叩き、自分の指まで怪我してしまったのである。上層部のなかで、「中央文革小組」に対する不満が長らく蓄積していたので、いったん爆発すれば、その場がいかなるものになるかは、このことからも想像できるであろう。瞬く間にこの話が伝わり、多くの人々は鼓舞され、「さすがに長老だ！　人の言えないことを言えたのだ！　情勢はこれから好転するかもしれない」と、人々の期待は、一時、高まった。一方で、江青など「文革派」は、この時期、空気がもれた風船のように、表に出て発言することは激減した。これは、人々の情勢の好転に対する期待をさらに増大させたのである。

しかし、情勢が十字路にさしかかってしばらく経つと、毛主席が口を開いた。葉剣英ら長老たちの言論を批判し、「文化大革命への否定」だとして、彼らに反省を命じた。この僅か二、三言が最高統帥④から出たとたん、瞬時に天地は逆転し、川が逆流した如く、情勢は一転して急降下したのである。政府と軍隊の長老が力を合わせて文革に反撃するという義挙は、これによって終息したのである。葉剣英ら長老たちが「中央文革小組」を指弾する発言は、すべて一九六七年二月に開催された何回かの会議の場でされたことから、彼らの行動は「二月逆流」と呼ばれた。また、江青らは以前から「革命派」と自称し、反対する上層部の人物を「保守派」――建前上、かろうじて礼儀を保った呼称で呼んでいたが、いま、最高統帥から指示が出された以上、江青らは一気に気勢をあげ、「二月逆流」を「老保翻天」と呼んだ。つまり「保守派」は天を覆したという意味である。こうして、二月であろうとなかろうと、いつでも、誰でも、文革派にとって都合の悪い耳障りなものは、「老保翻天」という大きなカゴに入れられてしまったのである。江青らはこれを機に、戦果を拡大させ、これまでのすべてを「総決算」したのであった。

図 53　羅栄渠の書
「路漫漫其修遠兮、吾将上下而求索」〔路は漫漫として其れ修遠なり、吾れ将に上下して求め索ねんとす〕。屈原『離騒』のこの一句は羅栄渠のお気に入りである。彼は自分の部屋を「上下求索齋」と命名したほどであった。

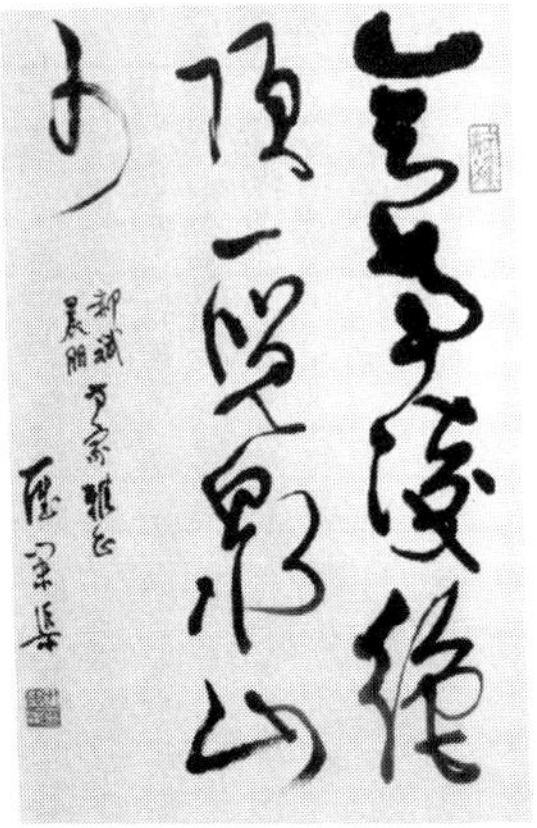

図 54　羅栄渠の書
「会当凌絶頂、一覧衆山小」〔かならず当に絶頂を凌いで、衆山の小なるを一覧すべし〕、羅栄渠の筆による杜甫『望岳』詩の一句。毛筆を使えない時期が長く続いた後も、羅栄渠は筆を手にすれば、行書も草書も一流であった。

話を元に戻そう。聶元梓と江青は、もともと同じ立場で栄枯盛衰もつながっていたのである。江青が辛抱を強いられていた時には、まさに聶元梓も同様であった。その時、校内では聶元梓に向かう批判の「砲声」が轟き、彼女に従っていた学生の多くが離れていき、違う集団を作った。周培源、季羨林《きせんりん》、周一良など有名な教授も前述した軍政長老の発言に鼓舞されて立ち上がり、「老佛爺」の聶元梓への反対を表明した。一時は、彼女の側近まで寝返って、彼女に矛先を向ける人も続出したくらいである。「紅色政権校文革」は、危急存亡の秋に直面していたのであった。

まさにこの時、羅栄渠は感情を込めた鋭い筆致で、立て続けに数篇の長編大字報を書き出し、矛先をまっすぐ聶元梓に向けた。その大字報の前には大勢の人が集まり、先頭に立っている人が、後方にいて見えない人のために、大声で読み聞かせなければならないほど、その大字報は注目されたのであった。あの時代には、言論表現の方法は、天地を覆うほどの大字報と標語、大音量スピーカーでの有線放送、迅速に発行される「小報」、男女の声で交互に叫ばれるスローガンの数種類しかなかった。大学に最も多いものは教室であるが、このときには、教室はすで半年以上放置され、クモの巣だらけになっていた。しかし、あえてこの時に、羅栄渠が何回か講義を行ったのである。学生たちも久々の授業に新鮮味を感じていたからか、なんと教室は満員状態となり、興味津々の聴衆たちは絶えず拍手を送ったのであった。彼の講義テーマは、「フルシチョフはどのように政権を握ったか」、「ヒトラーはどのように政権を手に入れたか」、「西太后はどのようにして専権できたか」であった。講義内容自体は史実から逸脱することなく、無理に関連付けているわけでもなかったが素材の取捨選択には工夫が凝らされていた。「話の場合はその声調を聴き、銅鑼や太鼓の場合はその音色を聴く」という諺のとおりに、学生たちも言外の意を的確に捉え、その場その時で自ずと別の効果が生まれた。聴衆の拍手と嘲笑のすべては「老佛爺」聶元梓に対して発せられたものであった。こうして、羅栄渠と彼の戦闘隊「長纓在手《ちょうえいざいしゅ》」は、一気に校内で名声をえた。だが、思いもよらず、江青は政権内で巻き返し、身動きが取れるようになると聶元梓の応援に手を差しだした。一九六七年九月一六日、江青は大規模な集会で「北京大学

図 55　文革後の羅栄渠
1967 年、聶元梓が校内で公憤を引き起こしたとき、羅栄渠が書いた聶元梓批判の大字報は鋭く、大勢の読者を引き寄せた。しかし、年を越すと聶元梓が巻き返し、彼は「歴史反革命分子」という罪名で「牛棚」に落とされた。北京大学歴史学部同世代教員のなかで、彼のように西洋と東洋の両方に精通した人材は貴重であった。文革後、彼は中国現代化の研究に尽力し、著作も豊富であった。

は『老保翻天』した。少なくとも一部の『老保は翻天』した」と言ったことで、ただちに「老保翻天」は「走資派」に次ぐもう一つの政治的「帽子」となった！ 当時の北京大学では、「老保翻天」は少なからずいたが、羅栄渠は「老保翻天」の急先鋒といえる人物であった。羅の大字報は、一句一句が非常に力強かったが、本人は手で鶏を縛る力もない文人であるから、わずか二、三日で、彼は聶元梓の獲物となって「牛棚」に送られてきたのである。

羅栄渠と共に「牛棚」に送られてきたのは謝有実である。彼は「長纓在手」戦闘隊のやり手で、隊長でもあった。個人的な出自といい、経歴といい、彼の身の上はまったく瑕疵がなく、わずかなスキも見つからない人物であったが、一九五〇年代後半、モスクワ大学に五年間留学し、帰国後、北京大学歴史学部に配属され、同僚との話のなかでソ連について触れることが当然あった。文革前、中ソ関係はすでに悪化しており、あの時代では、昨日の「是」が今日の「非」に変わる例は何も珍しいことではなく、そのことを口実にされ、彼は「ソ連修正主義に身を売り渡そうとして越境を企んでいる」という特注の「帽子」が与えられた。この手の話は、当時では決して主たるものではなく、ついでにやっておこうという、小さな仕事であった。大字報が貼り出され、「根は紅、苗も正しい[6]」彼はこれで「牛棚」に送られたのであった。「牛棚」に入ってから、監視学生は彼に一時期私たちの「報告人」（連絡係）を担当させたことがあった。食前の「罪を詫びる」儀式の時に、まず「偉大なる指導者毛主席に向かって——」とひと声を挙げ、音頭を取るのが彼の役割であった。そのひと声の後に、「牛鬼蛇神」一同が、一斉に「罪を詫びる」と唱え、続いて隊列と順番に従い、順次自分の「帽子」と姓名を申告する。たとえば私の場合は、「現行反革命分子郝斌」と言えばよいのであるが、周一良先生の場合は、「帽子」が五つもあり、どの一つも漏れてはならないのである。また、言う時には、腰をかがめて頭を下げなければならず、謝有実がもっとも早く腰をかがめていたが、みんなが言い終わって最後に一斉に頭を挙げるのを待たなければならないので、考えると彼はもっとも長い時間腰を曲げ、頭をさげる人となるのである。この「演出」は、京劇の舞台での囚人に対する、またはわざと謁見者を侮辱するための——「名乗ってから入れ」に似ている。ただし、朝昼晩の食事のたびにこれを繰り返さなければ、私たちは食事にありつけなかったのである。「牛棚」から出たあと、私たちは自嘲も込めて、戯れに謝有実を「牛頭」、「牛組長」と呼んで、しばらく冗談を言っていたことがあった。

江青が巻き返してから、聶元梓も大局の変化に乗じて、江青が長老たちを懲らしめる手段に倣って、校内で同じことをした。以前、表に出て彼女に反対した教師や学生は、全員「老保翻天」とされ、批判と迫害の新たな荒波にまきこまれたのである。季羡林の『牛棚雑憶』を読めば、彼とすでに批判されていた周一良とが一九六七年秋以降に受けた糾弾の厳しさは、前よりいっそう過酷なものになっていたことが分かる。前年の夏の糾弾と今のそれとは、全く比べものにならなかった。

最後に送られてきたのは、五年生の楊紹明という学生であった。

楊紹明は、楊尚昆の次男で人には「楊小二」と呼ばれていた。楊尚昆は長年、中国共産党中央弁公庁主任を務め、党中央主席である毛沢東が出した指示を随時記録し、その実施を監督する責任を持っていた。毛沢東は、その個性と習慣から、よく詩文や史実、典故を引用しながら自分の考えや意見を述べていた。彼は、三千年の歴史に縦横無尽に思いを馳せ、ありとあらゆる事柄を引用していた。また、比喩と引用を好んで用い、微言大義の表現をしたり、さらには反語も使ったりするのであった。

それゆえ、毛沢東の発言は、何度も繰り返して理解を深めなければ、彼の真意や意図の全体像を間違って捉えてしまう恐れがあった。楊尚昆は、単に毛沢東の周囲の人たちの記憶にのみ頼ってしまうと、真意を間違って捉えかねないと考え、毛沢東の執務室に録音機を設置し、毛沢東の発言を録音したのである。彼はこのようにしなければ、手落ちから免れ難く、むしろ職務怠慢が責められるかもしれない。事務処理の近代化という角度から言うと、これは極めて普通のことであり、彼のやるべき仕事であった。しかし、ここは中枢要地であり、白虎節堂(7)である。楊尚昆はこのことによって「特務(8)」〔スパイ〕の罪名を着せられてしまった。「特務」という名目には、言外の意が含まれている。彼が故意に毛沢東の言動を盗聴して「部外者」に報告したように聞こえる。では「部外者」とは、誰なのか。この罪名が人々の間に伝わってから、みな疑心暗鬼に陥り、落ち着かなくなったのである。まだ文革が始まる前の一九六六年の春から夏にかけてのことであったが、楊尚昆はもうすでに「彭、羅、陸、楊反党集団(9)」に落とされ、真っ先に締め出されたのである。当時、北京大学には上層部幹部の子女が多く通っており、彼らの両親も、時期は前後するが大半は文革中に打倒された。しかし、青春真っ盛りの若者たちは世間知らずである。父母が打倒されても、それは自分とはまったく無関係であり、父母に問題があってもそれは父母のことである。自分は変わらず革命の道を進む。だから、やるべきことはやり、言うべきことは言うと振るまっていた。文革初期に「親父が英雄であれば子も好漢、親父が反動であれば子もまた然り(10)」という言い方があったが、それは地主・富農・資本家の子女を糾弾するための言葉であった。しかし、今や世の中の情勢が変わり、この言葉はまた違う人たちに、「黒幇」幹部の子女たちを糾弾するための恰好の理由として使われたのである。「楊紹明――楊尚昆のガキ!」

この血縁関係さえあれば、ＤＮＡ鑑定もいらずに、彼を思う存分懲らしめられるのだ。しかし楊紹明は、先に述べたように、自分も「革命小将」であると思い込んでいるため、あれこれと発言しようとするのであった。よりによってこの時に康生が口を出し、はっきり名指しで「楊尚昆の息子楊小二は高く飛び跳ねている」と言った。この一言が出てすぐ、楊紹明は十八界の地獄に追いやられた。こうして、楊紹明も正式な「黒幇」に昇格し、父子ともに同じ運命に陥ったのであった。

楊紹明が太平荘に来る前は、私は歴史学部「黒幇」のなかでもっとも若く、重労働や大変な仕事などは、ほとんど私がやっていたが、彼が来てからは、彼が替わってくれた。私より一〇歳若く、その年、彼はおよそ二四歳であった。半日の休息と整頓の時間になったら、彼は山の下へ三、四回往復して、みんなに洗濯用の水を運んでくれるので、非常に助かった。ある猛暑日の昼、山の下から一台のジープがやってきて、楊紹明は連れていかれた。一週間ほど経って送り返されたとき、彼はまるで別人のようになっていた。頭に包帯が巻かれ、半分しか露出できない顔色は、紙のように真っ白であった。山のふもとから宿舎まで一〇〇メートルくらいしかない距離を、彼は担架で運ばれてきたのである。搬送者は監視学生と簡単に言葉を交わしたあと、去っていった。その後、「半死状態になった『お荷物』を、押し付けてくるとは！」と監視学生がこぼした愚痴が、私たちの耳にも入った。太平荘の監視学生はやむ得ず、楊紹明の労働をしばらく免除した。彼をベッドに休ませ、さらに人手を割いて、閻文儒を二四時間の介護にあたらせた。軽い仕事でさえ、彼にさせられないことから、この時の楊紹明は、どんなにひどい状態にあったかは、想像がつくであろう。彼はベッドに横たわり、口から出された言葉は「頭痛」の二字のみで、それからいっさい、口を開かなかった。閻文儒は食堂から食事を持ってきて、「口を開けて！　口、開けて！」と連続して十数回も呼びかけて、やっとひと匙を呑み込ませるくらいであった。食事はいつも、一時間を費やして食べさせなければならなかったのである。そのようなひどい状態ではあったが、楊小二は若さのお陰か、二〇日ほどで徐々に体調を回復した。その後、再び労働を命じられた。

この年、楊人楩《ようじんべん》先生は六三歳で、「牛鬼蛇神」のなかで最年長であった。彼は喘息の持病を持っており、山を数歩登っただけでも息が上がってしまう。それによって数多くの仕事のなかで、もっとも体力を要しない「軽労働」――「火頭軍」が彼に割り当てられていた。それは、炊事係の崔さんが厨房で食事を用意する際に、屋外にあるかまどの焚き口に薪を入れる仕事であった。事前に太さと長短が揃っていない木の枝やワラなどを裁断して整理することが、この仕事のコツである。厨房から「強火！」と声がかかると、待機している楊先生はすぐさまに、猛スピードで薪を入れる。厨房から「弱火！」と言われれば、楊先生は薪入れを止め、スコップで湿気を帯びた石炭の粉末を入れて火をしずめる。労働から帰ってきて、私たちが目にした楊先生の顔は、いつもほこりまみれで煙に黒く燻《いぶ》されて、鼻水と涙の流れた跡だけが白くなっていた。その有り様は、ちょっと滑稽に見え、大学でフランス革命の講義をしていたあの楊先生とは、まったくの別人となっていたのである。楊紹明が重傷から回復したばかりで労働を命じられたため、楊人楩先生は自らこの「火頭軍」の仕事を彼に譲り、山上での労働に就くことを申し出た。せめても、薪を入れる際には、小さな腰掛けに座ることができるという配慮からであった。しかしながら、体力が完全に回復していなかった楊紹明は、炊事係の崔さんが強火を要求した時に、薪入れが間に合わず、私たちに何回か半生の「窩頭」を食べさせてしまった。

その後、楊紹明は山で労働できるまでに回復した。私と二人だけの時に、彼はその時のいきさつを話してくれた。それを聞いて私は背筋が寒くなり、一言も発することができなかったのである。楊紹明によると、ジープに乗ったらすぐに目隠しをされ、それが取れた時は、すでに大きな部屋のなかにいた。部屋いっぱいの人に囲まれ、その人たちの手には、さまざま道具が握られていた。名前は知らないが、顔からはみな北京大学の人と断定できる。でも、不可解なことに、なかの一人は、白衣に白い帽子姿、救急箱も持っていて、明らかに医者である人物がいたのである。しかし考える余裕もなく、リーダーの工場労働者が二、三言で質問を終え、いきなり殴ってきた。楊紹明は上下とも一枚の夏服だけで、遮るものは何もなく、自転車のチェーンで頭を殴られ、頭皮が破れ、垂れてきた血で目が塞がれ、倒れてしまった。そこでリーダーはストップをかけ、殴り手たちは座って煙草を吸うなど、休憩を取った。その間に、医者は慌てた様子もなく近づいてきて、楊紹明のまぶたを開いてみてから、頭の傷に七針を縫って、リーダーに「大丈夫だ」と告げた。そして殴打再開――なるほど、これは革命的な役割分業なのだ――そちらは殴打専門、こちらは彼が死なないように命を保障する。みんなは同じ目標のために歩み寄ったのである。それは、楊小二を殴ってかつ死なせないという目標だ！　楊紹明が言うには、感覚が戻った時に、冷たさを感じた。しばらくして、やっと目を開けられるようになり、ようやく自分が男子トイレのセメント製の小

図56　楊紹明
楊尚昆の息子。文革勃発時は北京大学歴史学部の五年生。のちに「犬の子、畜生」〔批判対象の親を持つ子〕の罪名で「牛棚」に入れられた。当時24、5歳の彼はひどい殴打を受け、1ヵ月もベッドから起き上がれなかった。

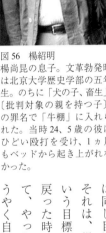

図 57　小便池
楊紹明は殴られ気を失った後、目覚めた時に、自分が男子トイレの長い便池の中に横たわっていることに気づいた。彼は長くもがいたすえ、やっとそこから這い上がった。このような便池は、いまはもう見当たらない。写真は、合金製の現代的なもので、形だけ、当時のものに似ている。

便用の長い便器に倒れていることが分かった。尿を流す水は絶えず流れ落ち、痛みも水とともに全身に沁みわたってきたのであった。しかし、頭は千斤の重さもあるように感じ、びくともしなかった。尿を流す水に濡れても、濡れるままにするしかなかったのであった。

前に述べた殴打の事例で、聶玉海《じょうぎょくかい》が周一良を殴ったときは、「ビンタ一発で手が血」にまみれ、呂遵謂、夏応元が拷問を受けたときは、「鞭一発でひと筋の血痕」が残った。これらの手段は、古代からすでにあるもので、新たな発明とは言えない。むしろ楊小二の例は、前もって医者を待機させ、皮膚が破れたらすぐに縫い、縫い終われば殴打を再開し、思い切り手を下しても、人命を保つベースラインにとどめるという、まことに「人道を失しない」という残忍極まりないものであった！　ここに見られる拷問者の余裕ある態度は、プロの訓練を受けていなければ、およそできないということであろう。例えるならば、則天武后の寵愛した来俊臣と周興[11]が、彼らに匹敵するかもしれないが。

まさに、

一鞭痕　一掌血　司空見慣
打了医　医了打　人道用刑

一たび鞭《むち》うつ痕《あと》　一たび掌《う》つ血　司空は見て慣れ
打てば医《いや》し　医《いや》せば打ち　人道もて刑を用う

注

（1）清末の西太后は「老佛爺」と尊称されていたことが有名である。一八六一年からおよそ半世紀にわたり清王朝に君臨した彼女は、権力への執着が強い人物とされている。
（2）中統は、戦前における国民党「中央執行委員会調査統計局」という防諜・捜査機関、略称「中統」で広く知られていた。特務はスパイである。
（3）毛沢東が文革中に現れた各種革命組織の対立と武力闘争を止め、一致団結するよう提唱したことを指す。
（4）最高統帥、最高指揮官という意。文革開始後、毛沢東は紅衛兵の最高指揮官としてあがめられていた。
（5）【原注】王学珍・王效挺・黄文一・郭建栄主編『北京大学紀事（一八九八―一九九七）』下冊、七八〇頁、北京大学出版社、二〇〇八年。
（6）根紅苗正、「根正苗紅」ともいう。「根」は出身を指す。文革時代の出身論で、貧農などの無産階級出身は由緒正しい家柄とされていた。「苗」は本人を指す。家柄も本人自身も問題がなければ、「根紅苗正」或いは「根正苗紅」と言われる。
（7）白虎節堂、古代中国において、軍のトップが軍事機密について話し合う場にこの名称が使われていた。小説『水滸伝』第七回「林沖、誤って白虎堂に入る」が有名。
（8）【原注】中共中央文献研究室編『楊尚昆日記』（上）、七一五―七一六頁及び注、中央文献出版社、二〇〇一年。
（9）【原注】彭、彭真を指す、当時は中国共産党北京市委書記在任。羅、羅瑞卿を指す、当時は公安部長在任。陸、陸定一を指す、当時は中国共産党中央宣伝部長在任。楊、楊尚昆を指す、当時は中国共産党中央弁公庁主任在任。これは冤罪であり、後に四人とも冤罪をそそぎ名誉が回復された。
（10）文革中に流行った「血統論」を象徴する言葉で、中国語の原文は「老子英雄児好漢、老子反動児混蛋」である。
（11）則天武后（六二四―七〇五）は、中国史上唯一の女帝。唐の高宗の皇后、後に唐に代わり武周朝を建てた。來俊臣と周興は、ともに則天武后に重用された「酷吏」、つまり過酷な刑罰を行った官吏として知られている。

一四　「単兵教練」

その時期、呂遵諤《りょじゅんがく》、楊紹明、羅栄渠《らえいきょ》、周一良など、時を前後してみな北京大学へ連れ戻され、それぞれ一回の「単兵教練」を受けさせられたのである。

「単兵教練」という言い方は、当時の監視学生が使っていた用語で、数多くの「黒幇」の中から一人を選び出し、太平荘から大学へ連れ戻して単独で批判会を開くというものであった。今般の批判会は、すでに以前とは異なり、殴打が主となっており、批判はその次になったのである。これはおよそ二、三週間おきに一回行われていた。楊紹明を除いて、ほかの数人が受けた「教練」の詳細については、よくわからないが、戻ってきた彼らの様子をみると、例外なく彼らの行動に不便が生じ、傷を負ったことが想像できた。また、精神面で受けたダメージも大きく、意気沮喪の状態がしばらく続くのであった。同類相憐れむで、彼らが落ち込んでいると、私たちの部屋全体も「明日はわが身」という雰囲気に覆われるのである。高望之が「教練」に連れ出されたことがあるか否については、もうはっきりとは覚えていない。私は心のなかで順番を数えて、そろそろ自分の番ではないかとひそかに思っていた。

呼び出されそうで、呼び出されていない、これはまた、別の苦しみがあった。

ついに、ある日、山のふもとから私の名前が大声で呼ばれた。「牛棚」の規則に従い、私は急いで指定の部屋まで走って行き、名乗ってから中に入った。頭を上げてはいけないので、いったい部屋の中に何人いたのかは、よく分からなかったが、とにかくたくさんの足が見えた。両足を揃え、口から「報告」の二文字を出そうとしてまだ出しておらず、完全に立ち止まっていない私の両ひざの後ろを、いきなり蹴られたか、或いは棒で殴られたのかもしれない。体のバランスを失い、思わず「ドン」と私は跪《ひざまづ》いた。そこから始まった尋問は、京劇の「三堂会審」(1)を演じきるほど長く続いた。彼らは、私がどのように郝克明《かくこくめい》と共同で「毛主席の娘、李訥《りとつ》を迫害した」のかを尋問した。

「李訥を迫害した」という話は、江青が言ったのである。

一九六六年七月、毛沢東は、秩序維持のために北京の各大学、中学、高校に派遣されていた工作組を、撤退させると決定した。ただし、この決定の実施に当たっては、通常の行政手法をとらず、各階層の党政機関を飛び越えて「中央文革小組」によって、直接、広範な学生層に通知、実施させたのである。この型破りのやり方は、明らかに賭けに出る色合いがあった。というのは、聶元梓《じょうげんし》の大字報は、もともと天から降りかかった「天火」であったが、着火したばかりのところに、工作組の到来によって跡形もなく消えそうになったからである。工作組の撤収は、行政手段の調整ではなく、かまどを建て直して薪を足すためである。聶元梓大字報の余熱が冷め切らないうちに、この「天火」を再度、燃え上がらせるためであった。この時に、北京大学が再度選ばれたのも偶然ではなかったのである。哀れにも、北京大学は、中国の政局において、兵家必争の地となったのである。二五、二六日、二晩続けて「中央文革小組」のお歴々が北京大学にやってきて、東グラウンドで全校教職員の万人規模大会を開き、工作組を追い出すための火を着けた。文革期間中、江青は大小の集会にたびたび顔を見せていたので、彼女の登場は何ら珍しいことでもなくなったが、ただそれは後の話である。北京大学に顔を見せた七月二六日は、彼女が紅墻〔ここでは中南海を囲む紅い壁を指す〕の裏に長年蟄居してから、初めて表舞台に立った日であった。彼女の「中央文革小組」副組長という肩書きもこの大会で初めて知らされ、広がっていったのである。毛主席夫人という身分は、周知のことであり、人々がこの夜、興味を持って大会に出向いたのも、大半は彼女の主席夫人という身分に惹かれたからである。大会で、彼女はまず北京大学工作組の組長張承先の種々の問題を指摘した――そのことが北京大学にやって来た彼女の射止めなければならない標的であった。この任務の達成は完璧であった――それから、彼女は話の矛先を一転し、張承先の工作組が任用した「積極分子」のなかに、郝斌という人がいると切り出した。彼はどういう者なのか？……彼は「李訥を迫害した」のだ、と。

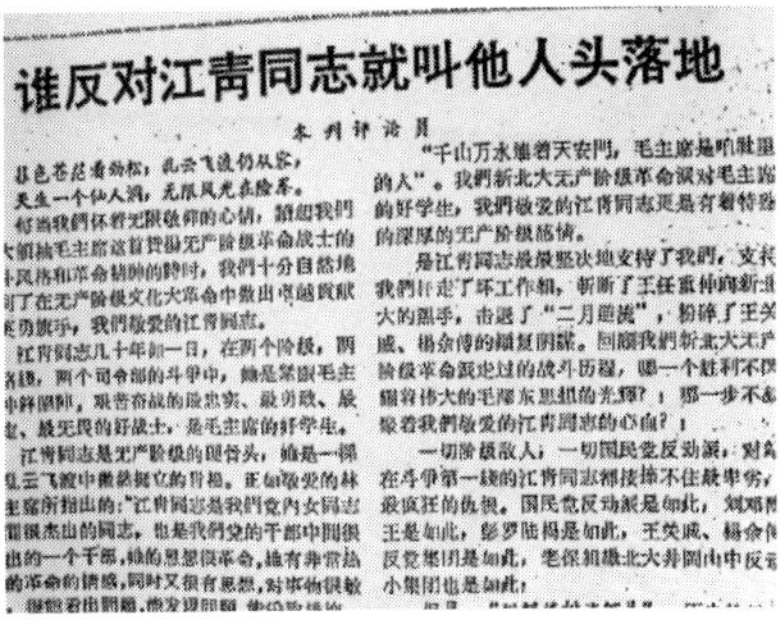
谁反对江青同志就叫他人头落地

本刊评论员

図 58　『新北大』（江青擁護）
「新北大」に掲載されていた殺気がみなぎった文章。タイトルは「江青同志に反対するならそいつの首を取るぞ」であった。「江青に反対する」という罪名は、誰でも恐怖を感じるものであった。頭上にこの「帽子」をかぶった人は、全員が首をはねられたわけではないが、一家離散となったケースは少なくなかった。私は比較的運のよい方であった。

文革期間中、江青はあちこちに登場し、その頻度は極めて高かった。行き先で何か往年の怨みを思い出したら、ついでにその人の名前を口に出し、強引に政治的「罪名」を付け加えるのである。彼女にとって、これは「行き掛けの駄賃——ことのついで」であった。七月二六日の北京大学への登場は、彼女が勝算を手に政治の闘技場で臨んだ初陣であった。この初陣から、すでに自分の思惑を隠そうとせず、節度を保とうしなかったので、その後はさらに収拾がつかなくなったのである。この大会で彼女に名指しされたのは、もちろん陸平と張承先で、ついでに言及されたのは、当時中国語言文学部に在学中の毛家の嫁、毛沢東の息子毛岸青の妻邵華と北京大学党委員会で仕事している幹部郝克明、そして私であった。そのとき、会場には一瞬、激震が走った。正直に言うと、江青のこのときの「ことのついで」は、まだ見習い研修生レベルであった。タイミングや加減の把握にはまだ不足点が見られ、さほど高い点数は付けられない。彼女は私たちの名前に言及した時に涙声になり、感情が高ぶってみんなの前で服薬するなど、路線闘争よりも個人感情の色合いが濃くなってしまい、まるで饒舌な中年婦人が、家庭内のもめ事をクドクドと話しているようであった。自身の悲しみに触れると、彼女はハンカチを取り出して涙を拭いたりして、まったく政治家が演説しているようには見えない。舞台効果はこれによって大いに損なわれた。事後になって、「ご身分が傷つく」、「レベルが低い、悪い影響」[2]などのマイナス評価が多く現れた。そのような議論はのちに、告発されて、全員が「江青同志を攻撃した」「現行反革命」にされてしまったのである。私は名誉回復されてから、そのとき罪もないのに巻き添えになった正義の味方はいったいどれほどいたかを聞きとり調査をしたが、結局数えきれなかったのである。

法制社会において、甲が乙を迫害した場合は、せいぜい刑事案件として扱われる。起訴と判決の手順を経て罪が成立すれば、はじめて確定されるのである。しかしいま、江青が「郝斌は李訥を迫害した」を口にしただけで、それがいきなり政治事件となってしまったのである――当時は汎政治化の時代であり、政治事件は何よりも大きな問題であった。その夜の一〇時ごろ、彼女の一言で何らの法定手続きも必要とせず、私の「罪名」は板に釘付けされた如く確定されたのである。そして一般民衆、とくに青年学生の彼らの偉大なる指導者への敬愛は、直ちに私に対する怨恨へと転化したのであった。

この時、私は太平荘で長時間跪かされて、尋問者は新たな批判材料となる情報を私から聞き出そうとしていた。彼らはそれを、郝克明を糾弾する「弾薬」として校内へ持ち帰ろうとしていた。しかし、来ていた者はみな校内の労働者であり、尋問や証拠集めの術に手慣れておらず、事前準備もあまりしてこなかったようであった。いくつかの質問が繰り返され、私が一々答えてからは、会場が急に白けてしまい、質問が続かなくなったのである。ただし、彼ら一群は尋問は不得手だが、手を出すことには長けていた。尋問が行われた部屋はレンガ造りだったが、床はレンガではなく土間であった。私は跪いたまま頭を下げて質問に答えている最中に、突然、怒鳴り声と同時に、一本の手作りの長い槍が、私の体からわずか五〇センチほどの地面に、突き刺さった。水道管で作られた槍の胴体は二メートルもあり、まるで大きな音叉のように、私の目の前で揺れながらブーンブーンと音を立てた。この時の私は、まさに〔京劇の〕舞台で蘇三が歌っているように「恐ろしくてまさしく肝胆を寒からしめられ」たのであった。続いて、頭上と背中にありとあらゆるものが振り下ろされた。最後の蹴りで、私は跪いている姿勢も保てず、倒れてしまった。尋問者は帰る前に、私に自白書を書いて監視学生経由で提出するよう命じた。そして、私が部屋を出ようとすると彼らも一斉に私の後ろから出てきた。これには本当に驚かされた。部屋の外でまた何かされるのか、或いはどこかへ連れて行かれるのかと、不安に駆られた。当時、私たちの神経は絶えず緊張状態にあったのである。幸いにこれは不要な憂慮だとすぐに分かった。彼らは、日が暮れる前に北京大学へ戻らなければならなかった——北京大学と太平荘の間を日帰りするには、ギリギリの時間であったからである。両地間の距離が、私の災いを少し減らしてくれたのであった。

一つの災いが過ぎたとたんもう一つの災いがやってきた。ある日、起床してすぐに、監視学生について行くように命じられ、私は北京大学に連れ戻された。この時、一九六八年春の武力闘争を経て、キャンパス内はひっそりとしていた。道行く人も、私がここを離れた時より、だいぶ少なくなった。監視学生はまっすぐ、三号院の一〇一号室へ私を連れて行った。部屋に足を踏み入れると、爆発するような、スローガンの叫び声を浴びせられた。なんと、すでに部屋にはいっぱいの人が集まり、私の到着を待っていたのだ。批判会が始まり、意外にも発言に登壇したのは教員であった。しかも私と同じ教研室に所属し、親しくしていた同僚であった。

私たちの教研室には、中国現代史を担当する教員が全部で四人在籍し、四人は年中一緒に仕事をしていた。一九六六年の文革開始時、私が「牛棚」に入れられるまで、ここに登壇したこの同僚とは、すでに七年間も共に仕事をしていたのである。彼は、私の一年後輩で、普段から交流が多かった。その性格は少し内気であったが、時々雑談しに私の宿舎に来ていた。話をする時に、いつも近くまで体を寄せてくる癖があり、その点が私の習慣と合わず違和感があったが、彼の熱意や親近感からくるものと思い、我慢して受け入れていた。

一九六四年の秋、全国各地の農村では、俗には「四清」、正式には「農村社会主義教育運動」(3)といわれる運動が盛大に行われていた。標的にされたのは、人民公社の社員と同様に満足な食事さえできない、年中苦労している農村の幹部たちであった。運動の担い手は「四清工作組」——都市部から派遣された政府機関の幹部たちであるが、大学教員なども含まれていた。北京大学ではまた、「社会の実態に触れよ」ということで、四、五年生をも派遣した。これは別の話題となるため、ここでは詳述を控えよう。歴史学部の教師は大半この運動に動員され、私も行った。まさにこの「四清」運動のなかで、私は当時歴史学部の五年生であった李訥と同じ工作隊に配属され、仕事のなかで彼女と意見が分かれたり、言い争いもあったりしたことから、後に「李訥を迫害した」という罪を招いたのである。動員される前は、歴史学部で開講していた「中国通史」科目の現代史部分を、私は二年間担当していたが、校内に残っている低学年生の授業を中断してはならないので、教研室副主任の栄天琳は農村行きとなった私に代わって、前述したこの後輩に、講義を引き継ぐように指示した。後輩は初めてこの講義を担当するため準備が間に合わないとして、私の講義原稿を残していってほしいと、私の宿舎にやってきた。私は原稿を全部取り出して彼に手渡した。かなり分厚いもので

新北大

请看井冈山六纵教工支队中的国民党杂牌军

図 59 『新北大』(「牛鬼蛇神」批判)
「校文革」の機関紙『新北大』が 1968 年掲載した文章。私たち「牛鬼蛇神」を「国民党の非正規部隊」と貶めた。

あった。あれは革命の時代であるから、知識は自分一人の私有物ではないと誰もが思っていた。講義の原稿を他人に貸し出すことに何の躊躇もなかったのである。当時では、九割以上の人は私と同じ考えであったであろう。

しかし意外にも、四年足らずで三号院の一〇一号室において、私のそばに立ったこの後輩は、「黒幫分子郝斌の毛主席反対は偶然ではない、私の手には新たな証拠がある！」と言ったのだ。一般的には、学生の批判発言は意気軒昂であるが、大半は空論ばかりで聞きなれていた。大抵の場合は、頭をもっと低く垂らし、腰ももっと低く屈め、殴る蹴るを招かないようにして、終わりまでしのげばよかったのである。だが今回の発言者は教員であるこの後輩で、かつ「新たな証拠」をつかんでいると言う。私は内心では、そんなものはあるわけがないと思いながらも、やはり耳を傾けて詳細を聞いてみた。壇上の彼は、資料をサッと一振りしてみんなに見せ、「これが郝斌の授業に使った原稿だ！すべて彼の手書きだ！　少し読ませてもらおう」と言った。これを聞いて、私は少し不安になった。二〇数万字の原稿、しかも六、七年前に書いたものだから、今になって見ると、何か手落ちがあるかもしれない。もし本当に彼に瑕疵を見つけられたら、地獄への道をさらに一段、滑り落ちることになる。彼は原稿の一段落を読んだ。その発言の主旨は、郝斌が『毛沢東選集』を引用した際に、当時の習わしに従わず、「毛沢東同志のご指示によれば」、或いは「毛主席が我々に指導して曰《のたま》わく」という定番の文言を使わなかったというものである。私が「毛が言う」と書いていたというのである。彼は聴衆に向かって、「革命群衆の皆さん、聞いてください！　郝斌は偉大な指導者をアメリカ帝国主義者やソ連修正主義者と同じように『毛』と呼び捨てで呼んでいる！　彼はなんと反動的なのだ！」と言った。言いながらその原稿を振り上げて会場に見せ、続いて「見ろ！　自分の目で見ろ！」と、それを私の前に突き出した。

下にいる学生たちには見えないが、自分の書いたものだから、私は一目で分かった。それは講義原稿専用のマス目原稿用紙であった。私たち教員が歴史学部事務室の貴増祥さんのところで登録、署名をして受け取ってくるものであった。後輩が取り出したその一頁は、全マス目に字がすでに埋まったあと、書く場所がなくなったことで、余白部分に『毛沢東選集』から新たに引用した一文を付け加えたところである。余白は狭く、字も小さく書かなければならず、引用文を書き込むためにスペースを節約して冒頭は「毛――言う」だけを書いたのである。これは自分用の簡略した書き方で、実際の講義では、当然、習わしに従った呼称を用いたのである。今、この後輩が会場に読み聞かせた際に、「毛――言う」を「毛が言う」と読んだので、会場は一気に炎上した。「毛が言う」という言い方は、当時では、内部発行の『参考消息』(4)にしか見当たらない表現で、それは西側のメディアが毛沢東の文章を引用する際によく使用する言い方であった。偉大な指導者に対して西側の呼称を使ったとなれば、革命群衆にとって、とうてい容認できないことである。この時の会場には、椅子を押し動かす音が四方八方から響いた。というのは、批判会に出席した人たちは、教室でよく使われる片方の肘掛けに机が付いた椅子に座っていた。しかも隙間なく並べられていたからである。群衆は私に殴りかかろうとしたが、みんなが押し合い、椅子はガタガタと音を立ててぶつかり、結局誰も前に出られなかったのである。私はというと、前面からの襲撃を防ごうとして、体を丸めたのだが、突然、首の後ろから一撃を受け、立つこともできず地面に倒れてしまった。後輩は、一メートル九〇センチもある長身で、

図 60　三号院 101 号室前の廊下
1968 年 7 月、私はこの部屋で「単兵教練」された。「教練」終了後、廊下から三号院の入口まで、批判会参加者が立ち並び、狭い通路を作った。連行者は私の片腕を抑えながらその間を通過し、両側の人に殴る蹴るをさせた。

がっちりした体格であった。「体が大きければ力も十分」と俗に言われる通り、彼からのこの一撃は、強力で、思い切った勢いがあった。ずっと内気な人だと思っていた私の彼に対する長年の認識が、一気に吹き飛ばされたのであった。

批判会終了後、私は一〇一号室から連れ出された。驚いたのは、一〇一号室から三号院の入口まで、合わせて三〇メートルほどの距離だが、廊下も庭の小径も、両側が人で埋め尽くされていた。会場で引き起こされた群衆の怒りはまだ発散できず、それで道の両側には何層もの人垣ができていたのである。あたかも帝政ロシアの軍隊で兵士に「笞刑」を与えるように、私は人垣が作った狭い隙間を通らされた。本来ならば、二人で私の両腕をかかえ、後ろから押して連行するものだが、この時は、一人が前から私を引っ張るような形に変えるしかなかった。しかし実際は、引っ張るのではなく、私の片腕を抑えて速く進行できないようにし、両側の人たちに充分な、手を出す時間を与えたのである。私に残された唯一の自衛方法は、できる限り体を丸めて、背中と後頭部で襲撃を受け入れ、目と顔と胸をかばうという姿勢のみであった。しかし、予想を超え、下方から誰かが、私の睾丸に蹴りを入れたのだ。激痛で私は立てなくなり、すぐに倒れてしまった。続いて三号院の入口から、食堂の北門までの約二〇〇メートルの道のりは、二人の監視学生が私をそのまま引きずって行ったのである。

その学生二人は、食堂の窓口で飯を買い、食事が終われば、その日のうちに私を太平荘に連れ戻す予定であった。この時の私は、胸が燃えているように熱く感じられ、吐き気を催し、頭も裂かれるほど痛かった。しばらく空嘔吐を繰り返したら、服の前身と背中部分は、冷や汗でグッショリとなった。二人の学生が飯を買いに行こうと、手を放したとたん、私はぐったりと地面に倒れ込んだのであった。食事に来る学生たちが、周りを行き来していたが、せいぜい一瞥するだけで、誰も私に構ってくれなかった。地面は、洗い場から流れ出てきた水で濡れており、体の水に浸った部分はひんやりとし、苦痛がいくらか緩和されたように感じた。必死に立ち上がり、洗い場まで移動して、私は顔に冷たい水をかけてみた。少しはよくなったように感じ、さらに頭にも水をかけた。この時の気持ちはごくごくと水を飲みたかったが、理性では、我慢したほうがよいと、自分に言い聞かせた。まず冷たい水で繰り返して口を漱ぎ、最後に試しに少し水を飲み込み、さらに少し飲んだのである。監視学生は食事を済ませ、出発を促してきたので、私は上着全体を水で湿らせてから身に付けた。この時はどうしても我慢できずに、水を大きくひと口飲んでしまった。門を出た時に、監視学生の一人が、「こいつはなぜ幽鬼みたいな顔色をしているんだ」と、もう一人に言った。私は太平荘へ連れ戻されていった。

この「単兵教練」の日付けを知ったのは、ずいぶん時間が経ってからである。

二〇〇〇年代に入って、四〇年余りも経ってから、私に関する一つの資料を、友人が海外から送ってくれた。聶元梓の「紅色権力機構」の機関紙――『新北大』の一九六八年七月二六日版の複写であった。文章は「反革命の小悪党郝斌、謀反を妄想するな」と題し、冒頭の主旨にこう書かれていた。

二年前の今日、敬愛する江青同志は本校の万人大会で、革命隊列に混じり込んだ反革命分子郝斌の名を明かして引っ張り出し、無産階級の志気を高めた。我々は偉大な指導者毛主席への限りなき忠誠と江青同志への限りなき敬愛を抱いて、直ちにこの反革命分子を批判対象にし、彼に対してプロレタリア独裁を実施した。

文章はさらに続いた。

最近、新北大公社紅六団と歴史学部の革命師弟たちは、改めて反革命分子郝斌に対して批判闘争をした。大量の証拠を前に、郝斌はついに頭を垂れ、罪を認めた。

私は「単兵教練」を受けた時を、一九六八年の七月としか記憶しておらず、七月の何日なのか、この点については、事件の前も後も、深く考えていなかった——太平荘に閉じ込められていた私たちは、二週間に一回の半日休暇しか期待するものがなく、今日は何曜日かばかり数えていて、今日は何日だということを、気に掛ける者がほとんどいなかったのである。今やこの文章の掲載日が七月二六日であるという日付を見て、二年前江青が北京大学東グラウンドに来て講話したことを記念するものだと分かった。「七・二六」！「七・二六」！「七・二六」こそは私が心に刻むべき日付なのだ！　その日に、彼女は私の名前をさらし、一〇年間に及ぶ屈辱の生活をスタートさせたのだ！「七・二六」すら思いつかず、なんと間抜けな私、なんと不用心な私！　今日に至ってもなお、この件に触れるたびに、私は何度も自分を責め、自分を嘲るのである。

ここまで書いて、私の脳裏に思わず次のような推測が浮かんできた。自分が北京大学に連れ戻され「単兵教練」された日は、もしかしてこの「七・二六」ではないか、と。『新北大』の文章には、「最近……改めて郝斌に対して批判闘争をした」と、「教練」の日が「七・二六」の数日前であったかのように書いてあるが、今よく考えてみると、おそらく文章の原稿が事前にすでに用意され、「七・二六」の到来とともに、記念文章の発表と「単兵教練」とが同時実施されるのを待つのみの状態だったかもしれない。こうしてはじめて、記念活動が完璧と言えるのだ！　ただ、「郝斌はついに頭を垂れ、罪を認めた」の一句こそが、この文章の要であり、絶対欠くことができない要素である。この時は、書き手のずる賢い細工が役に立つのだ——本当は「七・二六」に「教練」を実施するけれども、報道では「教練」の日付けを少し繰り上げる。これは極めて容易なことであり、それによって、つじつまもあうようになるのである。

もし上記の推測が成立できれば、私はさらに「苦しい哉」のひと声を叫びあげたい。『北京大学紀事』によれば、私が「教練」された三六時間後あるいはもう少し後、即ち一九六八年七月二八日の早朝、毛沢東は北京諸大学学生造反派の「五大

新北大

反革命小丑郝斌休想翻天

図 61　『新北大』（郝斌批判）
「反革命の小悪党郝斌、謀反を妄想するな」と題したこの文章は、1968 年 7 月 26 日の『新北大』に掲載されていた。これは、その二年前の同日に、江青が北京大学東グラウンドの万人大会で、私が彼女の娘を「迫害」したと「訴え」た講話の 2 周年記念のためである。私が太平荘から北京大学へ連れ戻され、「単兵教練」されたのは、おそらく同じ日であろう。

リーダー」[5]を談話に呼び出し、大学で「軍管」〔軍宣隊による管理〕を実施する予定を知らせた[6]。私たちを「教練」した人たちは、その後、自分のことすら顧みる暇がなくなり、「教練」する余裕もなくなっていくのであった。私は運悪く、この「教練」の最終電車に乗り合わせてしまったのである！　記憶をたどってみると、確かに、私の後に、誰かが大学へ連れ戻されて「単兵教練」されたことがなかったのだ。『新北大』の文章にいう「大量の証拠」とは、書き手のずる賢いもう一筆であろう。後輩がさし示した「毛」という一文字の呼称は、当時の思考様式と文章の書き方で「罪の証拠」としても成り立つならば、「大量」と称しても足りないことはない。当日の「教練」会場では、ほかの人たちは手や足を出しただけであり、登壇して口を開いたのは、ほかに誰一人おらず、ただあの後輩一人のみではあるまいか！

次は改めて呼称のことについて考えてみよう。姓だけで人を呼ぶのが外国の習慣である。中国人はこのような呼び方はしない。私の現在の隣人の一人は、娘が西洋人と結婚したので、その娘婿は苗字だけで彼女を呼ぶのである。すでに長年となったが、いまだにその呼び方に慣れず、変な感じがすると隣人は言う。この隣人は、生涯にわたって英文学を研究しており、海外での長期滞在も少なくなかった。私よりも西洋文化に多く接してきた人である。今すでに七〇歳を超えた彼女は、この呼称をやむなく受け入れているが、いまだに違和感を覚えているというのである。では、四〇年前の郝某が、自ら進んでこのような呼称を使うことは果たしてありえただろうか？　後輩よ、よくもそんなことを思いついたものだ。

一九六九年の夏、私は「牛棚」から解放され、一〇月に北京大学の二〇〇〇名の教職員とともに、江西省南昌県鯉魚洲の幹部学校に赴き、労働に従事した。江西へ行く前に、この後輩は再び私の部屋に入ってきた。私のあの原稿を返すためであった。彼はまた、「私の脳裏に無政府主義の魔がさして、あなたを殴ってしまった。これは過ちであり、私はお詫びを申し上げる」と言ったのである。

軍宣隊、工宣隊[7]が校内に入ってからは、両派の間の溝を埋めようと、互いに暴力をふるったことがあり、恨みを抱いている学生に、過去のわだかまりを捨て、一致団結するように呼び掛けていた。以前の仲違いを取り除く方法としては、「ともにブルジョア階級の派閥性と無政府主義に攻撃せよ」と呼びかけ、さらに下記の具体的な行動様式をも提案した。わだかまりを持つ双方のどちらからでも、相手に「ブルジョア階級の派閥性」あるいは「無政府主義が脳裏を襲っていた」とさえ言えば、まじめな反省と見なされ、「政治路線または原則にのっとった」ものだと判断される。もう一方がこの話を聞けば、異議を唱えることなく、直ちにそれを受け入れ、さらに「あなたほどの品位がなく」、「私が出遅れだ」などと言わなければならないのである。しかし、後輩の「反省」を聞いた私は、現に規定の用意されている応答様式があるにもかかわらず、心の中でうまく表現できないモヤモヤ感が残っているゆえ、口で「うん、うん」と返事をしただけで、彼に答える言葉は結局、見つからなかった。彼が出て行ってから、私はやっとそのモヤモヤの正体を突き止めた。彼が私を殴った理由は、無政府主義が祟った結果であろうか？　さらに二年が経ち、一九七一年の秋、私は鯉魚洲から大学へ戻り、再びこの後輩と一緒になった。たまに遇って話をすると、彼は依然として体をこちらに寄せてくるのであった。しかし、この時の私は、思わず自分の体を後ろにひき、さらに後ずさりするのであった。

前に述べたように、周一良先生は、当初雑誌『読書』に発表し、後に『郊叟曝言』に収めた「また言いたい話」のなかで、高海林の「軍師」である「歴史学部のある教員」について言及した。その教員とは、つまり私のこの後輩のことである。彼は一九六六年七月に、周先生の考証論文「乞活考」が国民党のために計略を提案したという旨の大字報を貼り出し、一九六八年に、また高海林を連れて「牛棚」に行って周先生にこの「反革命意図」を認めさせようとした。周先生は終始、否定した。このことについては、「牛棚」を出てから晩年に至っても、周先生は胸のつかえを下ろせなかったのである。

まさに、

太平荘作都察院　長跪受審　　太平荘は都察院となり　長跪《ちょうき》して審を受く

大学弟上批闘会　出語如刀　　大学弟　批闘会に上がり　語を出すこと刀の如し

注

（1）「三堂会審」は、京劇『玉堂春』の一節である。主人公の蘇三という女性は、濡れ衣を着せられ、跪かされて四〇分にわたる尋問を受ける内容である。

（2）【原注】楊勳『心路・良知的命運』一五三頁、新華出版社、二〇〇四年。

（3）一九六三年から六六年の春にかけて全国範囲で行われた。文化大革命の前奏曲である。初めは人民公社の帳簿、倉庫、財産、労働点数を、一九六五年以降は政治、経済、組織、思想を総点検することであった。

（4）『参考消息』、一九三一年創刊された中国の新華社が発行する日刊紙で、世界各地の政治、経済、社会、文化など各方面のニュースと論評のダイジェストを掲載する。かつては『人民日報』など一般の新聞にはあまり掲載されない海外情報などが得られるものとして、「内部刊行物につき取扱い注意」の断り書きがあり、読者が制限されていた。

（5）【原注】即ち、北京大学の聶元梓、清華大学の蒯大富《かいたいふ》、北京師範大学の譚厚蘭《たんこうらん》、北京航空学院の韓愛晶、北京地質学院の王大賓。

（6）【原注】王学珍・王效挺・黄文一・郭建栄主編『北京大学紀事（一八九八―一九九七）』下冊、六七二頁、北京大学出版社、一九九八年。

（7）【原注】「労働者毛沢東思想宣伝隊」の略称。軍宣隊の仕事に協力するために、一九六八年の夏に軍宣隊と同時に北京の諸大学に進駐した。両者をあわせて「労働者解放軍毛沢東思想宣伝隊」とも称される。

一五　「山花爛漫」——手紙事件

一九六八年秋のはじめ、太平荘の監督管理が突然、緩んできた。私は、山の畑に水をやりに行った。ポンプの出力が弱いため水の流れが細く、一つの畑でも長時間かかったので、私は畦に座り、正午の太陽を浴びて、ついに寝てしまった。監視学生が来て私が寝ているのを見たが、ちょっと注意しただけで、以前のように騒ぎたてることはしなかった。私たちは徐々に、監視学生が頻繁に入れ替わるようになり、次第に病弱な者になっていることに気づいた。なるほど、学内に大きな動きがあった。軍宣隊が入ってきたため、「校文革」はもう権力を握ることができなくなっていたのである。軍宣隊は学生に対し厳しい指導を行い、政治活動の欠席を許さず、ノイローゼで睡眠障害のある数人だけに太平荘での療養を許し、ついでに私たちを監視させていたのであった。

一〇月中旬、命令に従って、私たちは全員荷物をまとめて大学に戻らされ、三号院の一〇一号室に入れられた。部屋のなかには上下二段のベッドが置かれてており、年長者の楊人楩《ようじんべん》、商鴻逵《しょうこうき》、鄧広銘、邵循正、周一良、閻文儒《えんぶんじゅ》、楊済安、栄天琳、徐華民、陳仲夫が下のベッドに、そのほかの高望之、張注洪、羅栄渠《らえいきょ》、夏応元、孫機、呂遵諤《りょじゅんがく》、謝有実と私が上のベッドに寝起きするようになった。ただ一人の学生だった楊紹明はすでに「牛棚」を離れて、彼のクラスに戻っていた。

しばらくして、もう一人の学生・姚成玉が送られてきた。その頃は、毎日のように大字報を書くため、学生宿舎の各部屋には、紙・墨・筆などが置いてあった。姚成玉は筆を使って新聞紙に字を書いたりすることが好きで、一枚の新聞紙はたちまち真っ黒になってしまう。しかし、予想外のこと、ある人物が彼の書いた多くの文字のなかから、横から見たり縦から見たりして、なんと「江」「青」「打」「倒」という四文字を探し出した。その紙が届けられると、軍宣隊は直ちに姚成玉を呼び出し、彼を摘発した数人の学生をまえに、「誰の字か」と訊問した。姚成玉は一目見ただけで、迷わず「私が書いた」と答えた。すると、彼も三号院に送られ、私たちの一員になった。彼は出身が貧しく、いわゆる「根紅苗正」の者なのに、どうして些細なことで、監視の対象にされたのだろうか。彼は納得できず、生活や労働に際して、すでにひどい目に慣れてきた私たちと違い、「牛棚」のルールに従わなかった。ある穏やかそうな工宣隊員が私たちの部屋に来て彼を慰め、次のような話までした。「あなたはここで数日間に悔しい思いをしているが、たいしたことではないよ。いま、ここを出ても、いいことがあるものか」と。そばで数回にわたってこの話を聞いているうちに、私たちにもだんだん事情がわかってきた。なるほど、両派に分かれていた学生のグループ、〔つまり〕「新北大公社」と「井岡山兵団」は、なお激しく対立している。相手方が姚成玉をやり玉に挙げたのは、動かぬ証拠を掴んだため、軍宣隊も工宣隊もその対応に困っていた。仕方なく、彼を三号院に送ることによって、事態の更なる拡大を避けるためであった。彼が書いたあの四文字については、工宣隊の隊員を含めて、誰もが口にすることはなかった。あの時代では、誰かがその数文字を口にしただけで、直ちに「現行反革命」のレッテルを貼られてしまうからである。しかも、この四文字が、横から縦からあの手この手を駆使して、ようやく「罪証」の一文とされたことは、その二人の会話をもとに、私たちは容易に推測できた。二〇〇八年に北京大学出版社より刊行された『北京大学紀事』の「一九六八年一〇月一八日」の条には次の記載がある。

宣伝隊は万人大会を開き、教職員の親族一名と学生一名（歴史学部）を、江青夫人を攻撃する「現行反革命分子」として批判した。その場で、一人は警察に身柄を送られ、一人は群衆の監視対象にされた。

ここで記されている歴史学部の学生は、おそらく姚成玉のことである。いわゆる「群衆の監視対象にされた」とは、三号院一〇一室に送られ、私たちの一員になったことである。私は上記の記事を読んでから、姚成玉が送られて来る前に、東グラウンドでの万人大会で批判を受けたことをはじめて知った。

話は一九六八年の秋に戻る。私たちは依然として、日中には労働をし、夜には『毛沢東選集』を勉強し「自らの罪を認める」ことを互いに話し合う。朝食のあと、私たちがキャンパスのどこかに連れて行かれ、労働内容の指示を受ける。その後、いわゆる「報告人」（連絡係）の指示のもとで労働をして、昼食の時間になって、整列して三号院に戻る。午後も同じであった。その頃のキャンパスは混乱を極めていた。二ヵ月前、対立する「新北大公社」と「井岡山兵団」の両グループは再度武力衝突をし、規模は春の武力衝突をはるかに上回った。双方は攻防を繰り返した。断水と断電があれば、反断水と反断電もあった。双方の衝突は、近代的技術のレベルも高かった。学生宿舎二棟の四階と四階との間をブリッジでつなぎ、地下にトンネルも掘った。武力衝突の痕跡は、当時至るところに見られた。学生宿舎二九号楼一階の南側の門と窓は、すべて板で覆われた。これは、防御のための措置であった。三七号楼の屋根のところどころは瓦が剝ぎ取られ、パチンコの「弾丸」として利用され、数百メートル外の地面には、その破片が散乱していた。これは、攻撃の武器であった。要するに、キャンパス内で私たちが命じられた片附けの仕事は、終わることがないものであった。その時には、監視の学生もおらず、宣伝隊も来なかった。私たちが寝起きしている一〇一号室は大部屋で、三号院南側の廊下の突き当りにあった。隣の一〇二号室は小部屋で、守衛室として工宣隊員一人と学生一人が宿泊している。その工宣隊員は夜に寝るだけで、日中、電話のベルが鳴っても、出る人はいない時が多かった。

ある日の夕方、急に工宣隊員二人と学生二人が来て、二つのことを言った。一つ目は、各自が持っている小さな鋏、ひげそり、荷物をまとめるためのロープ、睡眠薬を提出する。睡眠薬は守衛室に保管され、毎晩必要な量をとりに行く、ということであった。二つ目は、消灯後、外から錠をかけ、夜間にトイレに行くことも禁止するので、夕方にはあまり水を飲まないように、ということであった。翌日の午前、私たちはキャンパス内に労働をしに行くときに、真新しいスローガンを見た。それにはそれぞれ一平方メートルほどの大きさの字で、「呉維能は自ら人民と絶するが、死んでも余罪あり」とあった。後日、私は大学の歴史資料から、呉維能が一九六八年一一月四日に死亡したということを知った。姚成玉に対する批判及び呉維能の自殺の日付から推測して、私たちが太平荘から大学に戻り、三号院に収容されるようになったのは、その年の一〇月中旬のことであったであろうと思われる。

呉維能は江蘇省の農家の出身で、一九五三年に私と同時に北京大学歴史学部に入学した。入学する前に三、四年間の仕事歴があったため、彼は私より年上であった。入学時に行った健診で、肺結核にかかっていることがわかり、休学になった。そのため、彼と同じクラスで勉強したのは二、三ヵ月しかなかった。一年後、彼は大学に復学し、私より一つ下の学年になったが、欠席が多かった。その後、歴史学部の事務室に人員不足もあり、彼は退学して事務員になった。私が卒業する年には、彼はすでに歴史学部事務室の長になっていた。一九五八年、帰省から大学に戻ってきた彼は、同僚に農村の実情を話した。それは、農業の生産量はそれほど高くなく、人民公社の食堂では満足な食事ができないため、父がいつも飢餓の状態にあるという話であった。一九五九年、上層部では彭徳懐を批判するが、歴史学部では呉維能を批判した。その時、彼の出身家庭が「富裕中農」であったことが明らかになった。当時の言い方からすれば、これは、彼が「右傾機会主義分子」になった「階級的根源」であった。文革になって、かつて呉維能に対する批判を指示した許師謙・徐華民がみな「黒幇分子」になり、批判される対象になったので、呉維能は解放感を持つようになった。「黒幇」の人たちが推し進めたのは修正主義の路線とされていたが、「路線をめぐる闘争はなにより重要だ」と唱える年代においては、黒幇から批判を受けた者は、当然のこととして、「正しい路線」の代表と見なされる。これはあの時代の「政治ロジック学」の基本原理であった。「歴史学部文化革命委員会」が成立したときに、その時勢に乗り、呉維能はその長に就任した。こうして、彼は、遠慮しているように見せかけながら、その座に就き、文革の先頭に立つようになった。その時代の歴史学部のトップとして、目まぐるしく変化する情勢のなかで、彼は時に文革の波にさらわれ、時には自ら文革を推進しようとした。このような状況が約二年間続いたが、宣伝隊が大学に入ってから、潮目が変わり、大学と各学部にあった「文革委員会」は権力を失った。宣伝隊は「革命の徹底」を掲げ、大学に進駐してすぐさま「陸平の手先を一掃する」運動を展開した。運動の趣旨は、批判の対象に未だなっていない陸平時代の管理職を引っ張り出して批判することにあった。歴史学部にある「陸平の手先」で打倒すべき許師謙・周一良・徐華民は二年前からすでに批判を受け、失脚していた。このとき、周囲を見渡せば、「天低呉楚、眼空無物」[1]〔天低く　呉楚、眼空なり　物無し〕のように、批判対象に未だされていないのは、文革の前に歴史学部事務室の長と共産党総支部委員を務めていた呉維能しかいなかった。すると、呉維能は隔離され、審査と訊問を受け、ついに「一掃する」対象になってしまった。それに耐えられなかった彼は、自転車で校外に行き、農薬を飲んで田んぼに倒れて亡くなった。牛鬼蛇神の私たちはその内情を知らず、太平荘から大学に戻り、宣伝隊が中央から派遣されたものだと思いつつ、解放されるのを期待していた。しかし、その思いも空しく、宣伝隊と会うことさえできなかった。ここにきてようやくわかったのは、彼らは「陸平の手先を一掃する」運動に没頭していて、私たちのような牛鬼蛇神のことを考える余裕がなかったということである。

　しばらくして、翌日からボイラー室で労働をするようにという宣伝隊の通知が来た。工宣隊員の一人が、体力に応じて私たちを三つのグループに分けた。私たちはグループ単位で、八時間交代で働いた。具体的な仕事内容は、ボイラー室の指示による。中国北部では冬が長く、室内には暖房が欠かせない。北京の場合、毎年の一一月一五日から翌年の三月一五日までの約四ヵ月間、暖房が提供される。北京大学ではキャンパス内の数ヵ所にボイラー室があり、それぞれの区域を対象に暖房を提供する。私たちの働き場所は四四号楼の向かい側にある、男子学生寮のためのボイラー室であった。ボイラー室での仕事の要は、火の強弱を調節し、水温をコントロールすることである。この仕事はボイラーマンが行い、私たちはその補助作業を行う。ボイラー室のなかに、ランカシャーボイラーが三つあり、二つを運転させ、一つは予備である。ボイラーの前は狭く、手押し車一台がやっと入るスペースしかなかった。温度を上げるときには、手押し車三台を使って、室外から数分以内に石炭を積み、ハイスピードでボイラーの前に運び、スコップで石炭を入れる。石炭を均等に入れれば、ボイラー内の温度も均等に上がる。それが終わると、残りは些細な仕事だけであった。その時に、座って雑談することさえできる。毎日、午前四時と午後四時、二回の「起砟《チージャア》」、つまり高温で固まった石炭の燃え殻を熱いうちに小さく砕いて、ボイラーから取り出す作業があった。石炭の燃え殻を取り出すためボイラーの扉を開き作業は迅速にしなければ、燃え殻は大きく固まってしまい、取り出せなくなる。新たに石炭を入れることもできなくなり、水温が下がってしまう。低温になってから再び加熱すると、長時間かかり、過失扱いになる。取り出してすぐ手押し車に積んだ石炭の燃え殻は、温度が高くて真っ赤であった。その時、私たちはシャツ一枚だけでも汗だくであった。ボイラー室のドアを開け、外に行くと、真正面から冷たい風が吹いでくる。ボイラーの前とボイラー室の外とは、一〇歩ほどの距離だが、温度差は四〇度以上もあった。まさに「火烤胸前暖、風吹背後寒」[2]〔火は胸前を烤《あぶ》りて暖かく、風は背後を吹きて寒し〕のようで本当に大変だった。このように出たり入ったりして、冷暖が頻繁に交代されているが、私たちのなかで風邪をひいた人は少なかった。
ボイラー室の仕事は、私たちの生活様式を変え、「牛棚」の雰囲気も幾分変えた。毎日三つのグループが交代して出勤することにより、部屋のなかでは常に誰かが寝て、誰かが食べて、誰かが洗濯をしている。工宣隊員がなかに入ってきても、人が寝ているのを見て、話をするときに声を低くする。彼らは工場でこのような経験があり、人を休ませなければならないことをわかっている。その影響で、監視学生が入ってきても、声を低くする。

図 62　ボイラー室の跡地
かつてボイラー室があった場所、今は学生宿舎区域の総合商店。当時は 3 台のランカシャーボイラーがあり、冬の男子学生寮に暖房を提供していた。1968 年冬、私たちはここで働き、監視者はおらず、その上シャワーを浴びることができ、3 年間の「牛棚」生活のなかでもっとも気分が楽だった。

毎週のようにある「学習座談」の名目で行う反省会でも、状況は昔と異なった。考えてもみよう。同じ部屋のなかに、こちらで座談する人がいるが、そのそばでいびきをしながら寝ている人や洗面器をもって出入する人がいれば、「牛棚」の本来の雰囲気は維持できなくなった。ボイラー室の仕事にはいいことがもう一つあった。それは、仕事が終わるときに、思う存分にシャワーを浴びられることであった。ボイラーのなかにはお湯があり、室内の温度もちょうどいい。シャワーをする場所は一人しか入れない狭いところで、扉から冷たい風も入ってくるが、そのすべてが我慢できる。退勤前のシャワーはボイラー仕事の特典であり、決まりでもあった。そうしなければ、耳や髪を含む体中から、数百グラムの石炭の灰が出てくる。毎日シャワーをしていれば、毎日着替えるようになり、みな以前のようなだらしない格好ではなく、髭剃りをもするようになった。「牛棚」に一緒にいるのが二年になっていたが、互いに相手が身ぎれいになったように感じたものだった。数年間、鏡とは無縁だった私たちは、いまになってそれを使おうと思いはじめた。歩く時も、話す時も自ら少しながら人間らしくなってきたように感じていた。

ボイラー室で数ヵ月にわたり労働をしたが、一九六九年三月一五日になって暖房シーズンが終わり、私たちは以前の状態に戻った。「戻った」とはいえ、昔のままではなかった。ボイラー室で労働している間に、外部のニュースをたくさんキャッチするようになった。特に、外文楼の北側にあった「黒大院」、すなわち季羨林先生が『牛棚雑憶』で言及したその「牛棚」に拘束されていた人たちはみな、解放されて各自の学部に帰った。これは重大なニュースであった。私たちはこうしたニュースから様々なことを読み取り、拘束されている自分の身分に甘んじていることが次第にできなくなった。私たちは昼にはキャンパス内で労働、夜には『毛沢東選集』の学習と「認罪」心得を話し合う。しかし、よく聞くと――私たちにしか聞こえないのかもしれないが、「認罪」、「改造」の類の話はいつものようにあったが、その声と表情は変わっていた。それらはただの「前置き」や「後書き」にすぎず、話の中身は別のものになってしまっていた。監視学生がいない時には、私たちは前より気楽にしゃべるようになった。ある日の話題は「共産党への認識」というものであった。周一良先生はこう言った。一九四八年の秋、清華大学が人民解放軍に包囲された時に、彼は共産党が政権を握ると、大学が必ず解散され、教授も失業してしまうので、どうすれば生活できるかについて、その選択肢をいろいろと考えていた、と。周先生の最後の選択肢は、輪タクつまり三輪車の車夫になることであった。当時、北平市内の公共交通手段はバス、路面電車のほか、輪タクしかなかった。輪タクの仕事を一日すれば、トウモロコシ粉一、二キロ相当の収入があり、お粥にすれば、かろうじて一家を養うことができる。周先生が言うには、当時三五歳で北平郊外の清華園から都心部の東単まで輪タクをこぐ体力があった。しかし、共産党が来て、大学は従来通り教育を行い、教授の身分も維持することができ、給料も増やされ以前の何倍にもなった。彼はその体験から、共産党は知識人を重視しているが、問題は自分は、思想改造をできず、持っている知識は「封建主義・ブルジョア階級・修正主義」のものであり、結果として「ブルジョア階級の反動的学術権威」になってしまった。今後、身も心もすっかり入れかえ、徹底的に改造するのだ、と。周先生が言ったのは大して的外れではなかった。

　鄧広銘先生も続いてこの話題について発言した。清華大学が包囲されて一ヵ月後の一九四八年一二月、彼は北平市内に住んでいた。北平市も包囲され、外部との連絡がほとんど絶たれて、東単のグラウンドだけが何日間も小型飛行機の発着が続いていた。すでに南京に脱出していた北京大学胡適学長の手紙とリストが送られ、リストに載っている人のみが飛行機に搭乗することが許された(3)。リストに記載された者は北京大学の教授が多かった。中央研究院院士、北京大学文学院・理学院・法学院・農学院・工学院・医学院の院長および有名教授はみな、そのリストに載っていた。しかし、実際に飛行機に乗って北平を脱出した者は少なかった。鄧先生はこう言った。「リストには私の名前もあった。しかし、私は行かなかった。それは、共産党への認識によるものではなかった。葉名琛《ようめいしん》(4)はかつて広州在任中にこういう言葉を残した。一つは、『戦わず、講和せず、守らず』というものであった。私は軍人ではないため、戦い・講和・守備について言う資格はない。ゆえにこの言葉は私と関係がない。もう一つは、『死なず、降伏せず、逃亡せず』というものであった。『死なず』とは、蒋介石との付き合いもなく、死を以て蒋介石に殉ずるのはありえない、とのことであった。『降伏せず』とは、自分は北平の守備司令官の傅作義と違い、共産党が私のことを知らないため、たとえ降伏しても、向こうは受け入れようがない。ゆえに、私が選んだ方針は『逃亡せず』であった」。鄧広銘先生が引用したこの二つの言葉は、アロー戦争の際に葉名琛が採った広州防衛策に対する後世の評価の一つであった。葉名琛は咸豊年間の両広総督であり、プライドが高く大言壮語を好んだ。公務処理にあたり、段取りなどについて一切考えないのが有名であった。逃走中の犯人を逮捕するため、彼の命令を受けた役人が無断でイギリス商船に乗り込み、イギリスの国旗を降ろさせるほどの勢いであった。しかし、イギリス軍が報復に出たとき、彼はそれに抵抗するための準備をまったくしていなかったので、広州は陥落した（一八五八）。彼は捕虜になった。イギリス軍は彼を香港、そしてインドのコルカタに送り、清朝の官服を着せたまま檻に入れ、展示品として人に見物させた。聞くところによると、入場料もとられたらしい。彼は幽閉されたままインドで亡くなった。鄧広銘先生は葉名琛のこの二つの言葉を引用した後こう言った。「私が飛行機に乗って脱出しなかったのは、共産党への正しい認識があったからではなく、半分ぐらいは葉名琛であったからであった」と。そこに同席した工宣隊員は鄧広銘先生の話を聞いて、理解したふりをしていたが、実はわかっていなかった。ただ、鄧広銘先生を非難することはなかった。しかも、鄧広銘先生が用意されていた飛行機に乗らなかったことに対し、幾分称賛の意さえ示した。

それからしばらく経った一九六九年四月のある夜、学内の有線放送は中国共産党第九回全国代表大会のコミュニケを放送した。それによって、毛沢東と林彪《りんぴょう》がそれぞれ共産党中央委員会の主席と副主席に選出されたことを知った。放送が終了するやいなや、太鼓や銅鑼などの音が遠くから聞こえてきた。まもなく、キャンパス内でそれを祝うための行進が次々に始まった。私たちが起居している三号院は、交差点にあたり、そこを行進していくグループが多かった。「九回大会の勝利開催を祝う！」「毛主席の革命路線の勝利、万歳！」などのスローガンが大声で叫ばれ、太鼓の音は窓のすぐ外で響き、それが二時間も続いた。部屋のなかにいた私たち約二〇人は落ち着かず、それぞれ『毛沢東選集』を手に、ぼう然とベッドに座っていた。おそらく今夜はもう眠れないだろう。一〇時になり、外の声が一時小さくなり、連絡係の謝有実がこう言いだした。「みなさん、これを機に早く寝よう。明日もまた労働があるから」と。その時は、決まった消灯時刻の三〇分前であった。私たちは、監視者に発覚すれば、困るのではないかと心配した。謝有実は「皆さんが五分以内に就寝して、私が明かりを消します。監視者から質されれば、謝有実が消したと言ってください」と言った。私たちは横になったが、眠ることはなかなかできなかった。突然、ドアの開く音がして、電灯がついた。監視学生が大声で叫んだ。「起きろ！　起きろ！　だれが寝て良いと言った？　服を着て、さっさとベッドから降りろ！」と。私たちは言われる通りにした。しかし、その時、謝有実は全責任を負い、自分が皆さんに早く寝るようにと言ったと報告した。監視学生は責任をとる人が出てくるのを予想もしなかったので、怒りのあまり大声で怒鳴った。「共産党第九回全国代表大会が招集され、革命群衆が嬉しくそれを祝うためのパレードをしているのに、貴様たちがベッドで寝ているのはどういうことだ」。謝有実はすぐさま言い返した。「報告します！　人民が喜ぶ時は、反革命分子が苦しむ時である[5]。敢えて革命群衆と同じように喜ぶことはできない」と。謝有実が引用したのは、毛沢東の語録の一節である。

その語録はその時代において無上の威力を有したため、監視学生はこれを聞いて、しばらく返答することすらできなかった。やむを得ず、少し叱責したのち、腕時計を見て、「もう寝ていい」と言いながら、この茶番劇を終わらせた。

約三年近くの「牛棚」生活のなかで、私たちは監視学生に対しひと言の反論もできなかった。しかし、今日は謝有実が意外にも反論し、しかも危険を無事に乗り越え勝利を収めた。彼はその場で思いついて毛沢東の語録を口にした。その場面は、まるで『封神榜《ほうしんぼう》』(6)の中の二人が法術をもって対戦する場面に似ていた。その一人はそもそも妖魔であり、突然神通力のある宝物を探し出した。相手の天神はこれに抵抗できずに逃げてしまったのである。これは「牛棚」のなかの数少ないユーモアの一つ、しかも牛鬼蛇神が監視学生をバカにしたユーモアであった。

しかし謝有実が口にした「人民が喜ぶ時は、反革命分子が苦しむ時である」という語句は、私の痛いところをついたのである。共産党の第九回全国代表大会が終了した後、新しい政治局の構成員名簿が公表され、そのなかに江青の名前があった。それまでの彼女は「中央文革小組」の副組長であり、権勢を振るってすでに三年が経っていたが、私はわずかな希望を持っていた。それは、「中央文革小組」は所詮、臨時的な機構に過ぎず、文革が終わると何か変化があるのではないかという希望があった。心の奥底でこのわずかな希望を持ち続け、必死になって毎日の生活を支えていた。いまになって、江青は中央政治局委員に選出された。それは、権威のある安定したポストであった。ということは、苦境から脱する望みはもはや期待できない。「時日曷喪、吾与汝偕亡」(7)（時の日曷《いつ》か喪《ほろ》びん、吾 汝と偕《とも》に亡びん」という心の奥底に隠していた声が時々聞こえていたのは、私だけであっただろうか。

拘束地を太平荘から北京大学に切り替えられた時に、私は家族宛てに手紙を出し、新しい住所を知らせ、糧票と呼ばれる食料切符を北京大学歴史学部気付で郵送するようにと知らせておいた。その後数ヵ月、私は手紙を出さなかった。この頃、私は家族が心配しているにちがいないので、何かの理由をつけて手紙を出そうと考えた。しかし、それが禍を引き起こしてしまったのである。

当時、手紙についての規定は次の通りであった。手紙を書き、監視者による審査を受け、パスした手紙を封筒に入れ、切手を貼って投函するのであった。私は手紙に、これから毎月糧票をさらに一キログラム分多く送るようにと書いた。こう書けば、正当な理由であり却下される恐れがないからであった。予想通りに、審査はパスした。私はその手紙を持って部屋に戻り、紙の余白に「こちらは心配ない。山花の爛漫たる季節に会えるかもしれない」との一行を書き加えた。その「山花の爛漫たる季節」とは、北京の四月から六月の間を指し、それを使って家族を安心させるためであった。しかし、封筒に封をして切手を貼るためには、監視者のいる部屋に糊を借りに行かねばならない。当時は、石鹸、歯磨き粉を除いて、いわゆる生活用具はまったく持っておらず、糊ももちろん持っていなかった。喫煙者であればタバコひと箱、マッチひと箱を多めにもっていただけであった。

私が遭った災いはしばらく置いて、ここで「牛棚」のタバコ事情を少し紹介しておきたい。「牛鬼蛇神」の喫煙者に対し許されたのは、最も安い、品質の良くないタバコであった。高望之はいつも白紙の包装でひと箱〇・〇七元の商標のないタバコを吸っていて、たまにはひと箱〇・一一元の「緑葉」(8)というタバコを買うのであった。謝有実、呂遵諤は巻タバコをやめて葉タバコを吸うようになった。呂遵諤はそのタバコの葉を小まめにパイプに入れて吸う。謝有実は自分で薄い紙を使って乾燥したタバコを巻いて、巻タバコとして吸った。彼はとても器用で、軽く巻いて上手に作っていた。まるで中国北部の人間が、皮が薄く具を多めに入れてギョウザを作るように。「牛棚」にいる私たちに何ができようか。労働・叱責・食事・睡眠を除いて、残るはただ一つ、つまり『毛沢東選集』を手に、仏教徒のように趺坐《あぐら》するのみであった。心のなかではいろいろと考えているが、その姿勢しか許されなかった。その時になって、私たちは呂遵諤がパイプにタバコの葉を入れ、謝有実が巻タバコを作るのを見て、少しうらやましかった。というのは、彼らの両手はわずかながら自由に動くことができ、得がたい運動ができたからである。邵循正、楊人楩《ようじんべん》の両先生はかつて「大中華」か「大前門」しか吸わなかった。それは、ひと箱〇・三〇元ないし〇・四〇元をも要する高価なものであった。「牛棚」に入ってからは、安物に降格せざるを得ず、「緑葉」を吸うようになっていた。しかし時間が経つと、新しい発見があった。楊人楩先生がもし机の下からタバコを取り出して咥《くわ》えるのであれば、間違いなくひと箱〇・一五元の「恒大」であるが、包装紙は「緑葉」のものであった。これは監視学生の目を避け、私たちのなかの密告者を警戒するためであった。

先ほどの、私が失敗した糊の話に戻そう。その時、給料の支払いはすべて中止になり、毎月もらえるのは生活費としての一二元であった。食費に充てるのにはなんとか足りるが、石鹸・歯磨き粉は節約しなければならない。二、三カ月に一度しか使わない糊を買う人はいなかった。幸いにも監視役の部屋に事務用のノリがあり、借りに行けばよい。そのため、私は危険を冒して、審査合格の手紙に先の一行を書き加えた。その日はすべてが計算通りであった。私は手紙に封をし、労働へ行く途中で郵便ポストの前を通った時に、許可を得て列を出て手紙を投函した。やりたいことができたので、心中はうれしかった。

数日後、監視学生が私を呼び出した。有無を言わさず私を第二教室棟の階段教室まで連行した。そこに大勢の人が座っていたのを見て、批判会だと分かった。私は黒板の前に引きずり出された。工宣隊はかつて、「黒幫」に対し体罰刑を使ってはならず、「文闘」つまり口頭での批判だけが許されると指示したのであった。それにもかかわらず、今日は、依然として「ジェット式」[9]であった。しかし、批判されてからもう三年が経ち、批判できるものはもうすでになくなったではないか、と私は腑に落ちなかった。司会者は冒頭から今日の趣旨を踏まえてこう宣言した。「反革命分子の郝斌が現体制を転覆しようとする陰謀を批判する大会をこれから始めます」。私はそれを聞き、ますますわからなくなった。ある人が壇上に登り、一枚の紙を取り出してこう言った。「これは反革命分子の郝斌が監視者の目を盗んで彼の妻に出した反逆の意思を隠している手紙だ。彼はなんと、『山花の爛漫たる時　待到らば、她《かのじょ》　叢《はなむら》にありて笑《え》まん』と企てていた。郝斌、聞け！　我々はお前に厳正に告げる！　革命群衆はお前を打倒して、さらに踏んでやるのだ！　転覆などありえない白日夢だ！」と。私はようやく分かった。私が書いた手紙はいま彼らの手に落ちていたのである。しかし、私はその手紙を間違いなく投函したのに、手順のどこにミスがあったのだろうか。もしかして家族になにかあったのだろうか。

その時の私の心境はとりあえず置いておこう。読者には以上の内容だけでは分かりにくいかもしれない。つまり私としては、「山花の爛漫」の頃に会えるかもしれないとして、漠然とした時期を示すための、ただの比喩として用いたに過ぎなかった。しかも、語義もはっきりしていたので、どこが政治的な「転覆思想」と結びつけられたのかわからなかった。

説明すれば少し長くなる。まず、毛沢東の詞に「卜算子・咏梅[10]」があり、その中に「山花の爛漫」という句があった。そして、文革時代という特殊な時代には特別な語義の解釈がなされた。その両者が合わさり、「山花の爛漫」が「転覆思想」とつながれて曲解されてしまったのである。

毛沢東の詞はもともと、陸游の「卜算子・咏梅[11]」との唱和からできたものであった。陸游の詞の後半部分はこうである。


無意苦争春、一任群芳妬、零落成泥碾作塵、只有香如故。

〔苦《きびし》く春を争う意《こころ》なく、一《ひとえ》に群芳の妬《ねたみ》に任《ゆだ》ぬれば、零落泥と成り、碾《ひきつぶ》されて塵とこそ作《な》れ、只 香のみは有り 故《もと》の如く〕

毛沢東は陸游の詞に対する唱和に際して、ほかの見地があった。彼は陸游の詞が悲観消極的なものであり、「その意に反してこれを用いる」こととして、こう書いた。

俏也不争春、只把春来報、待到山花爛漫時、她在叢中笑。
〔俏《あやにうつく》しけれど 春を争《わがもの》とせず、只春の来るを報ずるのみ、山花の爛漫たる時 待到らば、她《かのじょ》叢《はなむら》にありて笑《え》まん〕

なるほど、読めば、そのイメージの違いを感じることができる。本来あったこまやかな情や侘しい雰囲気が一掃され、なくなっている。

文革の間、毛沢東の詩と詞のすべては、作曲家により曲がつけられ、広く歌われていた。「卜算子・咏梅」は聞きやすい曲であった。そのため、当時、都会ではその曲を知らない人はほとんどいなかった。「山花の爛漫たる時　待到らば、她《かのじょ》叢《はなむら》にありて笑《え》まん」の語義について触れよう。文革のような熱気が溢れていた時代においては、この話に対する解釈は以下のようなものでしかなかった。それは、「革命が勝利した！　みなさん、大いに祝おう！　しかし、革命の勝利を宣言する者自身は騒ぎ立てたりはしない」と。それゆえ、「山花の爛漫たる時」は「勝利」の同義語になった。郝斌（私）は黒幇であり、彼が言う「山花の爛漫たる時」とは、間違いなく彼が期待した「勝利」に違いない。それは「転覆思想」そのものでしかなかった。

言語とは、そもそも道具の一種である。一般的に言えば、語彙は特定の人もしくは特定の社会層に属するものではない。しかし、特定の時代や場合において例外があった。このようなことは、古今中外においてその用例は多々ある。特定の時代を離れて、例えばあの文革が終了後四〇年を経た今では、人々、特にその時代を経験しなかった人々にとって、その特定の語義を容易に理解し得ないだろう。

話を当時の私に戻そう。私が家族のことを心配している間、批判発言をする者のひと言で、事情の経緯を知った。私の出した郵便は郵便局から配達不能とされた郵便物として送り返されていた。監視の者たちが勝手に封を切るのは、当時、「権力」側の当たり前の行為であった。すると、彼らは私の「問題の一行」を見つけた。批判会の最後、司会者はその手紙を手に、参会者に対し「これは彼の手紙だ。

今、彼に返す」と言った。私は本当に笑いも泣きもできなかった。手紙を返すという意味の裏には、「通信は個人の権利であり、その権利に対し彼らは応分の保障をした。彼らは如何なる違法行為もしなかった」という意味があった。

戻された手紙を何度も見返して、私は自分を責めた。なるほど、自分が宛先を書き間違えていた。わけもない批判会はすべて自分が招いたものであった。

図 63　米市大街停留所
北京大学から帰宅する際にいつも利用していたが、しかし何年か後に「牛棚」から解放されてようやく帰宅できたとき、その停留所の名前は思い出せなくなっていた。電車に乗ってから切符を買おうとしたが、どこまでかと聞かれた車掌に対してどうしても答えられなかった。

図 64　西総布胡同 51 号（著者の旧居）
文革中、地名の「革命化」が流行り、「西総布胡同」は「瑞金路八条」に改名され、地番も変わった。それを知らない私が手紙に昔の住所を書いたため、「配達不能」になってしまった。

文革の前、私の住所は「北京市東城区米市大街西総布胡同二八号」であった。文革が起きると、地名のなかに「四旧（旧思想、旧文化、旧風俗、旧習慣）」の色彩を帯びるものは、ただちに廃止され、かわりに「革命化」の名称に切り替えられた。たとえば、「魏公村」を「為公村」に改めるなどであった。その後、「四旧」でもない普通の地名も「革命化」されていないことを理由に、改める対象になった。私が住んでいた「米市大街」は、その流れのなかで「瑞金路」になっていた。その由来は「江西省瑞金県」であり、その瑞金県はいわゆる「中華ソビエト共和国(12)」の中央政府の所在地であった。商業的な雰囲気が漂っている「米市」に比べて、「瑞金」のほうが「革命」的であった。大通りの名称が改められ、それに付随しその両側の路地の名称も改められた。すると、「史家胡同」、「乾麵胡同」、「金魚胡同」、「煤渣胡同」、「東堂子胡同」、「外交部街」、「新開路」などは、一律にその順番に従って、「瑞金路×条」と改称された。私が住んでいた西総布胡同は、「瑞金路八条」になった。地番も本来の「二八号」から「五一号」になった。私が犯したミスとは、新地名の「瑞金路八条」と書いたが、地番は昔の「二八号」のままにしたということであった。そのため、配達不能のスタンプを押された手紙が返送され、上記の波風をたててしまったのだ。

読者諸氏よ、これを読んで笑わないでほしい。一九六九年、私は「牛棚」から解放され、初めての帰宅時に、動物園のターミナルで一一系統（現一一一系統）のトロリーバスに乗り、車掌さんからどこで降りるかと聞かれて、二回にわたり〇・一五元と答えた。その答えを聞いて、車掌さんは耳を疑っていた。終着駅の崇文門までなら、運賃は〇・二〇元であった。しかし、私が下車予定だった停留所の名称は「米市大街」または「大華映画館」であり、その景色が浮かぶにもかかわらず、口でその名称を言うことがなかなかできなかった。

後になって、友人たちは時々「山花の爛漫」をもって私をからかった。同級生の張仁忠はその時にこのことを聞き、「同窓の郝某は三年間にわたり拘束され続けたにもかかわらず、精神的には負けていなかった」と言ってくれた。実は、これこそ、私がその手紙を通して家族に伝えたかったメッセージであった。

まさに、

説山花爛漫　成変天思想　　山花の爛漫たるを説《い》うも　天を変《くつがえ》す思想と成《な》り
問家門何処　竟白日凄迷　　家門何処《いずこ》なるかを問いて　竟《つい》に白日凄迷《せいめい》たり

注

（1）元代の文人・薩都剌（一三〇七?―一三五九?）が詠んだ詞「念奴嬌・登石頭城」の一節である。
（2）中国共産党が率いる東北抗日聯軍第三路軍の総司令李兆麟らが一九三八年に作成した「露営の歌」のなかの一句。
（3）【原注】王学珍・王効挺・黄文一・・郭建栄主編『北京大学記事（一八九八―一九九七）』、上冊、三九三頁、北京大学出版社、一九九八年。
（4）葉名琛（一八〇七―一八五九）、湖北漢陽の人、字は崑臣。一八三五年に進士となり、知府などを歴任してのち、一八五二年には両広総督に昇進した。アロー戦争が勃発したのち、一八五七年にイギリス・フランス連合軍の捕虜となった。一八五九年、幽閉先のインド・コルカタで絶食して死んだ
（5）【原注】中共中央文献研究室編『建国以来毛沢東文稿』、第五冊、一七三頁、中央文献出版社、一九九一年。
（6）中国明代に成立した神怪小説『封神演義』の別名。著者は不明。近年に出版された日本語の全訳は、『全訳封神演義』（全四巻）、勉誠出版、二〇一七―二〇一八年がある。
（7）『尚書』「湯誓」の一節。
（8）次の「大中華」「大前門」「恒大」と同じく、タバコの銘柄。
（9）文革中にあった体罰の一種。批判対象とされる人が、後ろ手にされた両腕を高く持ち上げられ、腰をかがめ、頭を低く下げるという姿勢をさせられたことを指す。
（10）毛沢東一九六一年一二月の作とされる。「卜算子」は詞牌すなわち曲名にあたり、「詠梅」は詞の題目である。

この時中ソ関係は最悪な状態に陥り、中国共産党はソ連の率いる共産主義陣営から排斥され孤立していた。毛沢東はこの詞の中で、寒気を恐れぬ梅の花のように革命楽観主義を高めようと党員たちを激励した。またこの詞は、後述陸游の同名の詞と唱和する形をとっている。二首の読み下しはいずれも武田泰淳・竹内実『毛沢東その詩と人生』（文芸春秋、一九六五年）を参照している。

（11）陸游（一一二五―一二一〇）、南宋の詩人。北宋の蘇東坡と並び称される。陸游は北方を占領している金との徹底抗戦を唱える「主戦派」であったが、現状維持を主張する「主和派」に抑制され、失意の一生であった。この詞では自分の志を高潔な梅の花にたとえ、凋落しても気高さを示す芳香を放つという。

（12）一九三一―一九三七の間に存在していた中国共産党が率いる政権組織。

一六　鄧広銘、小を以て大を制す

おそらく一九六九年五月末か六月初めのある日の早朝、起床して間もなく、一人の工宣隊員が、私たちが拘束されていた三号院の一〇一号室に来て、楊人楩《ようじんべん》先生に対し、「あなたはもう家に帰って良い。すぐに荷物をまとめろ」と言った。それは私たちが期待していた言葉ではあったが、突然それを聞くと、少し唐突ではないかとも感じられた。一方で、楊先生が帰宅できるということは、私たちにも一筋の光があるのではないかとはやる気持ちで血流が加速するようであった。

私は、楊先生がその際にどのように感じていたかは分からないが、あたふたするのを見ていた。所詮、荷物は少なく、『毛沢東選集』と数点の生活用品しかない。それなのに、彼はうまく荷造りができなかった。見かねた高望之が手伝いようやく荷造りができたのである。楊先生は吸い残した半箱のタバコをすばやく高望之に手渡した。当時、北京大学内に住んでいた人は、毎月、食料切符の糧票を取るために一時帰宅を許されていた。その半年余り、楊先生は糧票を取りに一時帰宅するたび、手元にあったタバコをすべて高望之にあげていた。荷造りができて、工宣隊員が楊先生を連れて隣の看守室に行った。部屋に残された私たちは、ベッドの上に趺坐《あぐら》を組んで、呼吸を抑えながらも互いの息づかいは聞こえていたが、目が合うと、すぐに逸《そ》らした。心のなかに名状しがたいものがあった。このとき、隣の部屋から楊先生の声が聞こえた。「偉大な指導者毛主席に感謝する！　毛主席万歳！　万歳！　万万歳！」。隣の部屋の壁には毛沢東の肖像があり、おそらく工宣隊員が楊先生に対し、ここを離れる前になにかを示す必要があると言ったに違いない。

その翌々日、邵循正先生も解放された。彼も同様に、先に隣の部屋まで連れて行かれた。なるほど、これは必ずしなければならない「出棚《しゅっぽう》の儀式」のようなものであった。しかし、邵先生は普段、授業においても会話においても声が小さいので、後ろに座っている人には、話の前半が聞こえても後半が聞こえない。この時、私たちは、彼が一度言ったのを、もう一度言い直すのを聞いた。おそらく工宣隊員は、彼の一回目の声の大きさでは感謝の情が足りないとしてやり直しを求めたのであろう。二回目になって、彼の声はいつもより少し大きくなったため、ようやく儀式は完了し、出ていくことができた。

邵先生が解放された後、希望の炎が私たちの心のなかでますます燃え上がっていった。少しでも暇があれば、各人こっそり細かい生活必需品を片付け始めた。大胆な謝有実は急いで帰宅しようとする心情を隠さず、髭剃りまでしていた。そのとき、プラスチック製品はサンダルしかなく、ビニール袋のようなものはなかった。それゆえ、私たちは服を洗濯するのをやめた。というのは、服が十分に乾いていないうちに、工宣隊員が入ってきて、私たちのだれかが呼び出された際に、濡れたままの服を荷物に入れることができないからである。顔を洗うときも、タオルを水につけずそのまま拭いた。私たちは解放された楊先生と邵先生を詳しく分析した。彼らの頭上の「帽子」はただ一つ、つまり「ブルジョア階級の反動的学術権威」だけで、本人の経歴や履歴には瑕疵がなく、おそらく「軽罪」に属するものであった。では、彼らに次ぐのは誰だ？　誰が解放されるのだろうか？　私たちはいつも心のなかで推測し合い、「次はあなたの番だ」と互いに言い合っていたが、ある人が私に対してそのように言った。私はそれを聞いて、次こそ私の番だと真剣に思った。その後、解放のスピードが早くなって、ときには一度に二、三人が出ていった。出ていく人は、「出棚礼」をしたあと、荷物をとるため部屋に戻り、再び出ていくときに、振り返って残っている人たちに目を向けた。その目線の意味は、慰めか同情か、それとも今度は「牛棚」の外で会おう、かはよくわからない。残っているのはわずか数人となった。一〇一号室はかなり広い部屋であった。私たちが入れられたときには、上下二段のベッドがずらりと並べられていて、ベッドとベッドの間にはほとんど隙間がなく、体を斜めにしてやっと入れるくらいであった。今や、混雑や窮屈さがなくなった反面、がらんとしているように感じられた。「牛鬼蛇神」の一人ひとりが出て行ったのち、最後に残ったのは鄧広銘先生と私だけであった。私たちは通知を受けて、三八号楼に移り住んだ。

図 65　三号院 101・102 号室
三号院に設けられた「牛棚」と監視室。突き当りの部屋は 101 号室で、歴史学部の「牛鬼蛇神」が監禁された最後の「牛棚」となる。監視室は右側の 102 号室。1969 年夏、「牛棚」から解放されることになった人たちはみな、102 号室で「出棚儀式」を行っていた。その儀式をさせられなかったのは鄧広銘先生と私の 2 人だけであった。

そのときの三八号楼は歴史学部の男子学生の宿舎であり、多くの男子学生のなかに、二人の教員が入ってきて、しかも「牛鬼蛇神」の身分で「牛棚」から革命小将が住んでいるところに移り住まわされたことは、二、三日も経たないうちに学生みんなが知った。そのときには、わたしたちは労働も批判会や反省会への参加もさせられなかった。二人は部屋のなかに座り、『毛沢東選集』を勉強するしかなかった。私たちの監視者がいなくなったことは、大きな変化であった。しかし、それまでと違った空気を、私たちは感じていた。私たちがこの部屋から出かけるということは、自らを衆人監視の下に置くことになった。

そのため、トイレや買い物などのやむを得ない場合を除いて、部屋から出ることが嫌になった。朝、洗面の時にも、洗面所に行って水を汲んできて部屋に戻り、できるだけ学生と一緒になるのを避けた。洗濯のときにも、人が一番少ないときに行って洗濯をする。食事のときには、食堂に買いに行くが、鄧先生から頼まれて彼の分を買うこともしばしばであった。ここに移ってから、「甲菜」を買っても何も言われなくなった。当時、大学の食堂では、料理を甲・乙・丙に区分した。「甲菜」が一番高く、一つ約〇・二五元であった。ここに移るまでに、「牛鬼蛇神」は約〇・一八元の「丙菜」しか買えなかった。いまは、その規制がなくなったことも一大変化であった。その後、鄧先生はほとんど「甲菜」を食べていた。

三八号楼の廊下は汚く、いたるところにゴミが散乱していた。朝、私は部屋を掃除し、ついでにドア付近も掃除した。学生のなかには、「もういいよ、いくら掃除してもきれいにならないから」と言う人もいた。私たちは次第に、周囲の学生が三年前のような敵意を持たなくなってきたと感じた。洗面所で洗濯をするのが二、三人しかいないときには、私と世間話をする学生も出てきた。最高学年の学生は一九六一年の入学で、卒業する一ヵ月ほど前に文革が始まったことで、大学のすべてが停滞し、彼らは卒業も就職もできないままであった。(1) 私が三八号楼に移り住んだ時に、彼らはすでに学園生活を八年も送っていた。たとえ大学院に進学していたとしても、もう卒業する年になっていた。ある一九六一年に入学した学生が言うには、自分は家庭条件がまだいいほうだが、農村出身の貧しい学生の親は、子どもに早く就職してその給料で一家の生活を助けてもらいたいと何度も手紙で催促してくる。しかし、うまく説明できないため、親はなにか「問題」があるのではないかと思い、かえって心配する始末であると。これは高学年の学生だが、低学年の学生はどうだったろうか。ある学生は一九六五年に入学したあと、一学年のみ授業を受けたが、しかしその授業は通常のものではなく、農村の「四清」運動(2)への参加であって、静かに勉強できる机が得られるわけがなかった。この頃になると、大学生活がもうすぐ終わるにもかかわらず、学生たちはなにも学んでいないことがわかり、「猛《たちま》ち見る　陌頭《はくとう》　楊柳の色」(3)〔たちまち道端の柳の新緑を見た〕というような心情が言葉や表情からあふれていた。要するに、文革に対する倦怠感は学生のなかにも蔓延していた。このような話題をする際に、学生たちは指導部に対する不満を隠さず、大きな声で罵るものもいた。私は傍で聞いていて、どうすればよいかわからなかった。

　私と鄧先生は衆目の下に置かれたが、時間が経つにしたがい、学生は私たちに対し、幾分の憐れみと同情を持つようになっていて、私たちは、ここに住んでいても大して緊張をする必要がないと感じた。

　しかし、有形の監視は緩められたが、無形の縛りが次第に強められてきた。それは、「階級隊列の純潔化」〔「清隊」とも〕のなかの「政策で心を攻める」というものであり、その波は次から次へと強められて、ついに私たちの部屋まで及んできた。

そのとき、遅群と謝静宜[4]は軍宣隊の身分で北京大学と清華大学に「進駐」して「上部構造を占領」した。これらはいずれも当時の慣用語であり、大きな会議であろうと小さな会議であろうとそのような言い方をし、新聞の社説にもそれを使っていた。それから四〇数年が過ぎて、ようやく人々が冷静になった今、よく考えてみてください。まるで北京大学や清華大学が外国のようではないか、さもなければ、どうして「占領」や「進駐」の必要があるのだろうか。学校は授業をするのが普通なのに、どうして軍服姿の人たちに命じて「占領」や「進駐」をさせたのだろうか。軍宣隊の一番重要な仕事は「清隊」、すなわち教職員のなかに隠れているとされる「裏切り者」、「スパイ」、「反革命分子」を摘発することであった。「走資派」は、すでに坊主の頭上にいる虱のように、すべてはっきりしているので処分を待つだけであった。しかし、隠れている敵を摘発するのは、その活動が明らかに分かっている「走資派」とは大きく異なる。軍宣隊が言うには、「深部まで掘り下げ」なければならないのだ。

遅群と謝静宜が得意なのはこの面においてであった。上層部に認められ、通達でその経験を全国に押し広げていった。それは、当時の言い方からすれば「政策の寛厳を具現し、政策で心を攻めるのを実現する」ということであった。北京大学における具体的なやり方は以下のようであった。東グラウンドで全学の教職員大会を開催する。それに参加する数千の出席者は自ら腰掛けを持参し所属の学部や研究所単位に整列して座る。大会のプログラムの最初は「従寛」、すなわち寛大に処分するというものであった。ある人が登壇して全参加者の前で自白して言うには、自分はかつて国民党の「中統」〔中央統計調査局〕また「軍統」〔軍事委員会弁公庁調査統計局〕のようなスパイ組織に参加して、何時、何処で、どの様な悪事をしたかを、また長年にわたり隠して「走資派」の庇護を受け重用されてきたか、そして現在、党の中央から派遣されてきた軍宣隊の政策に感動し、激しい思想闘争を経て、すべて「自白する」と固く決意した、というのである。ここまで言うと、彼のむせび泣きも聞こえそうであった。ある者は、妻子を連れて登壇し、家でどのように繰り返し説得されてようやく自白するという明るい道を選んだかという経緯を再現した。巧く言う者は巧く言ったが、それは聞く者の心に届かず、下に座っている私たちはみな、こういうパフォーマンスは事前に指導を受け、何度もリハーサルをしたことを知っていた。例えば、ある父親が、小学校に通う幼い息子や娘が父親に対して、「自白したパパはいいパパだ。自白しなければ、もうあたしのパパではないよ」と言うのを聞いて、心が苦しくなり、これ以上隠せばもう妻子と対面することもできなくなると思い、決意して、今日の大会でパフォーマンスを演じたのである。では親を説得する幼い子どもたちのエネルギーはどこから来たのだろうか。ラジオや社説、および軍宣隊による繰り返しの政策宣伝から学んだと、子どもたちは言う。ここに至って、遅群と謝静宜が小さな子どもたちの口を借りて、自白に至った最重要の原動力を明らかにしようとする舞台設定とパフォーマンスの意図が見えてきた。下に座っている人たちが彼らの告白を聞くと、その経緯がハッキリして、ドラマ性にも富んでいると感じられた。

自白者の発言が終わるやいなや、軍宣隊の責任者はすぐさま壇上に上がり演説した。彼は自白者の行為を肯定して、事前に用意した決定書を厳粛に読み上げる。つまり、「自白した者に対し寛大に処分する」という政策に従い、それ以上の追及を免除するということであった。傍にいながら頭をさげ断罪を待っている自白者に対し、壇上から降りて元々所属していた部局の「革命群衆」のなかに入ることが許される。そのとき、部局の列から拍手が起こった場合もある。この拍手によって、彼はもう「人民の一員」として認められたのであった。これは、「政策をその場で実現させる」というものであった。

文革はじめの混乱の頃、「牛鬼蛇神」の人々は勝手に殴られ、唾をかけられ、髪を掴まれて、人身に対する侮辱を受けた。今になって、「毛主席が派遣した」遅群と謝静宜はこのようなパフォーマンスを企画した。暴行こそ加えなかったものの、これは明らかに人格に対する侮辱であった。数年後に明らかになったが、自白者が語った経緯は全く架空の話であった。彼らは生死を分ける一線にまで追い込まれていた状況であり、そこに突然、一家団欒ができ給料も仕事も維持できるという「寛大」な道が現われ、「わずかな希望はこれだ」と思わされたのであった。こうして、「寛厳大会」は月に四回も開催された。その一ヵ月余りの間に、なんと「裏切り者」三人、「スパイ」五五人（うちに潜伏スパイ一七人）、「歴史反革命分子」二二人、「現行反革命分子」九人、「地主・富農・悪質者」一四人、あわせて一〇二人が登壇させられた。[5] この数字は聶元梓《じょうげんし》の「牛棚」の半分に相当する。遅群と謝静宜が上演しようとしたこの劇は、確かに「政策の偉大な感銘力」と言われるが、しかし「上に好む者があれば、下には必ずまねる者がある」という諺のように、上層部の責任について論じなくてはならない。今日、このことを言及するにあたり、自白者の不誠実を必要以上に責めることはできない。もし上の「好む者」および遅群と謝静宜の迎合を見逃せば、原生と派生とを混淆してしまう。本と末を区分しなければ、自白者をもう一度侮辱することになり、歴史の教訓を正しく総括することができないのである。

「従寛」の続きとして「従厳」もあった。「従寛」された自白者が壇上から降りて座ったとたん、壇上から大きな声で「反革命分子×××を連行せよ」と叫んだ。呼ばれた者はぼんやりしているうちに、待機していた二人の若者に両手を捉えられ壇上に引っ張り出された。続いて、彼の所属部局の代表が登壇して、何年何月何日、何の「罪」があったかを逐一暴き出した。それは根拠のありそうな話なので信じるしかなかった。軍宣隊の責任者は続いて用意した文面を厳粛に読み上げ、「×××は今になっても自白しないため、厳しく対処する」と言い、そして「従厳」の一声で、東グラウンドの入り口から一台のジープが入り、講壇の前に止まった。警察服を身に着けた者は、みんなの前で「従厳」の者に手錠をかけジープに押し込んだ。そして車はそのまま走り去った。そのとき、壇上からスピーカーで「自白しなければ、死滅するのみ」と叫ばれ、会場も復唱した。このような対比の強烈な演出は、遅群と謝静宜たちが追求した舞台効果であった。その後、軍宣隊の責任者が再び言うには、「現在、群衆のなかに座っている従厳しなければならない者は一人や二人、八人や一〇人に止まらないだろう。しかし、自白すれば寛大な措置をとるという政策を執行するために、今日は『典型』的な者を取り出しただけで、おまえたちにとって参考にする価値がある。会議のあとすぐ宣伝隊に誠実に自白することだ。死滅の道を歩むな」と言った[6]。さらに「次回の『寛厳大会』の時間については、通達を待て」と追加した。言葉は少ないが、脅しとして十分な威力があった。

中国語言文学部の副教授だった章廷謙は、川島というペンネームをもち、魯迅の友人であり、普段は穏やかで謙虚な人柄であった。「国民党区分部委員」と言われ、証拠がないにもかかわらず、「従厳処理」にされ、数年間「管制」つまり監視下に置かれていた。東方語言文学部の台湾籍講師で日本人の妻をもつ陳信徳は、「日本のスパイ」として摘発され、「従厳処理」という指示のもと、会場からそ

図 66　琵琶湖のほとりにある陳信徳の墓
陳信徳は北京大学東方語言文学部の講師だったが、文革中に「日本のスパイ」とされ、獄中で死亡した。妻と娘は文革後日本に帰り、この地で墓を作ったが墓穴は空いたままのであった。1996 年、娘の陳昭宜が山西省から父親の遺骨を見つけ、日本に持ち帰り、ようやく納骨ができた。（写真は陳昭宜提供）

のまま監獄に送られた。文革後の一九七八年、名誉回復の時が来たが、陳信徳はすでに数年前、山西省にある労働改造の施設で獄死していた。夫人の美鶴は非常に悲しみ、娘を連れて日本に移住して、琵琶湖の付近で自分の墓地を購入し、そのとなりに夫の墓碑を建立した。夫人は何年経ても夫の墓穴が空いたままで、納骨できないことに納得できなかった。一九九六年三月、娘の陳昭宜が母親の命を受けて、父親の遺骨を探しに来た。陳昭宜は紆余曲折を経て、ようやく山西省陽城県の荒野で父の遺骨を見つけることができた。もともと、その地には亡くなった人を大切に葬らないと、果報を得られない、という習俗があった。陳信徳が亡くなった時、彼のために棺桶を買ってくれる人もおらず、そこでは火葬することもできなかった。そのため、労働改造施設のスタッフは、彼の遺体を甕に入れて離れた場所に埋めた。その後労働施設は石灰工場になった。数年後、その工場が拡張工事の用地造成の際に、不注意でその甕を壊してしまったが、その折、工場長は、その遺骨を石灰の包装用の袋を何枚も使って包んで、ほかの場所に埋め、目印としてその横に木を植えていた。それで、陳信徳の娘の陳昭宜が訪ねた時、彼はその場所へ連れて行き、遺骨を掘り出した。陳昭宜はそれを荼毘に付して遺骨を仙台に持ち帰り、父のためにすでに用意していた墓所に納めた。今では、陳信徳夫人も夫と同じ場所に永眠し、長年の願いをかなえることができた。しかし、あのとき、権力を握っていた遅群や謝静宜にとっては、「政策実現寛厳大会」の開催実施は大した意味を持たず、とにかくやっていただけでのことあった。だが、彼らにやられた者にとっては、軽い場合でも数年間の不遇な目にあわされ、重い場合は家庭を崩壊させられ命まで奪われたのであった！

話を戻すと、よりによってこのとき、歴史学部軍宣隊の隊長高松栓が私たちの部屋に入ってきた。彼は私を無視したまま、鄧先生に対し、「鄧広銘！　君は自白していないことがあるじゃないか。寛厳大会の前に、チャンスがまだあるぞ」と言い、そのまま出ていった。三日後、また来て、同じ内容の話をして、そのまま出ていった。こうして同じことが二回もあったため、鄧先生はそのままではいられない様子で無口になった。傍で見ていた私も事態がかなり厳しくなったと感じ、鄧先生のことを心配していた。しかし、私ができるのは、食堂に行って鄧先生の口に合う「甲菜」を選ぶことだけであった。

その二日後、高隊長は三度目に私たちの部屋に入ってきた。彼が口を開くのを待たずに、鄧先生は「私は自白したいことがある」と先に言い出した。通常ならば、こういう時には、高隊長が私を退室させるか、鄧先生を別の部屋に連れて行き個別談話を行うが、しかしこの時は、彼は私の存在を全く無視して退室もさせず、ノートにメモをし、聞き取れなかった箇所があれば、繰り返し説明させていた。このような繰り返しは一回のみではなかった。私の場合はどうなるのだろうか、と私はすぐに自分の身の上のことを考えた。この状況を見て、自分が今回の「清隊」の対象ではないことはもう明白であった。しかし、高隊長は私を退室させなかった、ということは、情報の漏えいについて心配していないようである。これは何を意味するのであろうか。なるほど、私は当分のあいだ解放される見込みがないということが分かった。そう考えながら、注意深く二人のやり取りを聞いていた。鄧先生が言うには、彼は、「独立党」という組織に参加したことがある。その党の党首は胡適(7)であった。彼が受け取った党員証の番号は〇〇一番であったが、すでに紛失した。「独立党」には機関紙として刊行した『独立評論』が数号あったという。

高隊長はその線でさらに深く掘り下げて聞きたくて、いろいろな質問をした。鄧先生は、これでもうすべてだと言った。高隊長は最後にかつてないやさしい口ぶりで、「よし、何か思い出したら、いつでも私を呼んでくださいね」と言い、ノートを持って出ていった。高隊長は軍のなかで大隊長クラスの軍人であり、仕事ぶりはかなり落ち着いて熟達しており、若い兵士のようにそそっかしくはなかった。それでも、今日の彼の表情には少し収穫があったという喜びが浮かんでいた。

高隊長が出ていったのち、私は複雑な心境でほかの話題を探し、鄧先生はいつものように雑談した。これまで、私たちは一ヵ月以上にわたり同じ部屋にいた。どのように日々を過ごしていたかと言うと、手元には『毛沢東選集』しかなく、読める本も新聞もなかった。昼寝も許されなかった。私たちは結局、『毛沢東選集』を手にしながら雑談するしかなかった。その年、鄧先生は六二歳、私は三五歳であった。鄧先生が歴史を研究し人生を観察した時間は、私の年齢より長かった。彼は人物や出来事に対して独特な見解をもち、抜群の記憶力もあり、どのような話題をしても、いまのインターネットで検索するように、関連する人物や出来事を次から次へ話してくれた。それを聞いている私は苦しいなかで楽しみを見いだし、興味が尽きなかった。このような状況にありながら鄧先生と同じ部屋にいたお蔭で、心境が少し穏やかになり、見識を高めることもできた。ある日、二人の話はなぜか施蟄存《しちつそん》(8)に及んだ。私は鄧先生に、一九三〇年代に施蟄存と論戦し、そして魯迅も鄧先生を助けに出てきた原因について尋ねた。鄧先生が言うには、そのとき、施蟄存が書いた文章のなかの史料解釈に誤りがあったので、学生だった自分は文章を書きそれを指摘していたが、施蟄存は頑として認めなかった。それまで鄧先生は魯迅と面識はなかったが、そこへ魯迅が自ら出てきて支持してくれた。魯迅は、あの若者が指摘した箇所はいずれも致命的な誤りであると言い放った。魯迅の批判はかなり手厳しくて、施蟄存は完膚なきまで論破されたのであった。私たちは林語堂が書いた現代劇『子見南子』の話もした。一九三〇年代、済南の某中学校の生徒たちが、その現代劇を上演した。その劇では、これまでの中国数千年の伝統観念に反して、至聖先師の孔子が色好みの人物として描かれていた。このように大胆に解釈し直した人物像に対し、旧文化に反対する青年観衆は新鮮さを覚え、反響を呼んだ。しかし、山東省では、「聖裔」と呼ばれる孔子の子孫が多く、論争ののち訴訟を起こし、当時の首都だった南京まで赴き訴えた。「聖裔」のなかで赫々たる人物で蒋介石の姻戚だった孔祥熙も出てきて発言をした。鄧先生はその頃済南にいたので、当の事件の細かいところまで私に話してくれ、とても面白かった。これらのことは、以前、『魯迅全集』の注釈で読んだことがあり、多少覚えていた。そのため、鄧先生とこういう話をすれば、互いに交流することができ、鄧先生も興にのって話してくれた。このような雑談は三八号楼の二人だけの部屋という特殊な環境があってはじめてできたものであり、太平荘にも三号院にもこのような可能性は全くなかった。文革が終わったのち、それぞれ自分の仕事があり、このような時間も機会もなくなった。今になって振り返れば、特別味わい深いものがある。

もとの話に戻ろう。軍宣隊への鄧先生の「自白」を聞いたとたん、私は驚いた。さらに聞いていく

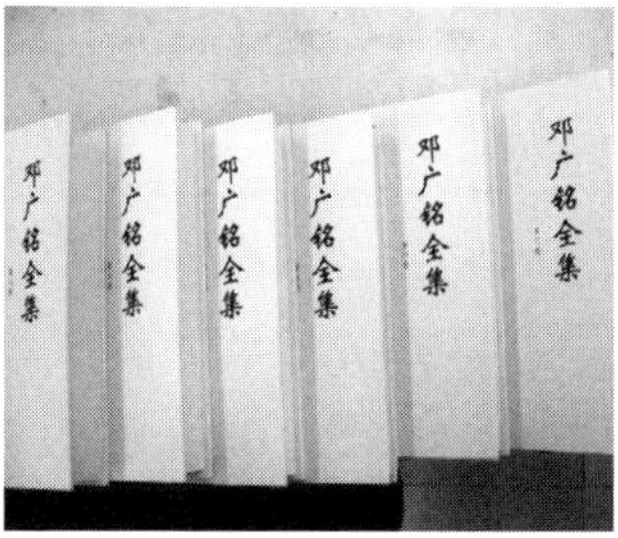

図 67　鄧広銘全集
鄧先生は宋史の研究に一生を捧げた。『鄧広銘全集』は先生の没後に出版された。中には文革を回想する内容もある。

図 69　独立評論
『独立評論』某号の表紙。鄧広銘は自白を迫る遅群に対して、中国には「独立党」がある、『独立評論』はその機関誌だと揶揄した。

図 68　鄧広銘
北京大学歴史学部教授。胡適が北京大学学長に在任した際、彼は学長室で実務を手伝っていた。その関係で、のちの 1950 年代に胡適批判を求められたが、圧力に耐えて一言も書かず、良心に恥じることをしなかった。

と、訳がわからなくなった。鄧先生が言ったのは本当の話だろうか。清末から政党というものが中国に生まれて以来、数だけで言えば、一〇か二〇ぐらいの党があったが、いわゆる「独立党」というものについては、聞いたことがなかった。さらに言えば、胡適が作った党なら、その裏付けは取れるだろう。さらにまた考えていくと、胡適は「不党」すなわち結党も入党もしていない人物であり、どうして自ら党を創立したり党首になったりしたことがあろうか。『独立評論』という雑誌は確かにあり、図書館に行けば調べることができた。それは週刊誌で、一九三〇年代に胡適、傅斯年《ふしねん》、丁文江、翁文灝《おうぶんこう》、蔣廷黻《しょうていふつ》らが出資して、順番で編集を担当した同人誌であった。抗日戦争が勃発し、発行は中止になった。民国期の政治思想史を研究する者なら、これは必ず利用する文献である。要するに、鄧先生が高隊長に言ったことは、本当の話のように聞こえるが、実はそうではなかったのである。

鄧先生と胡適とは確かにつながりがあった。

それは抗日戦争が勝利した後のことであった。

北京大学は雲南から北平に戻り、傅斯年は学長代理になった。一九四六年五月、傅斯年が着任した時には、学長の仕事は煩雑だった。そのころ、鄧先生も北平にもどった。北平に戻った翌日、自分の先生と同郷の先輩だった傅斯年にあいさつに行った。鄧先生が回想して言うには、傅斯年は私を見ると、何にも言わずに事務員に机を運ばせ、それを指して言った。「私はいま非常に忙しい。手伝ってくれる人がいない。あなたが来たのでちょうどいい、手伝ってくれ」と。鄧先生は何も言わずに、その机の前に座り仕事をはじめた。これらは無給の仕事であるだけでなく、肩書すら与えられなかった。周りの人は礼儀として、鄧先生のことを「鄧秘書」と呼んだ。鄧先生は肯定も否定もしなかった。九月になって、胡適学長が着任したので、傅斯年は大学を離れて南京に行った。傅斯年は南京に行く前に鄧先生に、「あなたは学長代理であった私を手伝ってくれた。胡先生が学長に着任してからも、あなたは彼を手伝ってあげてください」と言った[9]。鄧先生はそれに応え、以前と同じように、傅斯年の指示に従った。傅斯年は鄧先生の先生であり、胡適は傅斯年の先生であり、鄧先生にとっては目上であった。鄧先生は何も言わず、引き続き学長室のその椅子に座って仕事をした。一九五〇年代になり、私は履修した鄧先生の授業でその話を聞いた。その椅子にいつも坐っていたことで、鄧先生が「胡適の秘書」であるというイメージがすっかり定着するようになった。しかし、一九四九年以後、胡適という二文字の意味は次第に複雑になり、「反動」の色彩はますます濃くなった。「胡適の秘書」である以上、鄧先生は胡適の言動の七～八割を少なくとも知っているように見られていた。それゆえ、政治運動があるたびに、胡適に関係することはすべて鄧先生への圧力となったが、最初の数回は何とか耐えることができたのである。鄧先生の娘の鄧可蘊《かうん》が書き残した回想録から、当時の概要の一部を知ることができる。

一九五七年、党の支部は私を呼び出し、父に働きかけ胡適を批判する文章を書いてもらうようにと指示した。その時、父は苦笑いをして「（新聞雑誌にある）批判されている胡適の主張は、紛れもなく私が賛同するものである。私が何を書けばいいのか。私は嘘を言うことができない」と言った。父は胡適先生への理解と尊敬をもとに、その正直な性格、人柄、良知により、人を壊滅させるような圧力に耐えていた。一九九〇年代、父は私に「胡適先生への批判が起こったときに、私はひとことも書かなかった。これで一生良心に恥じることはない」と繰り返し言った。[10]

そうは言うものの、鄧先生から胡適の影が消えることはなく、ずっと鄧先生につきまとった。「牛棚」の老先生たちがみな解放されたにもかかわらず彼だけ取り残されていたのは、言うまでもなく軍宣隊は依然として彼と胡適との関係に疑問を持っていたからである。それ以外、鄧先生に何の疑うべき瑕疵があろうか。

鄧先生が軍宣隊に「独立党」の状況について話したことは以上である。その場に居合わせたのは私たち三人のみであった。どうしてそのようなドラマチックな場面があったのか。それを知るのは他界された鄧先生ご本人のみである。軍宣隊の高隊長のその後の所在は確認できない。高隊長は当時、自白させるという任務を負っていただけで、鄧先生の話を理解するには限界があった。文化的教養や人生の経験からして、この件が再度提起されたとしても、彼には解釈することができないであろう。では、私はどうであろうか？　その後、何度も鄧先生に直接聞く機会はあったものの、ついに口を開くことはできなかった。今になって実のところ大変後悔している。私は、鄧先生がある考えをもってこのような作戦をとられたと信じている。私は目撃者として以上の事実を読者の皆さんに提供し、解釈を試みることにする。鄧先生の人柄や性格を知っている先輩、親類も多く、情理にかなう解釈をすることができるに違いない。鄧先生のことについてあまり知らない読者の皆さんは私の話を一つのストーリーとして聞いてほしい。

運命を他人に握られても、振り回されたり言われた通りにしないということが鄧先生のポリシーであった。残酷だった「従厳」の道において、他人が包丁・まな板となり、自分が魚肉となるようなことは、鄧先生の性格からすれば、断じて受け入れることはできなかった。彼は、自ら首を差し出し、処刑を待っているような人ではない。ドラマチックな「従寛」の道は人格上の屈辱であるため、鄧先生の選択肢ではない。上記の二つの道をどちらも選ばないためには、どうすればよいか。こういうときに鄧先生の知恵と策略が現れてくる。彼は相手の計略を逆手にとって、二つの道の間に活路を見出した。すなわち、あなたたちは私〔鄧先生〕と胡適の秘密関係を疑うだろうから、私をそのように見せてあげよう――胡適は党首であり、私はその党の第一号の党員であるのだ。それ以外はもうなにもない。その「党」の「機関誌」とされる『独立評論』を始めから終わりまで読めば、おそらく数ヵ月かかり、結局、得るものはなにもないだろう。さらに言えば、軍宣隊の高隊長が鄧先生の自白の申し出を受けその「自白」を聞き取った際の表情と反応を見て、鄧先生はすでに相手の虚実を把握したに違いない。軍宣隊はなす術のない、ただのまやかしに過ぎないということを鄧先生は見破っていた。とにかく、鄧先生は高隊長とのこの談話を通じて機先を制したのである。その後のことについては、「専案組」と呼ばれる取り調べ専従チームが忙しく調査するだろう。時間の推移に連れて、天を蔽っていた雲が一陣の風により吹き飛んだ。二ヵ月後の一九六九年一〇月、鄧先生と私は全学二〇〇〇名の教職員と一緒に江西省南昌市鯉魚洲幹部学校へ行って「労働改造」をするようになった。翌年の一九七〇年八月になって鯉魚洲で第六回「寛厳大会」が開かれ、「裏切り者四人、スパイ九名、歴史反革命分子一一名、偽軍・政・警・憲の核心メンバー四人、反動党団組織の核心メンバー四人、現行反革命分子四人」等々の計四三人が摘発された、という(11)。その会議の前後、鄧先生に「独立党」のことについて追究した人はいなかった。

　鄧先生は大の京劇愛好家で、かなり高いレベルのファンであり、名優の馬連良、張君秋、楊秋玲と親交があった。鄧先生は、傘寿になったあとも自分の誕生日祝いをしないことを堅持していた。一九九七年、九〇歳の誕生日が近づいた時、私たちが何度も要望した結果、ようやく誕生日祝いをすることになった。しかし、それには条件があった。誕生日当日を避け、春の暖かくなって花が咲いた日に一緒に植物園に花見に行こうということであった。私たちは喜んで従った。その当日、植物園は風があり、幾分寒さが感じられたが、鄧先生は服一枚だけで、休憩もとらず、誰の助けも借りず散策、談笑し、ますます興に乗っておられた。植物園のレストランで誕生日祝いの宴を催した。客の少ないレストランのホールで、私は勇気を出して、鄧先生のために京劇の一曲を歌った。あまり上手くはなかったが、先生は笑ってくださった。鄧先生の娘の鄧可蘊も一曲を披露したが、とても味わい深かった。先生も笑っておられた。もうすぐ鄧先生の生誕一〇六年を迎えるが、天国にいる先生、私は先生のためにもう一曲歌ってもよろしいですか。先生はまた笑ってくださいますか。先生、私に正浄大面(12)をさせてください。聞いてください。

（白）遅群呵、娃娃！　你中了老夫的拖兵之計也。
（唱）遅群小児忒張狂、把我鄧某当尋常！
任爾寛厳、厳寛両張網、憑爾撈来由爾装！
休道説生死権力手中掌、
管教你暈頭転向、出乖露丑、一回一回撞南墻！
——鯉魚洲頭一様闖、秋水長天也風光！

略訳

（白）遅群め、この青二才が、おまえはおれさまの緩兵の計にかかったぞ。

（唱）遅群の奴はのさばりかえって、この鄧某をそこらの奴と一緒にするとは！

おまえは「寛厳」、「厳寛」と二つの網を広げるが、入れようが詰めようが好きにしろ！

生殺与奪の権は掌中にあると言うなよ、
必ずやおまえを混乱させ、醜態をさらけ出させて、つぎつぎと壁にぶつけて行き詰らせてやろう！

——鯉魚洲頭　一様に闖《む》かい、秋水長天　また風光あり！

注

（1）【原注】そのとき、北京大学歴史学部の学制は五年制であった。

（2）一九六三年から六六年春にかけて行われた「農村社会主義教育運動」の略。一九六五年頃の運動の中心は、人民公社の「政治、経済、組織、思想」を点検することであった。

（3）唐の詩人・王昌齢の「閨怨」にあった一句を改めたものである。原典では「忽ち見る　陌頭　楊柳の色」であった。

（4）【原注】遅群、原職は八三四一部隊の宣伝課長で、北京大学に来てから革命委員会の副主任。謝静宜、毛沢東のもとで機密書類を管理する秘書で、のちに北京大学革命委員会副主任。北京大学革命委員会の主任は別人だが、名ばかりであるため、遅群と謝静宜は実権を握った。

（5）【原注】王学珍・王効挺・黄文一・郭建栄主編『北京大学紀事（一八九八―一九九七）』、下冊、六八三頁、北京大学出版社、一九九八年。

（6）【原注】王学珍・王効挺・黄文一・郭建栄主編『北京大学紀事（一八九八―一九九七）』、下冊、八〇二頁、北京大学出版社、一九九八年。

（7）胡適は、一九一〇年アメリカに留学し、デューイのプラグマティズムの影響を受けた。帰国後、『新青年』の主編者陳独秀とともに「文学革命」を主張し、北京大学教授に就任。日中戦争中、駐米大使として対日戦争に尽力。一九四六年北京大学長に就任したのち、国民党の敗北にともない、アメリカを経て台湾に移住し、一九六二年に台湾で逝去した。第五章注（9）も参照されたい。

（8）施蟄存（一九〇五―二〇〇三）、中国近代の作家・翻訳家。鄧広銘は施蟄存が編纂した『中国文学珍本叢書』の第一輯の問題を指摘し、「評『中国文学珍本叢書』第一輯」を書いた。この書評の初刊は『国聞周報』第一二巻四三期（一九三五年一一月四日）で、のちに『鄧広銘全集』（第一〇巻、河北教育出版社、二〇〇五年）に再録した。施蟄存が鄧広銘の指摘を受けて詭弁した（「関於中国文学珍本叢書――我的告白」）、『国聞周報』第一二巻四六期、一九三五年一一月二五日）ため、魯迅は一九三六年一月号の『海燕』に「文人比較学」を掲載して施蟄存を批判した。「文人比較学」は『且介亭雑文付集』に収録、のちに『魯迅全集』第六巻（光明日報出版社、二〇一二年）に再録。

（9）【原注】鄧広銘「回憶我的老師傅斯年先生」『鄧広銘全集』第一〇巻、第三〇四―三〇五頁、河北教育出版社、二〇〇五年。
（10）【原注】張世林『想念鄧広銘』第三八―三九頁、新世界出版社、二〇一二年。
（11）【原注】王学珍・王効挺・黄文一・郭建栄主編『北京大学記事（一八九八―一九九七）』、下冊、六九四頁、北京大学出版社、一九九八年。
（12）京劇の役の一つ、豪傑な性格の男性の役である。

一七　余韻

一九六九年、国慶節の直前、私は北京大学の二〇〇〇余名の教職員とともに、鯉魚洲にある五七幹部学校〔略して「幹校」ともいう〕に送られ、いわゆる「五七戦士」の一員となった。この日に至るまで、私が社会から追放されてすでに三年あまりが経っていた。

鯉魚洲は、江西省南昌県の鄱陽湖《はようこ》畔にある。名前が美しく、また初唐詩壇の四傑の一人である王勃《おうぼつ》の名作『滕王閣序《とうおうかくじょ》』(1)にも詠われていたので、そこに思いをはせれば、いっそうロマンが感じられる。

しかし現地に着いてみると、状況はまったく異なるものであった。あたり一面は荒涼とした大地で、土壌に鉄分が多いため土の色は赤褐色である。まっさらなタオルでも一ヵ月も使えば井戸水で茶色く染まってしまう。地面は、強い日差しに照らされると石のように硬くなるが、少し雨が降ればすぐにぬかるみ、大変滑りやすい。用心して歩かないと転んでしまうが、ケガをすることはほとんどない。

五七幹校は軍隊の組織体制を用いており、私たちはそれぞれ中隊・小隊・組〔連・排・班〕に編入された。哲学部と歴史学部の約二〇〇名はあわせて第八中隊とされ、男女に分かれて、それぞれ一つの藁葺きの大部屋に入居した。部屋のなかには、二段ベッドが一列に連なり四、五〇メートルの長さに達していた。幼い子ども連れの人もいるが、その場合、子どもは親の傍に寝かせる。わが第八中隊では、子どもは男女合わせて一〇数人いて、最も幼い子は五、六歳であった。一方、大人の年長者は六〇歳を過ぎていた。それにもかかわらず、全員一つの大部屋に詰め込まれた。幹校に来る前に、江西のネズミはネコより大きいとの噂を耳にしていたが、まさにその通りであった。深夜、ネズミが布団の上を自由に行き来し、分厚い布団の上であるにもかかわらず、ずっしりと重く感じられた。冬季になり、男性宿舎に小便を入れるための大きな桶が置かれた。高さ・直径ともに一メートルほどで、ガソリン用のドラム缶を二つに切って溶接し隙間を塞いで仕上げたものである。間に合わせであるが、これがあったおかげで、寒い夜にも便所へ行くたびに服を着たり脱いだりする面倒がなくなった。宿舎に一〇〇人近くがいるので、尿は一晩で桶の半分をこえるほどの量になった。翌朝、当直者がそれを担ぎ出して野菜畑の肥料としていた。一日三食の米飯は制限なく食べられるが、副食のおかずはただ一種類、トウガラシを細かく刻んで塩漬けし味噌状にしたものがあるのみであった。重労働のため食欲は旺盛であり、これがあればご飯が進み、バケツ一杯あったこのおかずも残ることはなかった。このような食事がつづいたが、およそ三、四ヵ月に一回、肉の入った料理が出ることがあった。肉料理は口にはご馳走だったが、体の下の方で問題が起きた。わが菜園組は五人である。早朝起きてまずやる仕事は、便所の屎尿を汲み取って肥溜めに移すことであった。鯉魚洲は暑いので、数日もすれば発酵して熟した肥料となり、畑に撒くことができる。便所は、ただ地面に長方形の穴を掘って周囲を葦のすだれで覆っただけのものである。ご馳走の翌朝、私たちが屎尿を汲むために便所に行くと、穴には水のような便ばかりであった。いつもは肉なしの素食を食べていたため、突然肉を食べると、かえって胃腸が受け付けられなくなる、医者の言葉を借りれば、「脂肪性胃腸炎」という症状が起きたのである。このような胃腸炎は、幹校にいた二年間で、肉料理が出るたびに繰り返し起きていた。ひと言で言えば、幹校に来る前にかすかに持っていたロマンチックな連想は、来てから何日も経たないうちに消えてしまったのである。しばらくすると、現地には住血吸虫病が流行っていると知り、さらに恐ろしい気分になった。

話を本章のはじめに戻そう。鯉魚洲に到着した三、四日後、私はある仕事を命じられた。それは第二小隊の道具保管係を担当することである。毎日の仕事開始前に必要な道具を倉庫から取り出して隊列の前に並べるのが私の任務であった。全員が「語録」を朗読し終わると、一点ずつ道具を持って仕事に出かける。仕事終了後、各自で雑草を使って道具の汚れを拭きとり、その後、私が点検し、もう一度拭き直して倉庫に収納する。鯉魚洲は湿気が強く、鉄製の道具は錆びやすい。「道具保管係」は、言うに足りない役名で第八中隊の名簿にも載っていないが、私にとっては三年間の「牛棚」生活の末、このような任務を授けられたことに様々な思いが過《よぎ》った。平等に扱われた感じ、新鮮な感覚、それとともに、私はほんとうに人民の一員に戻ったのだろうかなどと、心境は複雑であった。

しばらくして私は菜園組に異動させられた。菜園組と炊事組は、ともに司務長(2)の所管であり、私は炊事場という重要な場所に一人で出入りすることができるようになった。これは太平荘では絶対にあり得ないことであった。

そしてもう一つの出来事が、私に深い感銘を与えた。鯉魚洲の土地の由来はいまでも私はよくわからないが、どうやら干拓してできた土地のようである。冬の農閑期になれば、政府は常に千人もの農民を動員して、堤防の補強工事を行わせていた。食糧と農具は自前である。現地の農民はこれを「挑堤」と言った。時代の経過につれ、堤防の高さは増すばかりであった。私たちが鯉魚洲に着いたころ、その高さはすでに二〇メートル余りに達していた。夏と秋は、鄱陽湖の水量が豊富で、水面の高さと堤防の高さの差は、わずか三、四メートルしかなかった。私たちより先に到着した先遣隊の話によれば、彼らが来たばかりのころは、堤防に座ると、足が湖の水面に届くので、気持ちよく足を洗うことさえできたと言う。その話から考えると、当時の水面と堤防の差は一メートルもなかった、ということになる。堤防の上から集落の方を眺める、いや、正確には全体を見下ろすと、一本の小さな川に沿って、一〇〇人も収容できる大きな藁ぶき屋根の建物が、空の星や盤上の碁石のごとく散らばっており、一軒一軒が本当に小さな石のように見える。だが藁葺き屋根の建物の前に立って堤防の方を見上げると、堤防は巨大な壁のごとく、高く果てしなく続く。これはつまり、面積約四〇〇〇平方キロメートルの鄱陽湖が、鯉魚洲の頭上に懸かっているということを意味する。もしもある日、堤防が決壊したら、私たちはみんな水死してしまう。一九七〇年夏の増水期に、急増した湖水に対して幹校は応急案を作成した。全容については知る由もないが、私に関係があったのは、第八中隊の指導員で軍の代表である鄖《うん》さんが中隊の隊列の前で、私を緊急事態の連絡員に指名し、幹校の本部と中隊との連絡、または中隊と各小隊との連絡を担当するよう命じたことである。各中隊には、単一の乾電池を四個入れる大型懐中電灯が一本ずつ配られた。停電の場合、それを使えるのは数人しかいないが、私はその一人であった。増水期はさいわいにも無事乗り切ることができ、懐中電灯の出番はついになかったが、そのことは私にとって特別な意味があった。緊迫状態の中で私は間違いなく、みんなと運命を一つにし、分け隔てすることなく平等に扱われた。その感覚は確かなものであった。しかし時が過ぎれば、その感覚はしだいに薄れてゆき、「牛棚」の暗い影が再び私につきまとうようになった。今の私は、果たして「牛棚」から「出所」できたと言い切れるのだろうか。

というのは、かつて三号院にいた約二〇人の「牛鬼蛇神」はその後、数人ずつ釈放され、自宅に帰ることが許されたが、なぜか私と鄧広銘の二人だけが最後まで残された。さすがに「牛棚」を維持するほどの人数ではないので、一つの部屋に拘束して単独管理とされていた。それから三ヵ月後、私は大部隊とともに鯉魚洲にやってきたのだが、私のいわゆる「問題（罪名）」はどのようになったのかについては、はっきりした説明はなかった。ほかの人は三号院を「出所」する際の儀式で、「感謝」を表したり、「万歳」と声を上げたりする滑稽な場面があった。そのとき私は、自分にその資格がない分、ばつが悪いことを免れたとひそかに喜んでいたが、今はむしろそれが悩みの種になった。

幹校では、私はひたすら仕事に没頭して、労働に関連することや相手に協力を求めるとき以外では口を開くことがほとんどなかった。話す意欲がなかったのである。どうしても無口でいることが辛く感じられるときには、七、八歳や一一、二歳の無邪気な子どもたちを相手に会話を交わしていた。無警戒で飾らない子どもたちの天真爛漫さを楽しむことができたからである。一方、私が大人たちにどのように見られていたかは、先方の目つきからはっきりと読み取れるので、その判断にはほぼ間違いがないと思っていた。友好的で同情する人も多くいたが、なかには私を蔑視する人も数人いた。当時の政治的情勢のなかでは、自分に友好的で同情する人に対してこそ近づかず、不必要なトラブルをさけ、互いに迷惑をかけないことが必要であった。私を蔑視する人もいるが、私が菜園組に配属されているおかげで、彼らとは離れることができた。食事の時間や湯を汲むときなど遭遇しやすい場合でも、なるべく避けて通り相手の顔を見ないようにした。その間合いをうまく図っていたので、しばらくは政治的なトラブルに巻き込まれることはなかった。しかし思いもよらず、ある日、平穏な局面が破られた。

その日、小隊の全体会議で、私のことが突如話題にされた。一人の同僚は次のように話し出した。「鯉魚洲に来て半年あまりになったが、あなた郝斌は意気消沈のままだ。自分の状態を改め、元気を奮い起こさなければならない」と。

発言したのは海外から帰国した華僑で私の大学の同窓である周さんであった。彼の好意的な言葉に心が温かくなった。ここ三年来、このように親切に私を思いやる言葉は、ほとんど聞かれなかった。私は心の底から彼の好誼に感謝した。しかしつづいて彼は、「人は過ちを起こしたことに懲りるべきではない。いわば一度ヘビにかまれると、三年間もつるべの縄まで怖がって、完全に意気消沈してしまうことこそが怖いのである」と、もう一言をつけ加えた。その言葉を聞くなり、私はデリケートに反応した。あ、これは彼の失言だと神経を尖らせた。周さんのこの好意に対して、私は何も言えず終始口を閉ざしたままであった。反応するほど人の誤解をまねく可能性が高くなると思ったからである。さいわいにも会議終了まで、誰もがそれ以上この話題に触れなかったので、私は少しほっとした。ところがそれから三日後、同じ小隊の全体会議で、私のもう一人の大学の同窓、楊姓の人が発言した。彼は声が大きく、いつも張り上げた調子で話をするタイプであった。彼は、「郝斌の問題は、誰もが知っているように、江青同志自らが名指しをしたのである。周南京がこれを『一度へビにかまれた』と言うのは、……」と言い放った。つづきの内容は、あの時代の社会の様子を多少知っている人なら、みんな想像がつくであろう。その発言に、賛成しない人はただ沈黙をするのみで少々擁護する人が何人かはいたが、当時の情勢下では仕方がないことであった。この時は、江青が全盛だった一九七〇年にあたり、哀れなわが周さん、真っ直ぐな性格であったが、楊氏に不意打ちされて反撃することもできなかった。いうまでもなく、会議の後、このことは下から上へ、つぎつぎと報告されていった。

いつもの労働生活がつづき、相変わらずの「戦天闘地」〔大自然に挑む〕である。鯉魚洲に来て一年近くが経った。規定によれば、年に一度、三〇日間の帰省休暇が認められている。私は、次女がもうすぐ生まれる頃だったので休暇を乞うと、意外にも中隊が五日間も多くの休暇をくれた。つまり三六日目に帰隊すればよいとのことであった。身分の是正ができていないにもかかわらず、他の人以上の優遇を受け、心情的には複雑であった。常識としては謝意を表さなければならないが、しかし中隊本部に近づくと、足がすくんで動かなくなり、何も言えなかった。

帰隊したのは午後で、みんなは焼けつく太陽のもと、田畑で労働しているため、宿舎あたりにはまったく人影がなかった。まだ少し距離があったが、藁葺き屋根の部屋の前に非常に目立つ赤い横断幕が増えているのが見えた。それらには「歪んだ風習とよからぬ気風を批判せよ」と書かれていた。大食堂の厨房の前を通りかかったとき、炊事係の徐立信が半地下の石炭用かまどの穴から上半身を乗り出して私に手を振ってくれた。

徐立信は山東省の出身で、それほど学校教育を受けなかったが、拓本をとる腕前がある。彼は考古学教研室で黙々と仕事をし、石器や銅器の文様と文字を鮮明かつ精細に写し取ることで定評があった。彼の手による拓本は、実物よりも美しいと言われた。私たちは以前、彼を「徐公」[3]と呼んでいたが、文革が来て、呼び方も革命化しなくてはならなくなり、「徐さん（老徐）」と呼び方を改めた。徐さんはすでに還暦を過ぎ、私より三〇歳近くも年上なので、鯉魚洲でみんなが呼ぶように私もそれにならっていた。徐さんは横断幕を指して「見たか、批判会は一昨日開かれ、周南京が批判された。あんたも関係あるよ」と言った。私はもう少し詳しく聞こうとしたが、彼は、「わかっていればいい、行きなさい」と言った。もう事情は明らかだ。周南京に対する批判は私に起因していた。帰隊後、私は前と同様、ただ黙々と仕事をするだけであった。

相当経ってから、私はこの間のことをふり返って、いろいろ思いあたることがあった。楊氏が会議の場であれほど強調して発言したのに、中隊の幹部たちは、私のようにただ黙って無反応で見過ごすことはできただろうか。彼らが用いた「歪んだ風習とよからぬ気風を批判せよ」という名目は、あらゆることに政治のレッテルを貼り付けてしまうあの時代にあっては、きわめてあいまいで政治性のないものである。このような批判会はほかに例を見ないものだろう。立場上、周さんの発言にたいして、幹部たちは何らかの態度を示さなければならなかった。批判会という名目を使ったものの、中身はすり替えられたのである。ポピュリズムが過剰に高揚するとき、冷静な指導者が民衆をごまかすことも時と場所によってはやむを得ないことであろう。これこそが責任を負う行動であり、かつ巧みな指導術である。すでに数十年が過ぎているが、もしこの推測や判断が間違っていなければ、私は第八中隊の幹部たちに心より感謝を申し述べたい。

私の問題について結論が出たのはさらに三年後のことであった。鯉魚洲から大学に戻り、一九七三年、共産党員としての活動への復帰は許されたが、同時に、党籍のまま二年間の観察処分が下った。この処分は、党から除籍処分を受ける裏切者、特務、反革命分子、死んでも改心しない走資派など以外では、党内にいる者に対する最も厳しい処分であった。

まさに、

青山只合磨古今　　青山は只合《ただまさ》に古今を磨くべし
流水何曽洗是非　　流水は何ぞ曽《かつ》て是非を洗わん

注

（1）【原注】唐代の文学者、王勃が書いた「滕王閣序」には、「落霞　孤鶩と斉《ひと》しく飛び、秋水　長天と共に一色」という句があった。滕王閣は南昌市にあり、鯉魚洲まで約三〇キロ。
（2）司務長は、兵隊の日常生活を管理する幹部のこと。主に補給・炊事管理・主計などを担当。
（3）公は、古来中国で姓の後に付して尊称として用いられた。ここでも尊敬の念を込めていた。

一八　付録——貼り出せなかった一枚の大字報

この大字報について

この大字報の原稿に日付はない。私〔郝斌〕の記憶によれば、一九六七年の七月か八月のころに書かれたものである。起草したのは北京大学歴史学部の教員高望之で、文革期間中は彼もこの学部の「牛鬼蛇神」の一人であった。前に触れた、いわゆる「縛りが緩む」という時期に、彼がこの大字報を起草して、私のところに持ってきた。私と他の「牛鬼蛇神」に回覧させ、賛同すればサインしてもらい、大字報として貼り出すとしていた。また原稿には当時の慣例に倣って、個人名では一個の「戦闘隊」として署名があり、その名は「衝霄漢《しょうしょうかん》」であった。この名称もまた、高望之のアイディアであった。その三文字は、一九三一年の毛沢東の詞作「漁家傲・反第一次大『囲剿《いそう》』」のなかの一句、「天兵怒気衝霄漢[1]〔天兵の怒気は霄漢《おおぞら》を衝く〕」から取ったものである。この名称をもちいて、「牛鬼蛇神」とされた私たちの、聶元梓《じょうげんし》に対する大きな憤りを表そうとした。さまざまな事情により、原稿は結果として私の手元にとどまり、サインされることも、もちろん出されることもなかったのである。起草した高望之はすでに何年も前にこの世を去っており、原稿はいまだ私が保管している。本書刊行にあたりその原文を抄録して、特別な記念の意を表したい。

抄録にあたり、原文中の六点目、「右派分子は人の災いを喜び、機に乗じて巻き返しを図る」という部分に対して、厳粛な説明をしなければならない。そこには、「帽子を被ったままの右派分子夏応元と孫機」と書かれているが、今になってみると、きわめて誤った、相手に対する不当な言い方であったことは言うまでもない。しかし当時においては、これが執筆者高望之の見解であっただけでなく、その時の私や私と同じように文革に巻き込まれてはじめて「牛鬼蛇神」として引きずり出された人たちの共通した認識でもあった。当時の我々にとって、夏と孫の二人と自分たちは紛れもない「敵味方の関係」にあり、彼らと同室の囚人になることは、屈辱的で耐え難いことであった。その意味において、この部分の文言は、歴史の一側面をそのまま反映しているのである。歴史の真実と原文本来の状態を尊重する立場から、ここではあえて手を加えずにありのままを抄録することにした。どうかその旨を察していただきたい。

なお、文中の（　）は、補足説明として私がつけたものだが、誤字脱字の修正も一部含まれている。

原文抄録

見よ、聶（元梓）と孫（蓬一）の類いはこうして歴史学部の大勢の幹部と教員に非道な仕打ちを加えたのだ！

——太平荘における歴史学部「労働改造隊」の一連の出来事を記す——

井岡山〇六教職員「衝霄漢」

最高指示[2]

「我々の前には二種類の社会矛盾がある。つまり、敵味方の矛盾と、人民内部の矛盾である。この二つは完全に性質が異なる矛盾である」

「もし同志を敵として対処するなら、これは、自らが敵の立場に立ったこととなる」

昨年の九、一〇月ころに、全国各地の革命造反派は、劉（少奇）と鄧（小平）のブルジョア階級の反動的路線に対抗する運動を起こしていた。北京では多くの大学（例えば北京師範大学、清華大学など）はすでに、ブルジョア階級の反動路線の産物である幹部「労働改造隊」を解散していた。しかし新北大[3]では、聶元梓同志をはじめとする校文革が、逆に陶（鋳）、王[4]（任重）の邪道な指示にしたがい、幹部の問題において今まで以上に「大多数に打撃を与え、ひと握りのものを守る」というブルジョア階級の反動路線を固持した。太平荘における歴史学部の「労働改造隊」そのものが、聶元梓と孫蓬一の類いが頑なにブルジョア階級の反動路線を推し進めたことの動かぬ証拠であり、世間を慄然とさせる出来事である。

一、「労働改造隊」を太平荘に強制連行

太平荘は南口公社管轄下の一村落である。一九六五年（正確には一九六六年）、彭真の反革命集団が文化大革命の攪乱をくわだて、「半工半読」の実験を口実として、歴史学部の学生と教員を騙してそこへ送り、厳しい監視下においた。一九六六年六月一日、毛主席自らが文化大革命の発動に火をつけた。歴史学部の学生と教員は、「檻」をやぶって燕園に戻り、文化大革命の闘争に積極的に身を投じた。歴史学部の学生や教員にとって、太平荘のことは、彭真、陸平、彭珮雲《ほうはいうん》ら黒幇《ヘイバン》の罪悪的な行いの一部であり、誰もが怒り心頭に発していた。しかしそれから四ヵ月の後、またもやこの太平荘が、歴史学部の多くの幹部や教師がブルジョア階級の反動路線によって迫害され、強制収容されて労働改造を強いられる場所となったことを、誰が予想できたであろうか。

歴史学部には総勢一〇六人の教職員がいた。昨年九月、聶元梓のブルジョア階級の反動路線により、そのうちの三三人が「校文革」選挙の権利を剝奪された。学部内の党や行政の幹部で選挙権を奪われた者は、幹部総数の八割にも及んだ。選挙権を奪われた者は、敵味方の矛盾とされた。そのうち十数人は毎日労働改造を強要され、大字報をみることも、会議に参加することも許されなかった。九月二四日、「学部文革」設立準備委員会の名義で通達が出され、国慶節の安全保障のために、その期間中は、選挙権を奪われた者の外出は一切禁じられ、在宅で「南京政府は何処へゆくか」と他一篇の毛主席の文章を学習し感想文の提出を命じられた。聶元梓をはじめとする「校文革」は、これだけで

はまだ足りないとして、九月二六日〔正確には九月二七日〕に、歴史学部の「学部文革」事務室を通じて、選挙権を剝奪された者たちとまだ選挙権を剝奪されていない二人を緊急に集めた。そこで魏杞文《ぎきぶん》(5)らは訓話を行い、隔離した収容所で労働改造するため、三時間後に全員が太平荘に移動するよう命じた。また労働改造中は、かならずおとなしくし、互いに監視しあい告発しあうこと、睡眠薬などのくすりの所持は認めないことなどを言い渡した。こうして大勢の「労働改造隊」の人間は、慌ただしく荷造りや糧票の用意をし、学部文革事務室の責任者に引率されて太平荘に向かった。道中の会話も一切禁止された。

二、「牛鬼蛇神」の悪の巣窟に監禁される

「労働改造隊」が太平荘に着くと、全員が一室に入れられた。門扉に「横掃一切牛鬼蛇神〔すべての牛鬼蛇神を一掃する〕」、「坦白従寛抗拒従厳〔自白すれば寛大に扱い、反抗する者は厳重に処分する〕」という対聯が掲げられ、横額は「何去何従〔どうするかはあなた次第である〕」とあった。以前から太平荘で労働をしていた二人の右派分子はもともと別の場所に住んでいたが、このときは我々の部屋に移されて、我々と同様に扱われた。

「労働改造隊」の人間が「牛鬼蛇神」の巣窟に送り込まれると、人民としての権利を一切失い、刑に服する正真正銘の「労改犯人」として扱われ、監視チームの責任者から次の注意事項を言い渡された。

一、普段においても互いの会話は禁止、土曜日に労働改造に関する心得を話すことのみ許可する。
二、労働改造中、互いに監視しあい、互いに告発しあわなければならない。
三、無断で太平荘を離れることは許さない。近隣の村にある商店に行って買い物するときも、許可を申請し、なお、二人同行でなければならない。
四、二日に一度、思想に関する報告を書面で提出しなければならない。

実際には、それより多くの縛りがあった。病弱な者でも一日の労働を終えてベッドに寄りかかって休もうとすると、腰を伸ばし、正しく座れと叱責された。週に一回「二〇〇号」に行って入浴するときも、隊列を作って往復しなければならなかった。食事のときは、厨房に立ち入ることは禁止されており、たとえ茶碗一つをもらうにも、入り口に立って炊事係が持ってくるのを待たなければならなかった。このほか、監視チームは毎晩、懐中電灯を持って逐一ベッドをチェックしていた。

三、重労働と厳重な隔離

毎日、午前・午後とも、石を担いだり、土を掘ったり、大束のトウモロコシのわらを遠方に運んだりするなど、重労働を強いられた。監視チームは山上から作業の様子を見張っている。病弱な者が土を掘る最中にめまいが起きて倒れそうになっても、監視を恐れて休めず、一息入れてすぐにも労働を再開した。

食堂では数羽のニワトリが飼われていた。だがほとんどの者は飼育から除外された。監視チームから比較的「罪」が軽いと認定された者のみが担当できたのである。同様に果樹の剪定も重要な作業とされ、担当者を厳しく選別していた。

国慶節の後、歴史学部の一般教員と学生も太平荘にやってきて、「秋収」〔秋の取入れ作業〕に加わった。「労働改造隊」と彼らは完全に隔離されていた。「秋収」にきた某青年幹部は、もと共青団総支部副書記であり、選挙権を奪われたわけではなかったが、太平荘につくと、監視者の勝手で彼は「労働改造隊」に入れられ、「牛鬼蛇神」の巣窟のなかで寝泊りすることとなった。そのため、彼は一緒に来た同志たちとは断絶状態となった。一緒に「秋収」にきたほかの教員はこれに不満をもったが、ブルジョア階級の反動路線の圧力下で口にすることはできなかった。「労働改造隊」のある男性は、長年不眠症であるのに、太平荘にくる際に薬の持参を禁じられた。彼は夜寝られず、やむを得ず申請してようやく許可が下り、彼の妻が「秋収」に参加する際に持ってきてくれた。睡眠薬はこうして手に入れたが、それ以上の会話は〔監視者を〕恐れて交わすことができなかった。

「労働改造隊」に入れられた同志たちは、反動路線の迫害に抵抗しようとしていた。ある者は、これほど大規模な労働改造隊は、打撃対象を拡大しすぎであり、また太平荘に拘束されることにより、文革の運動や革命学生から教員が完全に隔離されてしまうので、やり方として間違っていると指摘し、系文革に手紙を出した。しかし聞き入れられることはなかった。

四、毎日「大訓戒」一回と「小訓戒」三回

毎日午前と午後の労働開始前と終了後に、「労働改造隊」は整列して頭を下げた姿勢で監視チームの訓戒を受けなければならない。大訓戒一回と小訓戒三回が日課であった。ときによりさらに「総訓戒」が入ることもあった。「総訓戒」と「大訓戒」は三〇分から一時間かかり、「小訓戒」でも一五分を要した。訓戒するときは、たいてい二、三人を列から呼び出して低頭させ、「労働改造」中における自己の行動を反省させ、「不誠実」だった点を自白させた。そして監視チームの者がそれに痛烈な批判を浴びせた。訓戒はおもに、監視チームの責任者で自称太平荘の「絶対的権力者」の某氏（現在聶・孫のもっとも側近部隊である「砲兵営」の創設者）が行い、いつも険しい表情で声をふるわせていた。また彼は、訓戒を受ける者に対して、「お前を鞭でたたいて、生きていられるかどうかをみてやろう」、「お前が死んでもただ腐ってその辺の土地が匂うだけだ」などと、暴言を吐いていた。「労働改造隊」に入れられたある同志が、毛主席の「語録」を黒板に書いて畑にもっていき学習の便宜をはかった。しかしある日、うっかりして畑にそれを置き忘れた。すると「毛沢東思想に反対する」「重大な政治事件」とされ、訓戒の時間で三回も事情の説明と反省を命じられ、自己批判の文章を書かされた。もうひとりの同志は、大学から太平荘に戻ってくる際に、所定の時間より数分遅れただけで、隊列の前で名指しされ自己批判をせざるを得なかった。

このように、「労働改造隊」は一日に四回も訓戒を受け、恐怖に脅えて過ごす毎日であった。何らかのことを理由に「誤りだ」と名指しで批判され、反省を強要されることは、日常茶飯事のように起きていた。

五、（毛）主席の著作の学習に対する理不尽な制限

太平荘において、「労働改造隊」の毛主席著作の学習は、二篇の文章に限られていた。一篇は「南京政府は何処へゆくか」、他の一篇は「杜聿明《といつめい》らの投降を促す書」であり、それ以外の学習は許されなかった。感想文も上記二篇に関するものに限られ、ひたすら徹底して、「投降」こそが自分にとって唯一の活路であると述べるしかなかった。これは、「労働改造隊」の者たちに、自分は蒋介石の匪賊の一味であり反動派に属していることを、強引に認めさせることにほかならない。「労働改造隊」内の一部の同志は、これに抵抗して、蒋介石の匪賊の一員ではないと弁明すると、罪を認めようとしていない、その態度は許せないと厳しく批判された。

ある同志が、毛主席の「老三篇」、すなわち毛沢東の「為人民服務（人民のために尽くす）」、「紀念白求恩（ノーマン・ベチューン[6]を記念す）」、「愚公移山（愚公、山を移す）」をも学習したいと要望した。その三篇は、文革中、林彪が解放軍の兵士たちに学習を提唱したものである。監視者からの回答は、「貴様にはそれを学ぶ資格はない」というものであった。ある同志がグループ別の学習会で、毛主席語録のなかの「人民内部の矛盾を正しく処理する」と、「後継者となる五条件[7]」の内容の一部を読み上げた。これもまた「大逆無道」とみなされ、厳しい叱責を受けた。監視チームのもとで毛主席語録を読む場

合、いつも読まされていたのは「人民は我々によって組織され、中国の反動的分子に対し、我々が人民を組織して打倒しなければならない」という句であった。つまり、「労働改造隊」の我々が打倒すべき「反動的分子」である、ということをくりかえし強調したのである。

以上が、聶（元梓）・孫（蓬一）らが毛主席の著作を利用して、自らのブルジョア階級の反動路線を合法化させようとした仕業であり、偉大で無敵な毛沢東思想に対する歪曲であった。

（一九六六年）一〇月、北京大学の革命造反派が校文革のブルジョア階級の反動路線の批判に立ち上がった。それを知った「労働改造隊」の同志は、自分は人民の敵ではないので、大学に戻り、労働をしながら反動路線への批判にも参加し、そのなかで教育を受け、自分の政治的理解を深めたいと要望したが、厳しく叱責された。

「労働改造隊」は太平荘に監禁され、外部の消息はほとんど絶たれていた。誰かが家族の手紙に挟まれた、劉（少奇）鄧（小平）のブルジョア階級の反動路線を批判する数枚のビラを受け取ったが、恐れてみんなに回覧できず、ただ三、四人のあいだでこっそり見ていた。

今年（一九六七年）一、二月頃、（秋収後も）太平荘の「労働改造隊」に抑留された三人の青年幹部は、『紅旗』の社説を聞くため、一個のイヤホンをみつけてきた。三人が同時に聞こえるようにするため、そのイヤホンを空き缶に入れて共鳴させ、スピーカー代わりにした。彼らはこのようにして、ひそかに『紅旗』（一九六七年）第二期と第三期の社説を聞いて、学習を続けたのである。

六、右派分子は人の災いを喜び、機に乗じて反撃することをくわだてた。

「労働改造隊」に編入された、「帽子」を被ったままの二名の右派分子は、大人数の「牛鬼蛇神労働改造隊」を見て、それまでの孤立感を解消され、むしろ人の災いを喜び、意気揚々となった。右派分子夏応元の顔に笑みが浮かび、「以前我々をいじめた者はいま、我々と同様の立場になってしまったのだ」と鼻息を荒くした。右派分子孫機は、監視チームから互いに告発せよという指示を受け、「労働改造隊」の同志の隙を見つけては密告し、復讐をはたそうとした。監視チームの責任者もまたみなの前で孫機を奨励し、訓戒する際に、「孫機は私にいろいろな事情を報告している。この行動は正しい」と讃えていた。あるとき、「労働改造隊」のある同志が、不注意で果樹の根元を少しえぐってしまった。それを目にした孫機は、折れた根を拾いあつめて、労働終了後の訓戒時間に持ち出してきて、あの同志の「犯罪の証拠」とした。監視チームの責任者も孫機の話に依拠してその同志を厳しく叱責した。敵味方の関係はここまで混同されたのである。孫機は奨励されたので、その鼻息はいっそう荒くなった。あるグループ別の会議で、彼は昂然と「一九五七年のとき、私はまだ一学生に過ぎなかった。お前たちに毒害されて右派になってしまったのだ」と発言した。「労働改造隊」の同志たちは、彼のこうした復讐行為に対して耐え難くなり、その筋の通らない言動に反論したが、この革命的行為は監視チームには支持されなかった。

七、「労働改造隊」が大学に戻り、そしてその後のこと

「労働改造隊」の者は、大半が一〇月中旬から月末〔正確には一二月中旬と月末〕に、二回に分けて大学に戻されたが、五人の青年幹部はその後も引き続き太平荘に抑留され一ヵ月間労働させられた。今年〔一九六七年〕一月中旬、その内の三人が、さらに一ヵ月間労働改造せよと命じられた。彼らは系文革に手紙を出して、自分は三反分子[8]ではないので、運動に参加させてもらうべきであり、革命の師弟を隔離された状態におくべきではないと嘆願したが拒絶された。大学に戻った「労働改造隊」の同志たちもまた、長く運動から排除されて、キャンパス内で労働改造をしなければならなかった。『紅旗』第四期の社説が発表されたあと、「労働改造隊」の多くの幹部は、自ら解放を求めるという指針に従い、自分の立場や態度を表明する大字報を貼り出したが、聶〔元梓〕・孫〔蓬一〕らには認められなかった。今年六月に、北京公社などの革命造反派組織が、ふるって聶〔元梓〕・孫〔蓬一〕のブルジョア階級の反動路線に対する批判を展開し、「労働改造隊」のみんなもこれに積極的に参加したが、いっそうの迫害と汚名をまねいた。「労働改造隊」で組長をしていた周一良同志は、太平荘にいたころは、監視チームの責任者で「砲兵営」の創設者でもある××氏に、労改にたいする態度がよいといわれたのに、現在は「砲兵営」に「〔反動的勢力の〕帰郷団」や、「ブルジョア階級の反革命的復辟《ふくへき》〔旧制度の復活〕の急先鋒」と目されている。「砲兵営」のビラでは、歴史学部の「労働改造隊」を経験して革命造反派の活動に参加している同志らに対して、ふたたび「反革命」、「右派」と呼ぶようになっている。

ただし今日の新北大では、無敵で輝かしい毛沢東思想のもと、かつて聶（元梓）・孫（蓬一）らがブルジョア階級の反動路線を勝手放題にやる状況はもう過ぎ去った。学内における非道な仕打ちで大勢の幹部と教員に迫害を加え、また大勢の革命の若い闘士を制圧するような彼らの行いは、全学の革命造反派による摘発と批判に遭い、完全に失敗したと宣告された。

注

（1）漁家傲、詞牌の一つ。「反第一次大囲剿」は、一九三一年に紅軍が江西で蔣介石の率いる国民政府軍の包囲攻伐戦を打ち破ったことを指す。「天兵」は紅軍のこと。
（2）文革期間中、毛沢東の論述・意見・指示を指す用語である。ここの引用は毛沢東の『矛盾論』より抽出された一節である。
（3）一九六六年八月毛沢東が「新北大」の三文字を揮毫して以来、文革で生まれ変わった北京大学を指す用語となった。
（4）陶鋳（一九〇八―一九六九）、中国共産党の重要幹部、政治家。一九六七年「劉少奇・鄧小平路線の忠実な実行者」として批判され失脚。二年後不遇なまま死去。文革終息後名誉回復。王任重（一九一七―一九九二）、中国共産党の重要幹部。文革前は陶鋳に協力して中国・中南地区を担当していた。
（5）魏杞文、文革当時は歴史学部の助手、系文革を代表して訓話した。
（6）ノーマン・ベチューン（Henry Norman Bethune、中国名白求恩、一八九〇―一九三九）、カナダ人、外科医、カナダ共産党員。アメリカ中国救援協会によって抗日戦争中の中国に派遣され、一九三九年、手術中のケガがもとで敗血症を起こし死亡。
（7）毛沢東が一九六四年七月一四日に発表した『関于赫魯曉夫的假共産主義及其在世界歴史上的教訓』の一部である。
（8）三反は反党・反社会主義・反毛沢東思想のことを指す。文革期に流行した用語の一つ。

訳者あとがき

本書は、北京大学元副学長、郝斌《ハオビン》の文革回想録である。翻訳作業に着手した二〇一六年は、ちょうど文革の発生から五〇周年という節目の年であった。以来、はやくも四年が経った。いま、日本語版の上梓を迎え、訳者の一人として、大きな喜びとともに深い安堵感に包まれている。

中国プロレタリア文化大革命（文革）は、毛沢東の指導のもと、一九六六年に始まり、一九七六年に終結した。この政治運動は、中国社会を前例のない大混乱に巻き込み、国家指導層の幹部から知識人や一般民衆に至るまで、社会各層の人々に甚大な被害をもたらした。その爪痕は今日に至っても数多く残されている。また世界史の視点から見ても、文革は中国国内に留まらず、当時の日本をはじめ世界各国に大きな衝撃を与えた重大な出来事の一つであった。

文革終息後の一九八一年、中国共産党一一期六中全会において採決された「建国以来の党の若干の歴史問題に関する決議」（略して「歴史決議」）では、文革は「指導者が間違って引き起こし、反革命集団に利用されて、党と国家と各民族人民に大きな災難をもたらした内乱である」と結論付けた。しかし人々の文革への思索と総括は、この公式の結論だけでは完結しないものであった。「文革が起きる深層的原因はなにか」、「その一〇年間にいったいどのようなことが起きていたか」、「文革のような災難の再発防止には何が必要なのか」、といった反省と追究は、いまなお続けられている。だが一方では、年月の推移につれて、経済の発展に舵を切り替えた今の中国社会では、文革を過ぎ去った時代の出来事であるとして関心が薄れ、あるいはそれを風化させようとする気配すら感じられるのも確かである。

文革の発生から五〇年が過ぎた。今やその時代を自ら経験した「文革世代」はすでに高齢化し、多くの人がこの世を去っている。文革の本格的な総括にはまだ長い道のりがあるという状況のなかで、いまできることとして、存命中に自分自身の経験を後世に語り伝え、いわゆる歴史の証言者としての責任を果たすべきではないかと考える人たちがいる。本書の著者、今年八六歳となる郝斌はまさしくその一人である。中国語原著の表題が『流水何曽洗是非』とされたのも、そうした思いが込められているからである。「流水」という語は、流れゆく時間のたとえである。著者は、時間はどんどん流れてゆくが、歴史に刻まれている「是」（正しい）と「非」（誤り）は、いまだ十分に洗い出されていない、という。

著者がこの回想録で伝えようとしているのは、文革中の一九六六年から一九六九年までの三年間、「牛棚」（「牛小屋」）とよばれた監禁施設に身を囚われ、過酷な虐待を受けた著者を含む北京大学歴史学部の教員を中心とする人たちの苦痛の経験である。

清末の一八九八年に創建され、中国の最高学府とされる北京大学は、文革においても特別な位置づけであった。それは、文革発動時の「震源地」であり、また進行中においては「風向計的な存在」であった。歴史を振り返れば、一九六六年五月二五日、北京大学哲学部教員の聶元梓ら七人が学長の陸平を名指しで批判する大字報を大学キャンパスに貼り出すやいなや、毛沢東に称賛・支持され、六月一日には全国向けに放送され、翌六月二日には、『人民日報』の一面トップに全文が掲載されるとともに、「北京大学に出た一枚の大字報に歓呼をおくる」と題した評論員の署名文章が発表された。このような一連の動きにより、一〇年にわたる文革の口火は北京大学のキャンパスで切られたのである。この時の大学の様子について、著者は序章で次のように回想している。

> 一九六六年夏、北京大学のキャンパスは騒然となった。陸平学長から各学部長、各クラス主任までのすべての幹部は、一夜にしてみな「反革命黒幇《ヘイバン》」となってしまい、各学部学科の有名教授たちも、一斉に「ブルジョワ階級の反動的学術権威」とされたのである。彼らは炎天下に引きずり出され、学生と学外者による批判と屈辱にさらされた。この時以来、大学のキャンパスからは、授業を告げる鐘の音は消え、批判大会で叫ばれるスローガンが響きわたるようになった。中国「プロレタリア文化大革命」（以下、文革と略記）の戦火は、北京大学のキャンパスから燃え広がっていったのである。

一般に文革は中国共産党上層部の政治闘争に起因しているとよく指摘されている。毛沢東は、異なる路線を推進する国家主席劉少奇をはじめとする党内集団に対して、文革を通じて路線の是正と権力の奪還を実現しようとした。しかし、文革の性格には、上述の側面とともに、従来の文化体系（「封建的・資本主義的・修正主義的文化や教育制度」）の清算が重要な狙いであったという側面も見逃してはならない。それゆえに、発動の当初から、文革の矛先は党の幹部層のみならず、知識人層全体にも向けられていたのである。

加えてこの運動には、はじめから暴力的傾向があった。北京大学では、暴力を伴う批判闘争会や、侮辱的で強制的な「労働改造」（体罰に等しい肉体労働のこと）がエスカレートするなか、批判対象を監禁する施設――すなわち本書で語る「牛棚《ニュウバン》」――までが出現した。

では、なぜ「牛棚」という呼び名がついたのだろうか。それは、監禁場所が田舎の牛小屋のような粗末なものだったからではなく、当時、「革命の敵」と目された者は、非人間の「牛鬼蛇神《ニュウグイシェシン》」、すなわち「妖怪変化」の蔑称で呼ばれていたことに由来している。つまり「牛棚」は「牛鬼蛇神」の監禁先を意味するものであった。

「牛棚」や「牛鬼蛇神」など文革期に特有な表現は、ほかにもさまざまあった。一例として、この回想録に多く登場する「帽子《マオズ》」という語をあげたい。この「帽子」という語を単なる帽子と誤解してはならない。ここでいう「帽子」とは通常の意味ではなく、「罪名」の同義語として使用されていた。それ故、被せられた者にとって「帽子」には耐え難い恐ろしさがあった。その「帽子」（罪名）の種類は、「黒幇《ヘイバン》」や「黒幇の手先」、「ブルジョア階級の反動的学術権威」という類のものが多かった。ほかには、「歴史反革命分子」、「現行反革命分子」、「特務」、「裏切者」、さらには「黄色文人」、「老保翻天」（文革を覆す保守派）など、奇々怪々なものまであった。一人に複数の「帽子」を同時に被せることも少なくなかった。しかし、これらの罪名は、いずれも法的根拠はなく、権力を握った当時の造反派（文革派）

によって押し付けられたのである。さらには、それらを理由に、いわゆる「プロレタリア階級の専制」という「大義名分」で、対象者を恣意的に弾圧したのである。

文革開始の一九六六年、著者郝斌は三二歳、一九五八年に北京大学歴史学部を卒業して以来、同学部の助教を務めていた。幹部でもなく有名教授でもなかった若手教員の彼が「牛棚」に投げ込まれた理由は、同年七月二六日の夜、北京大学の東グラウンドで開催された万人大会に来場した毛沢東夫人江青の、「郝斌は、私と毛主席の娘の李訥《りとつ》を迫害した！」との一言であった。もちろんこれは無実であった。真実をいえば、文革より二年前の一九六四年、著者が北京郊外の農村で行われた「社会主義教育運動」に参加した際に、当時歴史学部に在籍していた李訥と同じ工作隊に所属したことが禍の元となった。仕事をめぐって意見が異なったり、言い合ったりしていたことが後日、「李訥を迫害」、さらには「毛主席反対」にされることは、だれが予想できただろうか。この「青天の霹靂」により、著者の運命は一転した。「李訥を迫害」＝「毛主席反対」、これがすなわち「現行反革命分子」であるという論理のもとで、彼は重罪と断じられ、自由を奪われた。海淀区にある大学キャンパス（すなわち燕園）で批判闘争を繰り返し受けたのち、同年九月、「牛鬼蛇神」とされたほかの二二名の歴史学部教員とともに、かつて同学部の「半工半読」基地だった昌平県太平荘へ連行され、三年間にわたる暗黒の「牛棚」生活を余儀なくされたのである。「名誉回復」でその冤罪が完全に晴れたのは、文革終結後の一九七八年であった。

ここで少し私事の方に話が逸れる。実は、著者郝斌の運命を暗転させた五十余年前のあの会場の片隅に、偶然にも、私も居合わせていたのである。というのは、私の家は当時、北京大学化学部で教員をしていた母親の関係で、東グラウンドの北側にある朗潤園の教員宿舎にあった。家が近いということもあって、クラスメート何人かで騒然とした会場を見に行った。一五歳の中学生だった私たちにとって、会場で何が起きているかはまだよく理解できなかった。だが、スピーカーから聞こえる「娘が迫害されたのだ」という江青の大音量の叫び声は印象に残った。それからまもなく、文革の嵐は私の両親にも襲いかかった。両親はともに批判闘争の対象となった。学業を中断された私は一九六八年夏、「下放《シアファン》」（都市部の中高生を農山村に送り労働させる）運動により、内モンゴルの草原に赴き、モンゴル族の牧民たちとともに七年余りを過ごした。翻訳に着手して以来、著者の回想録を熟読するかたわら、自分の記憶にある文革の往事もついつい脳裏をよぎるようになっていた。著者が繰り返し言うように、文革は、「あの時代の悲劇であり、そして我が民族の悲劇であった」（第五章）。その教訓を真摯に汲み取ることこそが、民族のためである。文革時代を生きた一人として、私はその言葉に強い共感を覚える。

文革中の北京大学「牛棚」の真相を被害者の視点から伝える書物は決して多くはない。管見する限り、本書以外では、周一良の『つまりは書生――周一良自伝』（藤家禮之介訳、東海大学出版会、一九九五年、中国語名『畢竟是書生』）と、季羨林の『牛棚雑憶』（中共中央党校出版社、一九九八年）の二つがあるのみである。周の書は本人の自伝であるため、文革関連の部分はその中の一章を占める程度で、「牛棚」には触れているが、ごく概略であった。季の書は「牛棚」をテーマとする回想録であったが、語られたのは一九六八年から六九年にかけての北京大学のキャンパス内に設けられた全校規模の「牛棚」（「労改大院」あるいは「黒幫大院」とも）のことである。これは歴史学部の「牛棚」より二年も後のことで、存続期間は一年程度であった。その意味において、文革期の北京大学でいち早く作られ、そしてもっとも長く存続した、太平荘にあった歴史学部の「牛棚」の全貌を明らかにしたのは、本書がはじめてである。

一八章で構成されている本書は、三つの部分に分けられる。

(1) 第一章「プロローグ」から第五章「向覚明、覚り難く明らめ難し」までの五章は、文革初期の一九六六年五月末からおよそ三ヵ月の間の北京大学、とりわけ歴史学部の激動の様子を記した。

(2) 第六章「太平荘へ強制連行」から第一六章「鄧広銘、小を以て大を制す」までの一一章は、一九六六年九月から一九六九年夏までのおよそ三年間、北京市郊外の昌平県太平荘、かつては歴史学部の半工半読基地であった場所に作られた「牛棚」に監禁された生活を中心としている。

(3) 第一七章「余韻」では、「牛棚」生活終了後、一九六九年の秋から一年余り、北京大学の教職員とともに江西省農村部の「幹部学校」で過ごした日々を綴っている。

このほか、付録として収録されている第一八章「貼り出せなかった一枚の大字報」は、著者の同僚であり、ともに太平荘に監禁された歴史学部教員の高望之が一九六七年に起稿した、聶元梓をはじめとする北京大学文革委員会を批判する大字報の原稿である。

以上のように、本書は、文革の前半にあたる五年間の著者自身の境遇の推移を軸としている。しかし内容的にみれば、決して著者自身に限ることではなく、むしろ同時期の北京大学における多くの人物と出来事を広く取り上げている。本書末に付した「北京大学関係者人名リスト」を参照すればわかるように、本書で言及された同大学の教職員は七〇人にも及んでいる。文革期の群像を歴史家の筆致でリアルに語った「実録的な」書物として読むこともできよう。

以下、書中の内容についてかいつまんで紹介したい。

文革前の北京大学歴史学部は、大物学者がそろい、中国の史学界を牛耳る存在であった。しかし従来の文化体系を清算しようとする文革では、そのことが逆に攻撃の標的にされる理由となった。三号院（歴史学部の所在地）の入口に貼られた対聯の、「池は深くして、王八は多し」という句は、毛沢東が下した評語である。「王八」と罵倒された教員たちを待ち受ける運命は、この評語からも容易に想像することができる。文革期間中に、北京大学の教職員及び学生の中で、いわゆる「非正常死亡者」（＝非業の死を遂げた人）は六三人にものぼったという。一九六六年六月一一日に自殺をもって文革に抗議した、歴史学部副学部長代理を務めていた汪籛《おうせん》はその第一号となる。同学部長で著名な中国史家で知られる翦伯賛《せんはくさん》は一九六八年、三年間批判と侮辱を受けた末、夫人とともに自ら命を絶った。「牛鬼蛇神」とされた他の教員も、暴力的糾弾に加えて、三号院の二階のバルコニーの外縁に立たされて土下座をさせられ、あるいは頭髪の半分を乱暴に剃られる（いわゆる「陰陽頭《インヤントウ》」）など、人格に対する筆舌に尽くし難い侮辱をことごとく受けた。

一九六六年九月以後の太平荘「牛棚」には、歴史学部の教授陣はほぼ「一網打尽」にされていた。前後して監禁された延べ三〇数人のうち、講師・副教授クラス以上のベテラン教員が大半を占め、しかも、向達（敦煌考古学）、楊人楩《ようじんべん》（モンゴル史、世界史）、鄧広銘（宋遼金史）、周一良（魏晋南北朝史）、邵循正（モンゴル史・中国近代史）など、歴史研究の各分野を代表する教授たちはだれ一人としてこの難を逃れることができなかった。彼らは、昼夜を分かたず造反派学生の厳しい監視下に置かれ、罵声や殴打を受け、年齢と体力の限界を超える重労働を課され、病を患っても必要な医療を受けられなかった。最年長の向達は当時六六歳、太平荘に入って二ヵ月で尿毒症が悪化し、治療もないまま亡くなった。一九六八年、聶元梓《じょうげんし》の率いる校文革が、北京大学校内で新たに全校規模の「牛棚」を作ったが、それが完成する前に、太平荘で各学部の「牛鬼蛇神」二〇〇余人を一時監禁した。ではこの二〇〇余人とはどのような顔ぶれだったのか。著者は、「これほどの顔ぶれが揃っていればすぐにも一つの大学が出来上がると言っても過言ではなく、しかも学科のそろい具合といい、学術水準の高さといい、今日の多くの大学が及ぶものではなかった」（第一一章）という。つまり、彼らは、理系から文系までのあらゆる学科において、当時の北京大学（ひいては中国）の教育・学術水準を代表する人たちであった。彼らに対する監禁と迫害は、文革が行おうとした文化・教育に対する破壊と蹂躙を端的に示した一例であるといえよう。

「牛棚」に入れられると、人間としての権利はすべて剥奪される。一挙手一投足のすべてが監視者の管理下に置かれた。毎日三度の食事前の「罪詫び」、毎週提出させられる「認罪書」の強要、甚だしいことに、夜間のトイレでさえ、監視者の許可が必要とされた。実に暗黒で息苦しい「牛棚」生活だったが、しかしその中でも、人間性の善と良心は光っていた。師である重病の向達に対して、閻文《えんぶん》儒《じゅ》は終始、最善を尽くして世話をしていた。彼も当時すでに五六歳だったが、夜はいつも遠くから湯を汲んできて先生に足湯をさせ、終わると水を捨てに行く。先生の靴と靴下を脱がせたり、履かせたりすることまでしていた。周一良と高望之の二人もまた、そのような関係であった。文革後、周一良は、「私が忘れられないのは、彼〔高望之〕がいつも私の面倒を見てくれ、汚い仕事や重い仕事のときには先にやってくれていたことだ」と、感激しつつ話した。「牛棚」に身を囚われ、威圧と暴力を前に、自らの良心を守るのは大きな試練となる。監視者が根拠もなく夏応元が鋤を山の畑に置き忘れたと断じ、「意図的生産妨害」として殴りかかろうとした間際に、劉元方は列の中から「私が忘れた」と声を上げた。それはいかにも良心にもとづく勇気ある行動であった。また楊済安は、温厚な年長者として冤罪を被せられた若い著者を気遣い、「あなたは大勢の前で江青に名指しされたが、言われたことは彼女の家庭に関するものばかりなので、むしろ彼女自身が品格を落としたことになっている。……大したことは起きないはずだ。心配しすぎなさんな」（第一二章）と励ましたことも、心が温まる一場面であった。当時、「牛鬼蛇神」間の会話は厳しく監視されており、また内部からの密告者も警戒しなければならなかった。楊済安は道で著者とすれ違ったときに、こっそりと上記の言葉を告げた。二人は目線を交わすことなく、互いにそのまま立ち去ったが、著者は相手への感謝を心に深く秘めた。

一方、著者のこの回想録は、単なる文革における被害者の哀れと加害者の凶暴ぶりをさらけ出すことが目的ではなかった。その視線の先には、つねに、これらの表象を通して文革という悲劇の真の原因はなにか、というものがある。ことに著者が注目しているのは、なぜ大衆がこれほど深く文革に巻き込まれ、社会全体が狂気に包まれたのか、という問題である。そこには一種の「マインドコントロール」があったと著者はいう。たとえば太平荘に監禁される以前の学内の強制労働中、二人の学生が向達先生に凶暴に罵声を浴びせた末、毛主席の肖像の前で跪かせて謝罪させたことについて、なぜ彼らがあのような行為を「正々堂々」と振舞えたのか、それは当時の「社会に『疫病』が流行り、青少年層は全体として感染し、『狂熱的暴力的集団性症候群』になった」からであると分析している（第五章）。また太平荘の「牛棚」における監視学生と「牛鬼蛇神」たちの関係は、一見前者が後者を支配しているようにみえるが、実は同じ茶番劇に連れ出されているに過ぎない。さらに著者は次のように鋭く分析し結論付けた（第一一章）。

紅衛兵も私たち「牛鬼蛇神」も共に一種の強制力に操られていたのだと、私は言いたい。ただ、紅衛兵と私たちの異なる点は、彼らはその中で進行する役を演じ、私たちはお辞儀をする役をやらされた、つまりポジションの違いはあったが、本質の面では違いはなかったのである。いや、本質的な違いは一つあったかもしれない。すなわち、「牛鬼蛇神」は外部の力に強制されてやむなく行動したが、内心では納得していない、それどころか反抗意識をもっていた。だが進行役の方は、「紅衛兵文化」のくびきに引きずられ、マインドコントロールされて盲従または屈従し、ある種のイデオロギーの奴隷に堕ちていたのに自覚がなかったことである。

最後に本書の文章における特色に触れたい。著者は歴史学者で古典文学の造詣も深いため、筆遣いは典雅で美しく、かつ独特の魅力がある。血と涙がないまぜになる辛酸な日々の記録だが、淡々としてユーモアのある語り口で、冷静ながら狂気の時代の非人道的行為への批判を鋭くそして深く滲ませている。また、随所に織り込まれている多くの典故と漢詩は、著者の文学的素養の高さを示すと同時に、この回想録に精彩を放った。各章の結びに用いられている対句も、抑揚のある韻文でその章を締めくくり、まさしく画龍点睛の一筆である。中国の古典小説にみられるこの手法を文革回想録に生かしたのも、著者ならではといえよう。

本書の翻訳は二〇一六年、著者と交友があった当時の大阪経済法科大学学長・藤本和貴夫教授の呼びかけで始まった。翻訳にあたり、著者の快諾を得、著者から提供されたオリジナル原稿（簡体字版、未公刊）を基本とし、二〇一四年に著者の了解をえて刊行された繁体字版『流水何曾洗是非——北大「牛棚」一角』（台北・大塊文化出版）をあわせて参考にした。さらに訳者たちは、著者本人との連絡を密にとり、内容に関する確認や補足など、さまざまな教示を著者から受けた。

翻訳作業は、華立、姜若冰、伍躍の三人が分担して中国語を日本語に訳出し、その訳稿を田中幸世と四人で検討し修正を重ねた。また、大阪経済法科大学アジア研究所内に研究会「文革回想録を読む会」（代表は姜若冰）を立ち上げ、研究会に参加した多くのメンバーから翻訳の内容等に関する意見と助言を受けた。訳稿の一部はこれまで、「郝斌『流水　何ぞ曾て　是非を洗わん——北京大「牛棚」の一角』」（一）～（四）と題して、『大阪経済法科大学論集』第一一一号～一一四号（二〇一六～二〇一九）に掲載した。

翻訳の分担は次の通りである。

華立　　第三、五、六、九、一一、一二、一七、一八章

姜若冰　　第一、二、四、七、八、一三、一四章

伍躍　第一〇、一五、一六章
田中幸世　日本語表現

なお、翻訳に際して、多くの方々からご支援・ご協力をいただいた。各章末の韻文部分は、滋賀大学二宮美那子准教授に斧正を乞うた。大阪経済法科大学金泰明教授、同大学渡邉浩一准教授、日本演出者協会坂手日登美女史は、訳稿の一部をともに検討してくださった。大阪大学名誉教授深澤一幸先生、神戸大学名誉教授安井三吉先生、和歌山大学名誉教授副島昭一先生、大阪大学名誉教授西村成雄先生からは貴重な助言をいただいた。この場を借りて深く感謝申し上げる。また、本書の翻訳出版にあたっては、風響社・石井雅社長に大変お世話をかけた。お礼申し上げる。

最後に、本書の出版にあたって、大阪経済法科大学経法学会の出版助成を受けたことを記して謝意を表する。

訳者を代表して　華　立

二〇二〇年一月

	8月17日　毛沢東、「新北大」（学内刊行物の題名）三文字を揮毫する。
	8月18日　毛沢東、天安門で第一回紅衛兵観閲。
	8月以降、各学部で「労働改造隊」が作られる。
	9月11日　北京大学文革委員会（略して校文革）設立。聶元梓が主任。
	9月上旬より「串聯」（経験大交流運動）始まる。北京の学生が全国各地に行って造反派と交流。各地から大規模な上京も。
	9月27日　著者を含む歴史学部「労働改造隊」24名、太平荘に連行される。
1967	2月　造反派組織「新北大公社」が聶元梓の指揮下で成立。
	4月～9月　聶元梓、一時勢力衰え。
	8月　造反派組織「井岡山兵団」成立、聶元梓・孫蓬一らの「路線的誤り」を批判。
	5月～9月　太平荘に監禁されていた歴史学部教員の大半が大学キャンパスに一時戻る。
1968	3月より「新北大公社」と「井岡山兵団」両組織の対立が激化。
	3月25日、学内で一回目の大規模な武力衝突、100余人重軽傷　4月26日、二回目の大規模な武力衝突、200余人重軽傷。
	4月　各学部の「労働改造隊」200余人が太平荘で一時監禁。
	5月　全校規模の「牛棚」（「労改大院」とも）が校内に新設される。
	7月　労働者と解放軍で構成される「毛沢東思想宣伝隊」が北京大学に進駐。そのうち、労働者によるものを「工宣隊」、解放軍によるものを「軍宣隊」として呼び分ける。 8月　「階級隊列の純潔化」（「清隊」とも）運動開始 10月　著者らを太平荘から大学キャンパス内の三号院101号室に移して監禁。
1969	5～6月　歴史学部の「牛棚」事実上解散。 江西省鯉魚洲に「五七幹部学校」（略して幹校）を設置。秋より、著者を含む約2000名の教職員が現地で農業に従事、思想改造を行う。
1971	林彪クーデター失敗、墜落死。 江西省鯉魚洲の幹部学校、停止へ。
1973	江青らの指示で「北京大学・清華大学両校大批判組」（ペンネーム「梁効」）成立。イデオロギー批判の強化。
1974	「批林批孔」（林彪と孔子を批判する）運動を展開。
1976	周恩来死去、毛沢東死去、江青ら「四人組」の失脚・逮捕。
1977	鄧小平復活、文化大革命終了宣言。
1978	中国共産党第11期3中全会、「改革開放」政策を導入。
1981	中国共産党第11期6中全会、「建国以来の党の若干の歴史問題についての決議」を採択。

北京大学文革史関連年表

年代	事項
1898	清朝、京師大学堂創立。
1912	中華民国成立。京師大学堂、北京大学に改名。
1937〜38	盧溝橋事件後長沙に避難、のち昆明で清華大学他と「西南聯合大学」と改称して授業を継続。
1946	日中戦争終結後、北京（当時は北平）へ帰還。
1949	中華人民共和国成立。
1952	大学教育機構の組織改造により、燕京大学を合併。北京市内の沙灘旧キャンパスより円明園に近い燕京大学のキャンパスに移る（現在のキャンパス）。
1957	反右派闘争開始。
1959	陸平、北京大学党書記に就任、副学長を兼任、翌年学長に就任。
1963	北京市郊外の昌平県に分校「200号」の建設を決定。 農村社会主義教育運動（「四清」運動）開始。大学教員と高学年の学生もこれに参加。
1965	11月、上海『文匯報』、呉晗の新編歴史劇『海瑞罷官』を批判。
1966	2月、昌平県の歴史学部「半工半読」実験基地が落成式典。 4月、学内で呉晗の「反党反社会主義思想」および翦伯賛の「歴史学観」を批判。
	5月、「中国共産党中央員会通知」（5.16通知）の通達。中央文革小組設立（組長陳伯達、顧問康生、副組長江青、張春橋）。
	5月25日　聶元梓ほか7人が陸平批判の大字報を学内に貼り出す。
	5月29日　清華大学付属中学に「紅衛兵」組織誕生。
	6月1日　毛沢東の指示により中央人民放送局が聶元梓らの大字報を全国にラジオ放送、翌日、『人民日報』の一面トップに全文掲載。
	6月4日　陸平罷免と北京大学党委員会改組の決議を布告。
	6月7日　張承先を長とする工作組が北京大学に派遣される。
	6月18日、幹部と教員に対するリンチ事件が学内に発生、工作組に制止される。
	7月8日　毛沢東が江青宛の書簡で北京大学の文革状況を批判。
	7月25〜26日　北京大学の東グラウンドで万人大会が二夜連続開催。江青が参加、大学側の娘李訥に対する迫害を訴え、工作組を糾弾。
	7月28日　北京市、工作組の撤収を決定。北京大学、文革委員会準備委員会を設置。
	8月5日　毛沢東、「司令部を砲撃せよ—わたしの大字報」を発表。
	8月8日　中国共産党中央委員会、「プロレタリア文化大革命についての決定」を可決。

部に就任。

陳芳芝（1914～1995） 歴史学部教授。燕京大学政治学部長などを歴任。

丁則勤（1935～2015） 歴史学部助教。1959年歴史学部卒。

田余慶（1924～2014） 歴史学部講師。

鄧広銘（1907～1998） 歴史学部教授、中国古代史教研室主任。


范達仁（1935～——） 歴史学部教員、共青団書記、学部生クラス担任。1961年北京大学歴史学部卒。

馮友蘭（1895～1990） 哲学部教授。北京大学卒業後アメリカに留学、コロンビア大学博士号取得。中国の複数の大学で教授を歴任。

彭珮雲（1929～——） 中共北京市党委員会大学科学工作部幹部、北京大学党委員会副書記を兼任。


兪偉超（1933～2003） 歴史学部講師。

兪大絪（1905～1966） 西方言語文学部教授、オクスフォード大学留学後、中央大学、燕京大学などの教員を歴任。

姚成玉（ ？ ～——） 別名姚瑩。歴史学部3年生。

楊済安（1921～1999） 歴史学部資料室職員、翦伯賛の助手。

楊紹明（1944～——） 歴史学部5年生。楊尚昆の息子。

楊人楩（1903～1973） 歴史学部教授。


羅栄渠（1927～1996） 歴史学部講師。1949年北京大学歴史学部卒。

李開物（1914～1991） 歴史学部講師、インドに留学歴あり。

李　原（ ？ ～1968） 歴史学部教員。

李同孚（1925～1995） 数学部教員。

陸　平（1914～2002） 北京大学学長兼党書記。

劉元方（1931～——） 化学学部教員。1952年燕京大学卒。

呂遵諤（1928～2015） 歴史学部講師。

林啓武（1907～2011） 体育部教授。アメリカ・コロンビア大学より修士号取得。燕京大学の教員を経て北京大学へ。

厲以寧（1930～——） 経済学部講師。

楼邦彦（1912～1979） 法学部教授。西南聯合大学、武漢大学などの教員を経て北京大学へ。

学博士号取得。燕京大学、清華大学の教員を経て北京大学へ。

周南京（1933～2016） 歴史学部教員。帰国華僑、インドネシア生まれ。

周培源（1902～1993） 力学部教授、副学長。

宿　白（1922～2018） 歴史学部副教授。

徐華民（1925～1989） 歴史学部総支部書記。

徐天新（1934～——） 歴史学部教員。1959年レニングラード大学歴史学部卒。

徐立信（ ？ ～ ？ ） 歴史学部考古学教研室職員。

邵　華（1938～2008） 中国語言文学部5年生。毛沢東の次男毛岸青の妻。

邵循正（1909～1973） 歴史学部教授、中国近現代史教研室主任。清華大学歴史学部長などを歴任。

商鴻逵（1907～1983） 歴史学部副教授。中国大学・中法大学などの教員を歴任。

章廷謙（1901～1981） ペンネームは川島。中国言語文学部副教授。西南連合大学の教員を経て北京大学へ。

聶元梓（1921～2019） 哲学部教員、党総支部書記。

沈宗霊（1923～2012） 法学部教員。ペンシルバニア大学で修士号取得。復旦大学を経て北京大学へ。

沈迺璋（1911～1966） 哲学部教授、燕京大学の教員を経て北京大学へ。

斉思和（1907～1980） 歴史学部教授、世界古代史教研室主任。燕京大学の歴史学部長、文学院長などを歴任。

盛沛霖（1922～2005?）数学部副教授。アメリカ留学歴あり。

銭祥麟（1929～2018） 地質地理学部講師。ソ連留学歴あり。

銭端昇（1900～1990） 法学部教授。ハーバード大学で哲学博士号取得。清華大学・中央大学・西南聯合大学などの教員を経て北京大学へ。

翦伯賛（1898～1968） 北京大学副学長兼歴史学部長。

孫　機（1929～——） 歴史学部学生、1957年に「右派分子」とされ学業中断。


張　珥（1934～——） ロシア語言文学部教員。

張芝聯（1918～2008） 歴史学部副教授。光華大学、燕京大学などの教員を経て北京大学へ。

張勝宏（1927～2015） 経済学部教員。

張注洪（1926～——） 歴史学部資料室職員。清華大学歴史学部卒。

張蓉初（1915～1999） 歴史学部副教授。楊人楩教授の妻。

趙占元（1900～1981） 体育部教授。ミシガン大学に留学、1927年に修士号を取得。蘇州大学・燕京大学などの教員を経て北京大学へ。

陳信徳（1905～1970） 別名穎川信徳、東方語言文学部日本語教研室に在籍。京都帝国大学文学部卒。

陳仲夫（1922～1997） 歴史学部講師。燕京大学の教員を経て北京大学歴史学

北京大学関係者人名リスト

・50音順
・所属はいずれも1966年当時のもの
・生没年、肩書、学歴・職歴は判明したものに限った（――は生存、？は生年または没年不詳）

栄天琳（1918～2009）　歴史学部教員。

閻華堂（　？　～　？　）　体育部副教授。

閻文儒（1912～1994）　歴史学部副教授。

王雨田（1928～――）　哲学部教員。

王北辰（1921～1996）　地質地理学部講師。

王理嘉（1931～2019）　中国語言文学部講師。

王　力（1900～1986）　中国語言文学部教授。

汪　籛（1916～1966）　歴史学部副教授、代理副学部長。


夏応元（1929～――）　歴史学部教員。

郝克明（1932～――）　哲学部教員、文革発生時は大学党委員会の幹部。聶元梓の大字報に署名した一人。

管玉珊（1911～2013）　体育部副教授。燕京大学、西北師範学院などの教員を経て北京大学へ。

季羨林（1911～2009）　東方言語文学部教授、学部長。ドイツに留学、博士号取得。

許師謙（1917～1984）　歴史学部副学部長。1945年西南聯合大学卒。

呉維能（　？　～1968）　歴史学部事務室主任、庶務を担当。

呉代封（1937～――）　歴史学部教員、学部生クラス担任。1961年北京大学歴史学部卒。

呉柱存（1916～2006）　西方言語文学部副教授。中央大学英文学部卒、アメリカに留学、コロンビア大学修士号取得。1950年より北京大学に就任。

向　達（1900～1966）　歴史学部教授。

侯仁之（1911～2013）　地質地理学部教授、同学部長。

高望之（　？　～2009）　歴史学部教員、学長弁公室主任秘書。清華大学卒。


謝有実（1934～2016）　歴史学部教員。1961年モスクワ大学歴史学部卒。

周一良（1913～2001）　歴史学部教授、副学部長。燕京大学卒、ハーバード大

図版

ま

や

ら

な

索引

北京（ペキン）など定着した慣用の読みを除き、原則として漢音で配列した

訳者紹介

華　立（Hua Li　か　りつ）

大阪経済法科大学名誉教授。歴史学博士（中国人民大学）。専門は中国（清代）史、内陸アジア史。

主な著書には『清代新疆農業開発史』（黒龍江教育出版社、1995年初版）、『中央ユーラシア環境史２　国境の出現』（共著、臨川書店、2012年）など。

姜若冰

（Jiang Ruobing　きょう じゃくひょう）

大阪経済法科大学教養部准教授。京都大学博士（文学）。専門は中国古典文学、中国女性史。

主な著書・論文には『中国女性史入門』(一部執筆、人文書院、2005年)、「贈內詩の流れと元稹」（『中國文學報』第五十九冊、1999年）など。

伍　躍（Wu Yue　ご　やく）

大阪経済法科大学国際学部教授。京都大学博士（文学）。専門は中国近世史。

主な著書には『中国の捐納制度と社会』（京都大学学術出版会、2011年）、『明清時代の徭役制度と地方行政』（大阪経済法科大学出版部、2000年）など。

田中幸世（たなか さちよ）

大阪経済法科大学アジア研究所客員研究員、演出家（フリー）。研究の柱は社会思想史・民衆文化論。

主な著書・論文には「自由大学運動と現代」中村浩爾他編著『社会変革と社会科学』（昭和堂　2017年）、『電力労働者のたたかいと歌の力』（共編著、かもがわ出版、2019年）など。

著者紹介
郝　斌（Hao Bin　かく　ひん）
1934年中国河北省張家口に生まれる。父は鉄道員、8人兄弟の6人目として育つ。
1953年、北京大学歴史学部に入学。1958年卒業後、同学部中国近現代史教研室の助教に就任。
1966年の夏に文革が始まると、同学部教授・副教授らとともに「牛棚」と呼ばれる監禁施設に三年間拘束された。
文革後、1978年、名誉回復。1984～2000年、北京大学共産党委員会副書記、副学長などを歴任。2000年より北京大学校友会の副会長。

文革下の北京大学歴史学部　「牛棚」収容生活の回想

2020年3月10日　印刷
2020年3月20日　発行

著者　郝　斌
訳者　華　立・姜　若冰・伍　躍・田中幸世

発行者　石井　雅
発行所　株式会社　風響社

東京都北区田端4-14-9（〒114-0014）
03(3828)9249　振替00110-0-553554
印刷　モリモト印刷

Printed in Japan 2020　　ISBN 978-4-89489-156-2 C1022